ZUCKERROT UND BLAUBEERGELB

ROMAN

KAJA LINNEGART

Zuckerrot & Blaubeergelb | Erstauflage

Kaja Linnegart
c/o AutorenServices.de
Birkenallee 24
36037 Fulda

www.kajalinnegart.buchcafe.club/info/special/
kajalinnegart@autorenservices.de

www.kajalinnegart.buchcafe.club

Lektorat : Martina Zankoff
Korrektorat : Dennis Barmann / Köln
Cover und Satz : bilderfachwerk atelier, Claudia Kolb

Die Deutsche Nationalbibliothek verzeichnet diese Publikation in der Deutschen Nationalbibliografie;
detaillierte bibliografische Daten sind im Internet über http://dnb.d-nb.de abrufbar.

ISBN 978-3-00-063862-6
Imprint: Independently published

BUCH

„Jetzt reicht's!“, denkt Lara – alleinerziehende Mutter in den besten Jahren –, die sich jahrelang in ihrem Job verbogen hat. Zuhause ist die Pubertät eingezogen, eine enttäuschte Liebe und ein Zusammenbruch haben dem Fass endgültig den Boden ausgeschlagen. Beherzt stellt sie ihr Leben auf den Kopf und entdeckt ihre Leidenschaft für antike Dinge. Auf ihrer Reise zu sich selbst, stolpert sie aus alten Mustern, über skurrile Charaktere und in allerhand Katastrophen.

Ein brüskiertes Umfeld, aufgeregte Besucher und ein ständig klingelndes Telefon sind die Folge. Dann dreht auch noch ihre Freundin Silke durch ...

Als sie Tom kennenlernt, wird ihr zunächst alles zu viel. Trotzdem erkennt sie, dass so ein neues Leben ganz schön (und) anstrengend sein kann!

AUTORIN

Kaja Linnegart wurde 1977 im idyllischen Schwarzwald geboren. Früher schrieb sie Geschichten, mit denen sie ihr privates Umfeld zu unterhalten vermochte. Dank des Zuspruchs und dem Sammelsurium an Kurzerzählungen, entstand nach und nach die fiktive Story Laras ...

Kaja Linnegart lebt heute mit Sohn und zwei verrückten Katzen in einer Kleinstadt Baden-Württembergs.

„Man muss träumen wollen,
um träumen zu können."

Charles Baudelaire (1821 – 1867)

PROLOG

Ich war zwanzig und in meine erste eigene Wohnung eingezogen, als ich *Mister Right* begegnete. Zumindest war ich der festen Überzeugung, er wäre es.

Ich startete gerade in meinem Beruf durch und steckte nebenbei mitten in der Renovierung meines neuen Zuhauses, als er in mein Leben einschlug wie eine Bombe. Bei ihm handelte es sich eher um eine Bombe der Sorte, die einen ängstigt, als so eine kleine harmlose, wie sie in Comics dargestellt wird – schwarz, rund und funkensprühend.

An den Moment, in dem wir einander durch einen gemeinsamen Bekannten vorgestellt wurden, erinnere ich mich genau *und* daran, dass ich nach einer höflichen Begrüßung nicht weiter mit ihm redete. Etwas war an ihm, das mich alarmierte.

Aber so mysteriös es war: Die darauffolgenden Monate begegneten wir uns immer wieder – scheinbar zufällig, ungeplant. Mal war es bei einer – so die einhellige Meinung – ‚unverzichtbaren' Gartenparty jenes Bekannten, mit dem ich zuvor lediglich sporadischen Kontakt gepflegt hatte, mal bei einer Vernissage, die so unglaublich angesagt war, dass man sich dort sehen lassen musste. Wenn man überhaupt *irgendwohin* gehen wollte, dann *dorthin*. Das zumindest erklärte mir mein neuer Geschäftspartner, der früh erkannt hatte, dass sich aus meinem Potenzial und meiner Loyalität mehr machen ließ, wenn ich ein wenig zurechtgeformt würde.

Sobald ich einen flapsigen Spruch brachte, erntete ich sofort einen scharfen Blick. Meine heißgeliebte Baskenmütze wurde zur Todsünde erklärt, die natürlichen Fingernägel zum Tabu und lautes Lachen war komplett verpönt. Letzteres allerdings verging mir ohnehin immer mehr.

Eines Tages hatte ich mir einen ellenlangen Vortrag anhören dürfen, weil ich auf einer Gala gefragt worden war, ob ich ein Horsd'œuvre wollte und meine Antwort darauf, dass ich fürchtete, das sprengte die Kapazität des mir *ans Herz* gelegten Kleids, an Hochverrat grenzte.

Plötzlich fand ich mich in immer kürzeren Abständen auf diversen Veranstaltungen wieder, die förmlich aus dem Boden sprossen. Mein durch Mund-zu-Mund-Propaganda stetig wachsender Kundenstamm erwartete bald, dass ich zugegen war, wenn man sich in großer Partygesellschaft zu den diversen Feierlichkeiten traf, die sich in Sachen Catering, musikalischer Beschallung, eingeladener Klientel und Location mit jedem Mal erneut übertrafen. Wenn ich gefragt wurde, ob ich im Bild wäre, wie viel Aufwand und Geld erbracht worden war, um diese besondere Szene zu schaffen – und dies geschah überaus oft –, bekräftigte ich dies stets artig mit Zustimmung.

Ich hatte schnell begriffen, dass es in den neuen Kreisen ungeschriebene Gesetze gab, denen man sich zu unterwerfen hatte, wenn man dazugehören wollte. Dass ich mir gar nicht sicher war, *ob* ich das wollte, behielt ich besser für mich. Ich musste schließlich von irgendwas leben, also benötigte ich ein Netzwerk.

Der ‚High Society' fühlte ich mich nicht zugehörig, und alte Freundschaften gestalteten sich immer schwieriger, weil alle glaubten, ich verdiente nun unglaublich viel Geld und müsste abheben.

Es war die Zeit, in der ich mich fühlte, als lebte ich in zwei Welten. Keine war wie die andere. Es gab kein Schwarz und Weiß mehr, und der Versuch, beide Gegensätze in Grauzonen zu verbinden, misslang.

Es gab jetzt Zuckerrot und Blaubeergelb.

Eines Tages war es wieder soweit. Ich stand in irgendeinem Garten irgendeines unverschämt vermögenden Herrn und trank Champagner, obwohl ich lieber ein kühles Bier gehabt hätte.

Ich hörte dem Monolog eines Coachs zu, der eine

jener Gehirnwäsche-Reden rausblubberte, die ich bereits kannte. Während ich angestrengt ein Gähnen zu unterdrücken versuchte und in mein halb leeres Glas sah, schien *er* zur Hörerschaft des Brainwashers hinzugestoßen zu sein.

„Nett, Sie hier zu sehen!“, sagte *er*.

Befremdlicherweise siezten wir uns, was stets von *ihm* ausging. Ich nahm an, dass er entweder ein Snob, ein Yuppie, ein durchgeknallter Idiot oder alles zusammen war. Aber das spielte keine Rolle, da ich in den wenigen Momenten, die es zu einem Aufeinandertreffen im Kreis weiterer Leute kam, immer noch nicht mit ihm direkt redete.

Das unerwartete Angesprochen-Werden schreckte mich dermaßen aus meiner Lethargie auf, dass ich den Arm wie von einer Hampelmann-Schnur gezogen hochriss, der mit dem Kopf des Snobs zusammenstieß. Leider landete der Inhalt meines Glases dabei zielsicher in meinem Ausschnitt. Während der Schampus zwischen meinen Brüsten verschwand, rieb sich der Verdachtsyuppie den schmerzenden Kopf. Unsere Blicke trafen sich. Unvermittelt lachten wir beide los.

Dies war der Moment, der alles ändern sollte. Das Eis war gebrochen und die Alarmglocken verstummt …

I.

Er lud mich noch am selben Abend ein, mit ihm in die Premiere eines ‚kulturell kritisch beleuchteten Films' und vorher auf einen Drink in eine äthiopische Bar zu gehen. Ich war zuvor noch nie in einer äthiopischen Bar gewesen. Ferner konnte ich mir nicht einmal annähernd vorstellen, welche Drinks Äthiopier mochten. Umso erstaunter war ich, dass es besagte Bar überhaupt *gab*. Dabei schrieb ich meine Ahnungslosigkeit dem einfachen Fakt zu, dass ich mich inzwischen in völlig unbekannten Gefilden bewegte und schlicht keine Ahnung hatte, wo Snobs und Yuppies ihre Drinks zu sich nahmen.

Ich sagte zu, noch ehe ich darüber nachdenken konnte. Spontan und aus der champagnerfröhlichen Laune heraus.

Am nächsten Tag überlegte ich mir hundertmal, wie ich wieder aus der Nummer rauskommen konnte.

Ich hatte keinen Schimmer, welcher Dresscode dieser Kombination aus Bar und Film nun entsprechen könnte, geschweige denn, wie ich ihm gerecht werden sollte.

Der Inhalt meines Kleiderschranks bestand mehr aus Kleidungsstücken angesagter Billigmode und weniger aus Haute Couture namhafter Designer. Ich wusste auch nicht, über was ich mit diesem Menschen überhaupt *reden* sollte. So ging das tagein, tagaus, bis der besagte da war und ich keinen Meter weiter, was die Klamottenfrage anging. Am Ende entschied ich mich, während ich nicht durchzudrehen versuchte, für ein schlichtes schwarzes Kleid.

Als ich zu passender Uhrzeit das laute Röhren eines Autos hörte, schnappte ich mir meine Handtasche und die Schlüssel, ehe ich es mir anders überlegen konnte. Die Begrüßung fiel ein wenig steif aus.

Nachdem *er* die Beifahrertür geöffnet hatte und ich so elegant wie nur möglich ins Gefährt geglitten war – genauer gesagt, mit der Anmut eines Walrosses in den doch nicht ganz so tief vermuteten Sitz plumpste –, riss mir erst einmal ein Spaghettiträger am Kleid. *Er*, der von alldem glücklicherweise nichts mitbekommen hatte und nun eingestiegen war, lächelte mich an. Einen Moment wirkte es, als ob sich auch bei *ihm* ein Anflug von Nervosität zeigte. Ich war augenblicklich dermaßen verkrampft, dass ich beim Starten des Wagens fast vergessen hätte, mir etwas einfallen zu lassen und um ein paar Minuten zu bitten, die ich brauchen würde, um mich umzuziehen. Das war selbstredend null realistisch, da ich nun endgültig ratlos war, in welchen Fummel ich mich quetschen sollte.

Es musste unbedingt klappen, wenn ich aufgrund endloser Umstandskrämerei nicht direkt zu Beginn als typische Problemtussi dastehen wollte. Zurück in meiner Wohnung zog ich alles aus den Regalen, was irgendwie nach *Abend* aussah. Ich entschied mich angesichts eines selbst gesetzten Schnelligkeitsziels schließlich für einen goldglitzernden hautengen Jumpsuit mit Schlag und für Plateau-Schuhe. Vermutlich glich ich mehr einer Disco-Kugel aus ‚Saturday Night Fever' als der Begleitung von *Mister Right*, was ich nun jedoch bestmöglich mit Stolz zu ertragen versuchte.

Während der Fahrt redeten wir nicht viel, was mir das Gefühl gab, dass *er* sich auch nicht wirklich im Klaren darüber war, warum er ausgerechnet *mich* ausführte. Schrägerweise siezten wir uns immer noch.

Nachdem ich mich mühsam aus meiner Sitzschale gehangelt hatte, betrat ich mit Spannung besagte Bar und war augenblicklich erleichtert, dass ich mich nicht in einem unerträglichen Schickimicki-Laden wiederfand. Das Licht war angenehm schummrig und wir schienen die einzigen Gäste zu sein. Nach einigen Minuten des etwas steifen Verweilens an einem Bartisch am Fenster, interessierten Umsehens und Sich-gegenseitig-Versicherns, dass das Etablissement ‚doch wirklich recht ansprechend war', fiel uns allerdings auf, dass es nicht nur den Anschein hatte, sondern wir *wirklich* alleine waren. Während wir in Richtung des unbemannten Tresens hinter uns sahen und uns fragende Blicke schenkten, waren plötzlich Geräusche zu vernehmen. Ich nahm zunächst an, jemand mache sich gerade hockend an einem Kühlschrank oder Ähnlichem zu schaffen. Nach einigen Sekunden jedoch tauchte ein weiblicher Kopf mit Flechtfrisur hinter der Bar auf. Langsam hervortorkelnd kam nun auch der Rest der Person zum Vorschein. *Er* musterte die Dame wie einen unerwarteten Haushaltsunfall. Fast wirkte es, als habe er noch nie eine betrunkene Person gesehen. *Erwartet* hatte ich eine solche ebenfalls nicht, war aber weniger verdutzt. Nicht länger willens zu warten, hob ich ambitioniert einen Arm und rief freundlich winkend:

„Hallo? Könnten wir vielleicht etwas zu trinken bekommen?", worauf uns das schmale äthiopische Geschöpf überhaupt erst wahrzunehmen schien.

„Ha ja ... Kann man wääähln!", lallte es, um postwendend zurück hinter den Tresen zu sinken.

Wir sahen uns an, dann wieder zur Bar. Achselzuckend und vollkommen pragmatisch schlenderte *er* zum Ort des eben Geschehenen und holte souverän zwei Bierflaschen einer fremden Marke aus dem Kühlschrank, die wir mit meinem Feuerzeug öffneten. Langsam spürte ich die Hoffnung aufkeimen, dass *er* womöglich doch ganz cool war.

Wir stießen an und tranken direkt aus den Flaschen. Allmählich lockerte sich die Stimmung.

Allerdings schien unsere Gastgeberin weder in der Lage, die musikalische Unterhaltung aufrechtzuerhalten noch, uns einige der Snacks anzubieten, deren fremd klingende Namen auf einer Tafel geschrieben standen. Wir nahmen schmunzelnd hin, dass unser Aufenthalt etwas abgekürzt werden konnte. Das Geld legte *er* auf den Tisch, ehe wir uns zu unserem nächsten Vorhaben aufmachten.

Ich war neugierig, um was es bei dem Film gehen könnte, der mir von *ihm* aus dem Französischen mit ‚Küss mich' übersetzt worden war, was mich ein wenig verlegen machte. Ich fragte mich, ob dies nun der romantische Teil des Abends werden würde.

Wir siezten uns allerdings immer noch – was mir langsam eher spanisch als französisch vorkam –, wovon ich aber auch nicht wusste, ob es sich in seinen Kreisen so gehörte. Also beließ ich es dabei.

Wir betraten das Kino, das einem kleinen Palast aus einer früheren Ära glich und einen fast barocken Charakter besaß. Wir kauften Karten und suchten uns Plätze in einer Sitzreihe relativ weit hinten. Eigenartigerweise befanden sich, bis auf mich, ausschließlich Männer im Saal. Sie musterten mich mit mehr oder weniger intensiven Blicken, was ich meinem Geschlecht und meinem auffälligen Aufzug zuschrieb.

Das Licht wurde jedoch rasch gedämpft. Es ging ohne Werbung direkt mit dem Film los, weswegen ich schnell ausblenden konnte, wie seltsam die Atmosphäre eben noch gewesen war. Ich war fest entschlossen, mich nicht von meiner Aufregung, im Dunkeln neben *ihm* zu sitzen, ablenken zu lassen, damit wir im Anschluss möglichst ausführlich über das Gesehene sprechen konnten. Gebannt sah ich zwei vom Schicksal zusammengeführten Außenseiterinnen zu, die sich zunächst in inbrünstiger Abenteuerlust vom Leben zu nehmen schworen, was ihnen alleine verwehrt geblieben war, da sie als Team ungeahnte Kräfte freisetzten. Eine ‚typisch gesellschaftskritische Geschichte', dachte ich.

Es dauerte allerdings nicht lange, bis sich brutale und offen sexistische Szenen in die bewegten Bilder mischten. Ich fragte mich, ob *er* mir einheizen wollte!? Unauffällig schielte ich in seine Richtung, der *er* mittlerweile tief in den Sitz gesunken war und die Augen mit der Hand an seiner Schläfe vor meinem Blick abschirmte.

Okay, *er* war über die Handlung des Films vielleicht nicht ganz so gut informiert!?

Ich war mir nicht sicher. Seine Körpersprache jedenfalls sagte, dass *er* mit dem Gesehenen für sich sein wollte. Leider war ich auch noch da. Als Nächstes nahm ich eine überdimensionale Vagina wahr, die soeben fast die komplette Leinwand ausfüllte, bevor eine der Protagonistinnen einen Colt in den Anus eines angeblich *üblen* Kerls abfeuerte. Wow! Hier reichte es mir dann auch mit der ‚sozialkritischen Studie', die selbst für mein – nicht überempfindliches Gemüt – doch irgendwie *zu* bildhaft war.

Ich stand auf und sagte, *er* dürfe sich das gerne weiter ansehen und solle es nicht falsch verstehen, mir aber genüge das Erlebte, ich ginge. *Er* wollte offensichtlich auch fortkommen und verließ stumm mit mir das Kino, vor dem ich mir erst mal eine Zigarette anzündete. *Ihm* schien auch nicht ganz behaglich nach dem, was *er* gesehen hatte.

„Ich rauche eigentlich nur gelegentlich, aber jetzt könnte ich auch eine vertragen. Würden Sie mir eine abgeben?", fragte *er*.

Ich spürte seine innere Anspannung. In seinen Augen las ich die stumme Frage, ob ich ihm glauben würde, dass *er* keine Ahnung gehabt hatte, was Inhalt dieses Filmes war. Ich nahm an, dass ihn seine suboptimale Vorbereitung genug strafte.

„Ja, geht klar! Und wir können uns jetzt duzen, denke ich, wir haben uns schließlich gerade einen Hardcore-Porno zusammen angesehen!"

Es war jener Moment, als *er* sich ehrlich und authentisch verlegen zeigte und unsicher war, ob sich das noch irgendwie geradebiegen ließ, in dem ich mich in ihn verliebte.

Später stellte sich heraus, dass *sein* Französisch wohl auch nicht das Allerbeste sein konnte. Der Film hieß nicht ‚Küss mich', sondern wies, wenn man den Titel korrekt übersetzte, durchaus eindeutiger auf seinen pikanten Inhalt hin ...

II.

Ich hadere und zetere! „Ein halbes Leben verschwendet!“, das könnte ich resümieren. Ich könnte auch sagen, dass ich *ihm* besser nie begegnet wäre. Jawohl, ich hätte alles Recht dazu!

Es gab eine Zeit, da wollte ich gegen diese Gedanken in keiner Weise angehen. Ich tat mir unsagbar leid, schimpfte mit mir und benahm mich wie eine dramatische Figur einer blöden Beziehungskiste im Fernsehen. Mit dem Klischee im Hinterkopf hatte ich einen großen Pappbecher teuren Eises mit Schokoladensplittern gekauft und mir einen unglaublich traurigen Film ausgesucht, um mich im Pyjama – dramatisch ins Eis flennend – meinem Leiden hinzugeben ...

Das mit der Heulerei klappte auch ganz prima. Ich vergoss regelrechte Sturzbäche, nässte mir Oberteile ein, als gäbe es kein Morgen mehr und als müsse dringlich alles noch am selben Tag raus.

Nach einigen Wochen sah ich aus wie eine aufgedunsene Pampelmuse. Ich hatte unglaubliche Tränensäcke, und selbst mein ohnehin dünnes Haar schien depressiv an mir herabzuhängen wie die Zweige einer schwarzen Trauerweide. Es war eindeutig: Ich war nur noch als Eremitin in einer einsamen Hütte im tiefsten Urwald brauchbar. Mit Tarnkleidung und weit weg. Da ich dank meiner Flugangst aber niemals so weit fliegen könnte und mir wahrscheinlich auch noch einheimisches Getier ein ‚No way' gegeben hätte – von meiner Angst vor einsamem Leben in ungewisser Flora und Fauna mal ganz abgesehen –, musste ich mich in meiner bisherigen Umgebung wohl oder übel zurechtfinden.

Das war auch der Wendepunkt nach Monaten, in denen ich glaubte, das Leben würde nie wieder schön sein.

Jedenfalls funktionierte der Eis-Plan nicht, der Pyjama ging mir bald auf den Geist und auf Filme konnte ich mich auch nicht konzentrieren.

Ein anderer Plan musste her, um die Geschichte endlich hinter mir zu lassen, wenn mir auch nicht klar war, wie ich das bewerkstelligen sollte.

Irgendwann rappelte ich mich auf, holte einen großen Müllsack und entsorgte jeden Schnipsel, der auch nur entfernt mit *ihm* zu tun hatte. Die CD mit dem Lied ‚High Hopes' sollte für viele Jahre in der hintersten Ecke meines Schranks verschwinden. Vermutlich war ich ohnehin der letzte Mensch auf Erden, der noch *CDs* hörte. So redete ich mir ziemlich erfolgreich ein, dass ich endlich modern werden und mit *allem* Alten abschließen musste – was ich taktisch extrem clever von mir fand.

Ich wollte endlich herausfinden, was schiefgelaufen und wer *ich* eigentlich war. So viel zum Vorhaben ...

Kennt jemand diese Filme, in denen nach Jahren oder sogar Jahrhunderten Menschen aufgetaut werden, die aus einer völlig anderen Epoche stammen? Eigentlich habe ich auch nur einen von der Sorte gesehen. Vielleicht zwei. Aber ähnlich komme ich mir jetzt manchmal vor. Ich lag nicht im Koma oder so, nein. Gott sei Dank nicht! Und natürlich ist es auch nicht so, dass ich außerhalb meiner Arbeit keine Berührung mit der Außenwelt gehabt oder mich abends in ein Sauerstoffzelt verkrümelt hätte. Das ist es auch nicht. Immerhin sind inzwischen fünfzehn lange Jahre vergangen und ich bin Mutter geworden. Ich will nicht sagen, ich fühle mich plötzlich wie ein Vollhorst, naiv oder gar tapsig, aber ein bisschen wie auf Werkseinstellungen zurückgestellt schon. Ich meine, vielleicht ist es ja sogar normal, dass die Seele zusammenzuckt, wenn man nach Jahren in einer sicheren Blase ausbricht? Ähnlich einem heftigen Blinzeln, weil man nach langem Aufenthalt im Dämmerlicht plötzlich in die helle Sonne sieht. Nach über einem Jahrzehnt sicherer geschäftlicher Existenz will ich nun auch *hier* meine eigenen Wege gehen. Das ist der Plan.

Mit dem erklärten Ende meiner Liebe war für mich klar – gleich einer plötzlichen Eingebung –, dass ich, um glücklich werden zu können, *alles* auf ‚NEU' brauchen würde. Ich beschloss also, dass ich umziehen und in Zukunft selbstständig arbeiten müsste. Ohne Geschäftspartner, im Allgemeinen fernab der ganzen Zwänge da draußen. Nahezu täglich predigte jemand von Achtsamkeit und Work-Life-Balance, dabei hatte ich das Gefühl, dass einem beim geringsten Bisschen versuchten Eigenlebens von irgendwoher sofort auf die Finger gehauen wurde.

Ich meine, sind wir doch mal ehrlich ..., Geschäftspartner können weit kniffliger sein als Chefs, wenn es darum geht, wer die Entscheidungen trifft, was man selbst möchte und was nicht. Mit einem Chef hat man dieses Problem per se nicht, da ist die Hierarchie klar. Man kann sie akzeptieren oder auch ein bisschen an ihr kritteln, aber im Prinzip weiß jeder Bescheid. Das vereinfacht die Dinge. Du tust, wofür du eingestellt wurdest – zumindest im besten Fall –, dein Chef bezahlt dich. Wann du kommst und gehst, ist meistens wenigstens theoretisch klar. Vielleicht sprechen wir da nicht speziell von mir. Ich denke, ich hatte eine sich stetig verschlimmernde Allergie gegen Bevormundung am Arbeitsplatz, was wahrscheinlich nicht *wirklich* half, die Dinge lockerer zu nehmen.

Ich glaubte, von einem Korsett eingezwängt zu werden und nichts von meinem gewohnten Leben mehr ertragen zu können.

Mir wurde bewusst, wie viel Zeit vergangen war.

Alle Wünsche hatten sich währenddessen immer weiter von der Realität entfernt, ohne, dass ich es wirklich an mich hätte heranlassen wollen. Wie ein Selbstbetrug, der einfacher war, weil ich durch ihn keinen Mut mehr hatte aufbringen müssen. Nicht auch noch *am Arbeitsmarkt* kämpfen zu wollen, trug mich über eine lange Zeit. Das Leben außerhalb meiner Blase schien mich genug aufzuzehren. Aus der einstigen Löwin war eine zahnlose Sofamuschi geworden.

Sinngemäß natürlich. In Wahrheit sah mein Hinterteil kaum je eine heimische Sitzgelegenheit, selbst dazu fehlte mir die Zeit – *dachte* ich.

Eines Tages bekamen wir Edelstahlkübel überdimensionalen Ausmaßes ins Büro geliefert. Sonderanfertigung.

Eigentlich waren es gar keine Kübel, sondern Verblendungen. Die Kübel mussten in ebenso großem Aus- oder mehr *Un*maß gefunden, gekauft, mit gefühlten siebenhundert Litern Erde befüllt und mit irgendwas bepflanzt werden, das in Relation zu den Ungetümen mindestens einer Plantagen-Einfahrt Ehre gemacht hätte. Ich erinnere mich, wie ich dastand und zusah, als die Monster geliefert und an die vorgesehenen Stellen gewuchtet wurden und wie ich mich wunderte, was nun weiter geschehen sollte. Nun mag augenscheinlich nichts interessant sein an der Frage, wie es wohl mit Pflanzenbehältnissen weitergehen wird, denn das ist ziemlich vorhersehbar. Höchstwahrscheinlich kommen *Pflanzen* rein. Hier war allerdings offen, wer sich um *den Rest* kümmern sollte, da diese abartigen und fleckenanfälligen Kolosse ja nun schon mal rumstanden, ohne jede Vorankündigung.

Aber mentale Vorbereitung entfiel eben in allen Bereichen. Jeder Tag barg eine neue Überraschung, mit der man sich abfinden durfte.

Mir war das Umfeld, in dem ich mich den Löwenanteil meiner Zeit aufhielt, wichtig. Nur fühlte ich mich in *diesem* leider immer mehr wie ein konturloser Geist. Zugegebenermaßen waren die Kübeldinger nun wirklich nicht eins der nennenswerteren Beispiele. Ich erinnere mich auch nur deswegen noch so lebhaft an sie, weil sie eines Tages doch bepflanzt waren und ich mir eine Gießkanne schnappte und anfing, dem Grünzeug Wasser zu geben, als wäre es schon immer da gewesen. Das war so typisch für mich!

Diese Kübel wurden im Laufe der Zeit zu Stellvertretern für etwas, das ich anfangs nicht fassen und nicht in Worte kleiden konnte. Sie waren plötzlich da, ich nahm sie hin und akzeptierte sie, um mich irgendwann auch noch um sie zu *kümmern*. Noch schlimmer wurde es mit den Kübeln und mir, als ich nach mehreren stillen Gießvorgängen in den Genuss eines Publikums kam, das mich aufklärte, dass ich auch den *Plastikpflanzen* Wasser gegeben hatte.

Möglicherweise hätte man jedes Recht gehabt,

wenigstens mal zu *fragen*, ob man die gemeinsamen Räumlichkeiten nicht vielleicht in Absprache zusammen gestalten könne – wenigstens das! Ich ahnte, dass jedes weitere Mal, das man Dinge einfach geschehen ließ, dazu beitrug, dass irgendwann *alles* fremdbestimmt würde. Allerdings resultierte daraus dann doch immer, dass man sich neuer Dinge annahm, um bei falscher Handhabe noch Spott zu ernten.

Wie es passieren kann, dass man zu einem Teil eines anderen Lebens geworden ist, einem Anhängsel?

Genau diese Frage war plötzlich da und wollte keine Ruhe mehr geben. Währenddessen versuchte ich es immer wieder mit der alten Gewohnheit, die Dinge mit einem bittersüßen Lächeln zu schlucken.

Bis zu jenem Tag, an dem ich nach dem zigsten unfreiwilligen Büroumzug mit meiner Höhenangst in einem Glaskästchen mit Ausblick in den Abgrund saß. Eine besetzte Fensterputzer-Gondel schwebte von unten ins Bild, und mir wurde schnell klar, warum die beiden Passagiere erfreut und frech grinsten. Ich trug einen Rock. Die Beine schlug ich nur in der Öffentlichkeit übereinander ...

Das war der Punkt, an dem es plötzlich reichte!

Natürlich gibt es insgesamt schlimmere ‚Schicksale'. Viele hätten gerne mit mir getauscht. Glaubten sie wenigstens.

Ich hörte all die Stimmen, die von Dank sprachen und von Privilegien.

Doch es gab kein Zurück mehr, so sehr es mich immer wieder beutelte. Ich musste weg!

Trotz der Angst – und die war unbeschreiblich groß –, auch vor mir selbst.

Die Momente, in denen ich mich selbst für irregeworden hielt, waren da, raubten mir Schlaf und Ruhe, nach der ich mich gleichzeitig immer stärker sehnte. Ich wollte hinausschreien, dass ich die Glaskästen meines Geschäftsumfeldes nicht mehr ertrug, ebenso wenig wie den oberflächlichen Umgang mit meiner Liebe seitens des von mir glorifizierten *Mister Unright*.

Dem begegnete ich dank der gemeinsamen Geschäftskontakte zu allem Überdruss auch noch ständig. *Natürlich!* Man hatte vor langer Zeit einen Pakt mit Zuckerrot und Blaubeergelb geschlossen. Aber was nun? Ich wollte eine Umgebung mit Wärme und Charakter, vielleicht antike Möbel hier und da … Mehr war mir nicht klar.

In einem Zeitfenster der Vergangenheit, in dem ich mein Leben freundschaftlich mit einer Frau teilen durfte, musste ich dabei zusehen, wie sie zerbrach an den kleinsten Anforderungen des Lebens, weil sie in einem Leben verharrte, das ihr Sicherheit bot. Ihre Ängste und Dämonen hielten sie davon ab, frei zu wählen, was sie wirklich wünschte. Es ließ mich schier verzweifeln, ihr nicht helfen zu können, denn je mehr ich an ihrem Arm zog, um sie aufzustellen, umso mehr wirkte sie, als kämpfe sie gegen einen unbesiegbaren Gegner. Es war eine meiner prägendsten Erfahrungen, was das Loslassen angeht und inwiefern Liebe manchmal nur dies bedeuten kann. Einer ihre Sätze begleitet mich noch heute trotz seiner augenscheinlichen Banalität.

„Ist schon gut, Lara. So lange es nicht genug wehtut, änderst du es nicht."

III.

Es kam der Tag, an dem ich verstand. Es tat nun genug weh! Ich wollte mich nicht mehr selbst betrügen.

Am liebsten wäre ich gleich in eine andere Stadt oder in ein anderes Land gezogen, aber das wollte ich meinem Sohn nicht antun.

Raoul ist das Ergebnis eines ersten Ausbruchversuchs vor vielen Jahren aus all dem Dilemma, der damit endete, dass ich auf die Nase fiel.

So zog ich meinen Sohn alleine auf, musste erkennen, dass ich immer noch nicht über *ihn* hinweggekommen war und ließ mich Jahr um Jahr anziehen und abstoßen, ohne meine Gefühle steuern zu können. Wann immer ich den Versuch unternommen hatte, vor dieser Kiste zu fliehen, hatte sein charismatisches Wesen es innerhalb kürzester Zeit geschafft, meine mühsam errichtete Mauer zu zerbröckeln.

Ich beließ es also dabei, mich mit dem Wechsel meiner Umgebung und Gewohnheiten zu begnügen.

Anfangs war ich auch so dermaßen beschäftigt mit meinem Neuanfang, dem Papierkram, den Besichtigungen von Büroräumen, dem Lesen von Neuverträgen, Terminen und dem Schreiben von Kündigungen, dass ich gar nicht dazu kam, meine *Gefühlswelt* großartig zu hinterfragen.

Irgendwann brauchte ich eine Pause, schnappte mir Raoul und klapperte mit meinem alten Auto – dass dies überlebte, ist dem Himmel zu verdanken – nach Kroatien. Dort kreierte ich mithilfe junger Designer, die erst am Anfang ihrer Karriere standen, mein neues Firmen-Layout. Wenn Raoul abends schlief, recherchierte ich auf der kleinen Urlaubsterrasse, was ich wem wo zu melden hatte und suchte mir neue Kooperationspartner für den geschäftlichen Teil meines Neuanfangs.

Ging es einmal *nicht* darum, dass ich mich erstmals mit alleinigem Risiko auf die Beine gestellt hatte, so hielt mich mein Sohn auf Trab. Tagsüber tollte Raoul meistens am Strand oder im Pool. Abends spielten wir zusammen und aßen unser bescheidenes Mahl auf der Terrasse mit Blick auf das Meer, wenn es auch in der Ferne lag. Näher konnte ich es mir nicht leisten.

Irgendwann war ich durch mit allem und die Erkenntnis traf mich wie ein Schlag:

Ich würde von nun an jeden Tag alleine entscheiden, wie es an meinem Arbeitsplatz aussehen würde. Nur ich, niemand sonst!

. . .

Nervös stehe ich vor dem ersten Akquise-Gespräch, das ich je vereinbart habe, ohne dass mir jemand den Kontakt vermittelt hätte. Geschäftlich gesehen natürlich. Ich stelle mir mich als eine Person vor, die noch nie das Gespräch mit anderen suchte. Ich muss grinsen. Welch bescheuerter Gedanke!

An der Wand im Vorzimmer, in dem ich zu warten gebeten wurde, hängen seltsame Karikaturen. Ich habe keinen blassen Schimmer, wen sie darstellen sollen, aber sie sehen reichlich beknackt aus. Vermutlich sind sie unglaublich viel wert. Ich habe nicht viel Ahnung von moderner Kunst. Um genau zu sein, habe ich *gar keine* Ahnung davon, was mir früher ziemlich viel ausmachte, weil ich dafür kritisiert worden war. Mittlerweile verstehe ich nicht mal mehr, warum ich mich davon habe beeinflussen lassen. Ich bin mir eigentlich ziemlich sicher, dass nicht jeder Snob, Neureiche, Möchtegern-Yuppie, und wer sonst noch aus der ‚Upperclass', leidenschaftliches Interesse an allem haben *kann*, womit er sich nach den ungeschriebenen Regeln zu beschäftigen hat.

„Oooh jaaa, Herr XY, ich weiß genau, welchen Künstler Sie meinen, siiiicher! Er malt unglaublich lebendig, sein Ausdruck ist von einer Inbrunst und Verzweiflung, die ihresgleichen sucht. Ein fantastischer Maler zeitgenössischen Geschmacks!"

Bla, bla, bla ...

Wenn ich mir vorstelle, dass diese Menschen

meinen, sich mit Dingen und Themen befassen zu müssen, die sie nicht im Geringsten berühren und anheben, empfinde ich irgendwie Bedauern. Das ist doch Verschwendung wertvoller Zeit!?

„Lara, du musst das als Investition in eine große Sache sehen! Wenn du keine Ahnung hast und nicht mitreden kannst, bist du schnell uninteressant. Man schämt sich dann, mit dir in Verbindung gebracht zu werden, aufgrund deiner Einfalt", sagte *er* damals oft.

Einfalt! Dieser Pinsel! Als wäre ich ein Einzeller! Wenigstens habe ich mich nie so weit verbogen, dass ich mir stapelweise Bücher nach Hause geschleppt und sie mir in den Kopf getrommelt hätte, um zu *gefallen*. Ich bin überhaupt nicht interessiert am überall Mitreden! Mir genügt völlig, mich und meinen Sohn von meinem Job ernähren, ein Dach über dem Kopf und uns einige Annehmlichkeiten bieten zu können. Mein Anspruch an mich ist, meine Arbeit gut zu machen und einigermaßen angebracht entlohnt zu werden. Einfalt ...

„Blödsinn!"

„Entschuldigung?"

Erschrocken fahre ich herum und stehe einem ziemlich beeindruckenden Herrn mit kantigen Gesichtszügen und von beachtlicher Größe gegenüber. Er trägt einen perfekt sitzenden Anzug in dunklem Grau. Vermutlich Maßarbeit, sieht nicht aus wie von der Stange.

„Äh ..."

Gott, wie peinlich! So was kann natürlich wieder

nur mir passieren! Ich habe ein außerordentliches Talent, immer genau im falschen Moment laut auszusprechen, was mir in den Kopf schießt.

„Ich habe nur laut nachgedacht. Nicht wichtig. Ich bin Lara Schmidt, freut mich!"

Ich versuche, möglichst gewinnend zu lächeln. Der maßgeschneiderte Anzug spannt sich leicht, aber sein Inhalt macht sich etwas lockerer und reicht mir lächelnd die Hand. Puh!

„Klose. Angenehm. Wollen wir in mein Büro gehen?"

Die erste Hürde wäre geschafft!

„Setzen Sie sich, bitte. Kaffee?"

„Nein, vielen Dank."

„Möchten Sie mir vielleicht doch noch verraten, was Sie eben als ‚Blödsinn' betitelt haben?"

Mir wird ein wenig warm. Wird das ein Verhör? Ich komme mir ein bisschen vor wie eine Schülerin, die vor dem Schulrektor sitzt, weil sie was ausgefressen hat. Ich habe ziemlich viel ausgefressen als Mädchen, deswegen kenne ich mich da gut aus. Aber ich bin ein ehrlicher Mensch und möchte nicht durch Täuschung beeindrucken.

„Die Karikaturen im Vorzimmer."

„Was ist mit ihnen?"

„Nun ja, ich weiß nicht, wen sie darstellen sollen, aber ich finde sie schlecht."

„Schlecht."

„Ja, aber das muss nichts heißen, ich bin nicht versiert. Wahrscheinlich sind sie von einem bekannten

Künstler und stellen Berühmtheiten dar, die ich schlicht nicht kenne."

„So, so. Eigentlich stammen diese Karikaturen von mir persönlich und stellen meinen Mitarbeiterstamm dar. Bedauerlich, dass sie Ihnen nicht gefallen."

Ich bin im Arsch und finde viel bedauerlicher, dass sich auf meinen dringenden Wunsch, es möge sich eine Unsichtbarkeitsdecke über mich breiten, einfach nichts tut, außer vielleicht, dass sich meine Gesichtsfarbe augenblicklich ändert. Wir sehen uns einen betretenen Moment lang an und schweigen. Jedenfalls bin *ich* betreten. Das Selbstbewusstsein meines Gegenübers scheint wohl gefestigt genug, als dass meine Wiedergabe naiven Gedankenguts auch nur im Entferntesten etwas in ihm erschüttern könnte. Endlich räuspert sich Herr Klose und sieht sich vor ihm liegende Notizen an. Ich entfärbe mich wieder etwas.

„Sie haben also Betriebswirtschaftslehre studiert."

„Nein."

„Nein?"

„Nein."

„Was haben Sie *denn* studiert?"

„Ich habe überhaupt nichts studiert. Steht das irgendwo?"

Ich frage das keinesfalls unhöflich, vielmehr bin ich verwundert, wie er zu seinen Annahmen gekommen sein könnte und fürchte, meine Felle schwimmen davon.

„Das nicht, aber muss man nicht studiert haben, um Bilanzbuchhalterin zu sein?“, fragt Herr Klose.

„Nein, nicht im herkömmlichen Sinne und unbedingt. Allerdings bin ich auch keine Bilanzbuchhalterin.“

„Ach so? Was sind Sie *denn*?“

„Buchhalterin.“

Langsam frage ich mich, ob Herr Klose eigentlich je mit Menschen ohne Studium spricht. Allmählich komme ich mir vor wie eine Außerirdische. Ich bin verunsichert und weiß nicht, ob ich bleiben möchte. Natürlich muss ich schnellstens meine finanziellen Löcher stopfen, die die Trennung von meinem Geschäftspartner gerissen hat, ohne Frage. Ich bekomme Bauchschmerzen.

„Vielleicht bin ich einfach nicht die Richtige für Sie und Ihr Unternehmen!? Interpretieren Sie mich nicht falsch, bitte. Sie brauchen eine Buchhalterin, ich bin eine. Ich denke, ich mache meine Sache gut. Aber wenn die Angaben im Lebenslauf ungenügend für Sie erscheinen, kann ich das leider nicht ändern.“

Herr Klose sieht mich nachdenklich an und runzelt die Stirn dabei.

„Probieren wir es“, sagt er unvermittelt.

Ich versuche mein Erstaunen zu verbergen, freue mich innerlich aber ungemein.

„Prima!“, entgegne ich.

Da Herr Klose in Eile ist, nennt er mir Tag und Uhrzeit für den Start in unsere Zusammenarbeit und verabschiedet sich recht schnell.

. . .

Ohne mich zu verbiegen, habe ich Herrn Klose von mir überzeugen können. Stolz schreite ich auf mein kleines Auto zu. Ich habe das Mandat! Welch Meilenstein für mich! Ein selbst akquiriertes Mandat ... Wow!

Das muss gefeiert werden! Nur mit wem? Im Moment wüsste ich nicht mal, mit wem ich abends ein Bier trinken sollte, sofern mir danach wäre. Es ist ja niemand mehr übrig aus der Zeit, in der ich ‚dazuzugehören' schien, und die Kontakte von früher sind daran krepiert, dass ich mich von der ‚High Society' jahrelang indoktrinieren ließ. Selbst schuld.

Nur Silke ist noch da, die Gute. Wir kennen uns schon seit der ersten Klasse. Aber Silke hat selbst keine anderen Freunde. Ich bin mir in letzter Zeit nicht immer so sicher, ob sie zu ihrer Unterhaltung bei mir auftaucht, als ob es darum ginge, keine Folge der täglichen Sitcom zu versäumen. Sie stellt nicht viele Fragen. Manchmal glaube ich, sie weiß überhaupt nicht, was derzeit alles passiert.

Ich schnaube in genau dem Moment, in dem neben mir der graue Anzug auftaucht, als ich eben versuche, mich im Bleistiftrock halbwegs gesittet in mein Vehikel zu manövrieren.

„Alles in Ordnung?"

„Oh! Ah ... Herr Klose! Ja, alles in Ordnung, vielen Dank! War noch etwas?"

Der neue Kunde scheint, so wie er mich ansieht, nicht sicher, ob ich alle Tassen im Schrank habe und er es weiterhin für eine gute Idee halten soll, mir seine Finanzen zu überlassen. Jetzt erst wird mir bewusst, dass ich mit einem Bein im Auto stehe und sich der Rock aufgrund des noch draußen stehenden Beins unangebracht weit nach oben geschoben hat. Der kleine Schlitz macht es nicht besser. Er gibt meinen halben Oberschenkel preis, was mich angesichts der Absetzung meiner Strumpfhose in Strapsenoptik sofort ins Schwitzen bringt. Schnell versuche ich, mein Bein aus dem Auto zu ziehen. Ich kann ja schlecht ins Wageninnere hechten und fröhlich winkend davonbrausen. Leider bleibe ich dabei mit dem Absatz meines Pumps in der Fußmatte hängen, sodass ich im Gesamten wohl zum Vorschein komme, als tanze ich mich in wilder Trance vor mein Gegenüber. Herr Klose verzieht keine Miene. Endlich bin ich draußen und zupfe möglichst ruhig am Rock, als wäre all das völlig normal.

„Nein, eigentlich wollte ich nur in mein Auto steigen, dessen Tür Sie mit Ihrer blockieren. Ich muss relativ dringend zu einem Termin."

„Tja ... Ach so, natürlich! Tut mir leid, ich bin schon weg. Diese Business-Mode macht es einem aber auch wirklich schwer!"

„Versuchen Sie es mit Hosen! Wir hören voneinander. Ich muss jetzt los."

„Selbstverständlich! Viel Erfolg! Und einen schönen Tag noch!"

Eilig quetsche ich mich hinter das Lenkrad, reiße die Tür zu und schaue, dass ich wegkomme. Das ist für meine erste eigene Akquise doch gar nicht mal so völlig schiefgelaufen. Ich meine, sind nicht alle ersten Male komplett frei von Souveränität? Jedenfalls bei normalen Menschen, also denen, die nicht schon mit einem Pokerface auf die Welt gekommen sind. *Will* ich jedenfalls glauben.

Während ich an einer roten Ampel stehe, überquert eine junge Frau am Arm eines gutaussehenden Mannes in teuren Markenklamotten die Straße. Fast haben sie die andere Bordsteinkante erreicht, da stößt die Ärmste an den Rand eines Gullydeckels und knickt völlig weg, wobei sie den Mann schier mitreißt. Hilfesuchend klammert sie sich an ihn – dem nun die Jacke über die Schulter rutscht –, bevor er sie beidhändig zu fassen bekommt und sie wieder aufrecht stehen. Die Frau ist dem Weinen nahe, der Gestik und Mimik nach kennen sich die beiden wohl noch nicht allzu lange.

Es wird grün, und ich fahre mit der Erkenntnis an, dass ich mit *meinem* Missgeschick dann doch ganz zufrieden bin und der Tag an sich Großes hervorgebracht hat.

IV.

Zu Hause brennt kein Licht, also ist Raoul vermutlich noch beim Fußballtraining. Alternativ ist wieder eine Glühbirne in einer meiner Flohmarktlampen explodiert. Ich habe begonnen, mir meinen Wunsch nach antiken Dingen mit Seele und Charakter zu erfüllen, und schon einiges gefunden. Dass man alte Lampen besser neu verkabeln lässt, habe ich erst kürzlich eindringlich erfahren. Auf einem Antikmarkt berichtete ich einem Herrn mit alten Leuchtern von meinem kleinen Steckdosenbrand, den meine erste alte Funzel verursacht hatte. Ich fand seine Reaktion zunächst ein wenig überzogen, wie er erschrocken davor warnte, alte Stecker in neue Dosen zu drücken. Schließlich passten sie doch rein!? Aber seine Erklärungen dazu, dass Lampen, deren Entstehungsjahr vor dem Zweiten Weltkrieg liegt, teils zurechtgefeilt werden, damit sie in die neuen Schuko-Systeme passen, weckten mein Interesse. Ich erfuhr von Phasen und Verteilern, Bakelit- und Kunststoff-Stromdosen und -steckern, bis ich schon fast glaubte, mich bei einem Elektrofachbetrieb bewerben zu können.

Manchmal hört man sich ja leider immer noch jene Sorte Vorträge an, bei denen der Gähnreflex immer heftiger wird, weil man ihnen irgendwie nicht entfliehen kann. Hängen bleibt danach meist wenig bis nichts. Die schlimmsten Vorträge sind die, bei denen man sich während der gesamten Dauer eigentlich relativ sicher ist, dass der Inhalt *so* nicht korrekt sein kann. Oder solche, bei denen das Ganze wesentlich um Fantasiebeiwerk aufgeplustert sein muss, das der Redner aber vehement als fundiertes Wissen ausgibt, während er sich in Ekstase redet, weil er auf Zuhörerschaft gestoßen ist.

Bei den Steckern war das anders. Nicht nur wegen unserer Sicherheit waren diese Informationen wichtig, sondern auch, weil ich feststellte, dass ich noch viel zu lernen hatte.

Als ich umgezogen war, hatte ich meine komplette Einrichtung aus Chrom, Glas und weißem Leder verkauft und verschenkt. Ich schlief die erste Zeit auf einer Matratze am Boden, meine Kleider hingen an Bügeln an allerlei Stangen und Klappgarderoben, und meinen Kaffee trank ich an einem Campingtisch. Ich fand das wahnsinnig abenteuerlich und irgendwie romantisch. Es war wie eine Befreiung, als hätte ich eine zu enge Jacke abgestreift oder mich freigeschwommen von etwas, das ich an meinem Fuß hinter mir hergezogen hatte. Ich denke sehr gerne daran zurück.

Versonnen nehme ich einen Schluck meines Kaffees und betrachte die Blätter der Orchidee im Küchenfenster, die anscheinend wieder von einem meiner beiden tierischen Mitbewohner angeknabbert worden sind. Sind Orchideen nicht giftig für sie? Wieder etwas, das ich unbedingt nachlesen sollte. Seufzend räume ich die Pflanze in mein Schlafzimmer, bevor sie in Kürze als entstellte Version ihrer selbst auf dem Küchenboden landet. Schade um den Platz am Fenster. Ich liebe Grünzeug, aber mit den beiden Katern ist das so eine Sache. Vielleicht sollte ich mir doch noch mal Gedanken über Plastikpflanzen machen ... Ich muss sie ja nicht *gießen*.

Zurück in der Küche fällt mir ein, dass ich Silke wegen der Wohnung, die zwei Stockwerke über mir frei wird, anrufen wollte. Sie sucht schon länger etwas weiter innerhalb, weil sie sich als alleinstehende Frau nicht mehr wohlfühlt so weit draußen in ihrem gemieteten Hexenhäuschen. Ich habe noch nie verstanden, wieso sie überhaupt dort eingezogen ist, und ich bin nun wirklich nicht ängstlich. Seit mindestens zwei Jahren war sie nicht ein einziges Mal mehr bei mir gewesen, weil sie fürchtete, wenn sie beim abendlichen Heimkommen das Haus im Dunkeln beträte, dort jemand lauerte und sie überfiele. Ein wenig neurotisch vielleicht angesichts ihrer freiwilligen

Wahl. Was sie wohl sagt, wenn sie meine stetig wachsende Sammlung an antiken Gegenständen sieht?

Ich weiß nicht, wieso, aber bisher haben wir darüber noch nicht gesprochen. Der Zeitpunkt ergab sich nie, auf das Thema zu steuern. Vielleicht ändert sich das ja, wenn sie zur Besichtigung der Wohnung oben im Haus ist. Gerade nehme ich den Hörer, um Silke anzurufen, da kommt Raoul zur Tür rein.

„Hi Mam! Alles klar?"

„Alles gut. Ich habe auf dem Rückweg von meinem Termin Burger geholt. War zu knapp zum Kochen."

„Stabil, Mam! Kann ich meinen im Zimmer essen? Ich will vor dem Duschen noch 'ne Runde zocken!"

Kinder ... Sie werden so schnell groß.

Eigentlich hätte ich gerne mit ihm zusammen gegessen, andererseits werden die Burger nicht frischer und ich muss wirklich Silke anrufen. Wenn später die Müdigkeit über mich kommt, habe ich womöglich keine Kraft mehr dazu.

„Ja, ist okay. Mach das."

„Cool!"

Kurzerhand verschwinden vom Küchentisch drei von vier Burgern mit meinem Sohn. Gerechte Verteilung, nehme ich an. Na ja, ich muss sowieso auf meine Figur achten. Also was soll's! Silke geht nach dem ersten Tuten ran.

„Hallo, ich bin's. Sitzt du auf dem Telefon?"

„Nein, ich habe gewartet. Ich wusste ja, du rufst an! Hast du mit dem Eigentümer der Wohnung gesprochen? Klappt das morgen?"

„Mit dem Eigentümer nicht, aber mit den derzeitigen Mietern. Nachmieter haben sie noch keine, du kannst also gerne zur Besichtigung kommen. Passt 18 Uhr für dich?“

Silke atmet tief ein.

„Silke?“

„Ja, bin noch dran. Lass mir mal einen Moment. ... Ich dachte, du redest direkt mit dem Eigentümer und sagst ihm, dass ich deine Freundin bin, einen festen Job habe und mich da draußen ängstige! Jetzt ist da so 'ne unsichere Kiste draus geworden!“

Ich bin irritiert und verstehe nicht ganz, was ihr Problem ist. Es war nie besprochen, dass ich mich auf die Suche nach den *Eigentümern* machen würde. Sie hat durch mich einen Besichtigungstermin, und zwar den ersten!?

„Ich weiß nicht, was jetzt nicht stimmt damit, dass du morgen in die Wohnung kannst und gute Chancen hast, sie zu bekommen!? Immerhin sollte man sie ja zumindest *gesehen* haben, bevor man eine Welle macht und sie dann nicht möchte, oder!?“

„So habe ich mir das nicht vorgestellt.“

Was *hat* sie sich bitte vorgestellt? Dass ich ihr die Türen öffne, den Vertrag schon mal für beide Seiten vorbereite, sie morgen erscheint und – auf Rosenblättern den roten Teppich entlang schreitend – mit Jubel empfangen wird?

Während wir uns anschweigen, kommt das Pubertier mit dem Smartphone im Hosenbund seiner Shorts um die Ecke. Bloß keine Minute Chats und Musik verpassen! Es angelt sich den Kanister Orangensaft aus dem Kühlschrank, den es mit übermäßig viel Schwung wieder schließt, dass drinnen die Senf- und Meerrettich-Gläschen nur so klirren.

„Geht's noch fester vielleicht!?", entfährt es mir.

„Was geht noch fester?", fragt Silke, während Raoul, dank In-Ear-Kopfhörern, unbekümmert von dannen trampelt, ehe er seine Tür unüberhörbar ins Schloss knallt. Die Funktion von Türklinken beschränkt sich im Leben meines Sohnes ausschließlich auf die eines Griffes, an dem man zieht. Außer, man will raus, dann weiß man, dass sie auch heruntergedrückt werden können.

„Ich meinte Raoul, Silke."

„Ist es zu viel verlangt, dass du dich auf unser Telefonat konzentrierst?"

Gott, was ist mit ihr nicht Ordnung heute???

„Silke, ich bin *Mutter*!"

Ich jedenfalls will meinen Orangensaft wiederhaben, weswegen ich nebenbei ins Smartphone tippe, Raoul solle ihn umgehend zurückbringen, um Silke nicht noch weiter aufzuregen, indem ich ihn rufe. Postwendend wird die Tür zur Pubertierhöhle wieder aufgerissen und Raoul erscheint mit vorwurfsvollem Gesicht. Theatralisch knallt er den Kanister vor mir auf den Tresen.

„Hier, *Mutter*, dein heiliger Saft! Und wieso schreibst du mir überhaupt, während wir in der gleichen Wohnung sind!? Ich dachte, das wollen wir hier nicht!?"

Chapeau! Aber schließlich war es Notwehr!

Provokativ verschränkt er seine Arme und stellt sich vorsichtshalber noch ein bisschen breitbeiniger auf.

„Ach so, du schreibst Nachrichten, während wir telefonieren!? Gut, dass ich das nun auch weiß. Ich denke, ich beende das hier dann jetzt mal. Melde mich morgen. Gute Nacht!"

Verdattert schaue ich den Hörer an. Raoul gibt sein Vorhaben, um den Saft eine Diskussion zu entfachen, augenblicklich auf und schaut auch verdattert.

„Hat die dir gerade *aufgelegt*???"

„Scheint so."

„Sei mir nicht böse, aber ich kann die nicht leiden", sprach's und weg war's wieder.

Ungläubig starre ich auf das Mobilteil meines Hausanschlusses. Ich kam nicht mal dazu, von meinem Termin mit Herrn Klose zu schwärmen und meinen ersten Erfolg zu präsentieren! So gerne hätte ich dieses Glücksgefühl mit meiner Freundin geteilt.

Unterschwellig hab' ich immer öfter den Verdacht, dass ich alleine dadurch anzuecken scheine, Dinge für andere Menschen nicht mehr bis zur schieren Selbstaufgabe tun zu wollen. Wahrscheinlich hätte ich früher tatsächlich versucht, alles bis zur Vertragsunterschrift für Silke zu regeln.

Es geht mir auch nicht nur mit *ihr* so, dass ich spüre, wie viele Erwartungen ich anscheinend nicht mehr zufriedenstellend erfülle, so oft bekomme ich neuerdings Vorwürfe zu hören. Anfangs hat mich das verletzt, aber nach und nach ärgert es mich auch. Gerade *Silke* müsste doch wissen, dass ich momentan ein neues Leben beginne!? Oder nicht?

Vielleicht sollte ich das ein bisschen deutlicher herausstellen, dann wird sie es sicher verstehen.

V.

Am nächsten Morgen gießt es wie aus Eimern. Meine Lust darauf, das Haus zu verlassen, hält sich in Grenzen, als ich mit meiner Kaffeetasse in der Hand aus dem Küchenfenster in die graue Tristesse sehe. Mein Blick fällt auf die Staffelei in der Ecke. Seit mindestens drei Wochen steht eine mittelgroße Malpappe mit dem begonnenen Porträt von Frida Kahlo darauf, das mich noch wahnsinnig zu machen droht. Neuerdings sage ich in diesen Augenblicken laut zu mir selbst, dass ich nicht der Typ bin, der aufgibt. Das funktioniert ziemlich gut. Frida fehlt aktuell die alles entscheidende Erhabenheit, die sie für mich umgab. Ich habe für mein Projekt unzählige Aufnahmen, Filmmaterial und Lektüre gesichtet. Manchmal zweifle ich fast an meinem Talent und frage mich, wo es sein Ende hat. Dann kommen die Momente, in denen ich mich *nicht* hinterfrage und in denen ich Frida schlicht beschimpfe, was meist damit einhergeht, ihr Porträt in alle möglichen Lichtquellen zu tragen, sie abermals zu fotografieren und mir anzusehen, was denn nicht stimmt mit ihr. Neben dem interessanten Lebenslauf und den Umständen, die Frida nach Mexiko führten, war sie nicht einfach eine Malerin, die eine Epoche prägte – wenngleich das selbstverständlich für sich gesehen vollkommen ausreichend wäre, um sie im Gedächtnis zu behalten. Ich *muss* sie einfach hinbekommen!

Frida Kahlo ist wie eine Muse für mich. Als junge Erwachsene musste sie nach einem schweren Unfall ein Leben mit starken Schmerzen verbringen, die sie immer wieder heimsuchten und zeitweise nahezu bewegungsunfähig machten. Neben den Zyklen, die ihre Abläufe – oder auch Schaffensphasen – jäh unterbrachen, wann immer sich der Körper den Schmerzen beugen musste oder eine weitere Operation anstand, blieb ihr Wille scheinbar ungebrochen. Sie muss viel geweint haben. Angesehen hat man ihr das auf keinem der bekannteren Bilder.

Ich *werde* sie malen, obwohl ich weiß, dass ich sie nicht behalten werde. Sie soll gestiftet werden, um Geld für einen Gnadenhof meines Herzens zu sammeln. Bis vor einiger Zeit war Frida lediglich ein Begriff mit einem Gesicht dazu, das von zusammengewachsenen Augenbrauen und einem Damenbart geprägt zu sein schien. Mehr durch Zufall erfuhr ich von einer Bekannten über ihre Leidenschaft für die mexikanische Malerin und den tiefen Wunsch, ein selbst gemaltes Bild von ihr an der Wand zu haben.

Neben meiner Rührung und dem Bedürfnis, ihr diesen Wunsch zu erfüllen, trieb mich die Idee an, aus der Sache einen guten Zweck zu machen. Um meiner Frida ein Gesicht geben zu können, wie ich es sehe, benötigte ich aber mehr Wissen und Informationen. So kam es, dass ich über viele Wochen immer tiefer eintauchte in ihre Welt und selbst entbrannte. Ihre bestimmt schmerzhafte Liebe zu einem mehr als ungewöhnlichen Mann, der sie vermeintlich demütigte mit seinen ganzen Liebschaften, muss schwierig gewesen sein. Frida wurde vielmals als Wildgewächs beschrieben, das sich aus dieser Beziehung jedoch auch nahm, was sie weiterbrachte, sie reifen ließ und ihr dazu verhalf, sich nach weiterer Bettlägerigkeit immer wieder aufzurappeln. Vielleicht war sie wegen ihrer körperlichen Behinderungen auch ein Stück weit dankbar dafür, dass dieser Mann sie offensichtlich liebte – auch wenn er nicht treu war – und er sie als Künstlerin förderte. Ich denke, dass er ihr vielleicht das Gefühl hatte geben können, eine bewundernswerte Frau zu sein für all das, *was* sie war und das war eindeutig einiges. Er wiederum war trotz seines wenig attraktiven Äußeren jemand, zu dem sie aufschauen konnte, denn er war auf dem Gebiet der Wandmalerei schließlich einer der großen Künstler seiner Zeit. Im Gegensatz zu Frida war er unter Fachleuten international bekannt, sein Name in bestimmten Kreisen weltweit von Bedeutung. Auch politisch war er lange Zeit durchaus von Einfluss. Frida wiederum entwickelte über die Jahre einen für diese Zeit derart ungewöhnlichen Stil, dass es nicht einmal den besten Kritikern möglich war, ihn zuzuordnen. Sie weigerte sich ein Leben lang beharrlich, ihn zum Surrealismus erklären oder sonst wohin stecken zu lassen.

Beide ließen sich nicht verbiegen und waren nicht in der Lage oder willens, Rollen zu spielen, die ihrem Inneren widersprachen. Frida Kahlo gibt einen ganzen Quell an Inspiration für mich ab.

Mittlerweile brennt das Deckenlicht in meiner Küche. Die Pinselmappe ist während meiner Gedankengänge wie von selbst auf den kleinen hölzernen Tisch gewandert. Die Entscheidung ist gefallen. Heute werde ich nicht zur Arbeit gehen! Es stehen keine Termine oder Verabredungen an, die damit kollidieren, also kann ich meinem Verlangen heute nachgeben. Jetzt ist Frida-Zeit und Kreativität duldet keinen Aufschub, sonst ist sie dahin und niemand weiß, wann sie wiederkommt. Ein herrliches Gefühl, das ich mir nicht oft erlaube, schließlich kann ich davon weder Rechnungen bezahlen noch Raoul und mich ernähren. Umso besonderer sind diese kostbaren Momente. Ich beginne damit, mir eine Collage aus der Fotografie meiner bisherigen Rohzeichnung und einem authentischen Bild Fridas zu basteln. Konzentriert betrachte ich das Ergebnis, um den nächsten Schritt abzuwägen. Die Problematik an der Malerei mit Ölfarbe ist das Arbeiten ‚Schicht auf Schicht'. Je nachdem, wie nah man mit dem Pinsel an Details kommt, benötigt es eine gut getrocknete Schicht darunter. Das kann natürlich Geduld erfordern.

Gerade versuche ich mich an den Wimpern, da klingelt das Telefon. Verflixt! Warum habe ich es nicht ausgeschaltet!? Beim Blick auf das Display erkenne ich die Nummer meines Opas.

Seufzend lege ich den Pinsel beiseite und nehme den Anruf an. Es geht um Oma, die sich nach einer schweren Krebsoperation in Kurzzeitpflege befindet. Die Vollnarkose hat ihre Demenz noch verschlimmert.

Sie ist heute von Unruhe getrieben und Opa sorgt sich, weil er selbst nicht viel Zeit bei ihr verbringen kann, solange es all die vielen Termine gibt, die alles Notwendige regeln sollen. Mit ein wenig Bedauern wasche ich die Pinsel aus und stelle sie in das Glas mit dem Reiniger, ehe ich ins Badezimmer gehe, um mich frisch zu machen. Meine langen schwarzen Haare sehen wieder fürchterlich aus, überall steht was ab, das nicht abzustehen hat. Teils kringeln sie sich übertrieben und an anderer Stelle hängen sie einfach nur träge und stumpf vom Kopf. Ich war noch nie sonderlich glücklich mit dem Gestrüpp, aber an manchen Tagen sieht es schlicht zum Heulen aus. Das Alter hat daran nichts besser gemacht. Ich entscheide mich für einen Pferdeschwanz, schließlich will ich meinen Opa nicht allzu lange auf seine Ablösung durch mich warten lassen.

VI.

„Oma, wie sieht es denn hier aus???“ Mit Blumen und Schokolade bewaffnet, glotze ich fragend auf den Boden, auf dem unzählige Fetzen verteilt sind. Taschentuch?

„Hast Du Karneval nachgefeiert?“

Eigentlich ist die Sache ernst und nicht lustig, aber ich habe beschlossen, dass ich meiner Oma nicht das Gefühl geben will, dass wir traurig sein müssen, wann immer sie aus ihrer Welt in die Realität auftaucht. Das ist schwer kalkulierbar. Oma sitzt fragend auf der Bettkante und schaut nun auch zu Boden.

„Was ist das? Ich war das nicht!“

„Hm, keine Ahnung. Konfetti? Sieht aus wie ’ne Party. Oder?“

Aus dem Augenwinkel erschiele ich, wie sie reagiert und merke, dass ich Erfolg habe. Sie fragt sich jetzt auch, ob jemand ’ne Party gefeiert hat.

„Das können dann aber nur die Vormieter gewesen sein, wir sind ja gerade erst eingezogen!“

Mein Herz zieht sich zusammen, aber ich beherrsche mich.

„War denn keine Putzfrau da, bevor ihr rein seid?“

Oma denkt jetzt ebenfalls darüber nach, wie das angehen kann. Gut so. Ich gebe mein Bestes, die Momente abzupassen und sie da abzuholen, wo sie ist.

„Die Wohnung ist neu. Ich weiß nicht, wieso es so aussieht.“

Ich atme auf und bin froh, dass sie gerade glaubt, sie sei umgezogen und dass sie ‚wir‘ sagt, denn das zeigt mir, dass sie augenblicklich nicht fühlt, dass mein Opa nicht hier wohnt.

„Verstehe. Ich sammle das mal eben auf, sonst rutschst du vielleicht noch aus!“

Sie sieht immer noch fragend auf das Desaster vor sich. Ich muss grinsen, weil ich mir vorstelle, wie sie unzählige Taschentücher in kleinste Fetzen gerissen und diese zu Röllchen gedrillert hat, um sie dann wegzuwerfen. Dann frage ich mich, wie lange sie wohl alleine gewesen sein muss, um diese akribische Arbeit verrichtet haben zu können. Seufzend knie ich auf den Boden und fege mit der Handkante Fetzen zusammen.

„Ach, lass doch! Das sollen doch die machen, die uns den ganzen Tag knechten und abhören! Beobachten tun sie uns auch!“

„Oma, kein Problem. Ich mach das schon.“

„Ich muss jetzt gehen, ich habe Doktor Schwarz gesagt, ich bin heute pünktlich da. Wir trinken Kaffee.

Er hat gesagt, ich kann jederzeit kommen, Tag und Nacht."

„Tag und Nacht?"

„Ja!", insistiert meine Oma.

„Und er hat vierundzwanzig Stunden auf?", frage ich vorsichtig.

„Nein, aber ich kann auf seinem Sofa schlafen, wenn es zu spät wird!"

„Verstehe."

„Ja. Ich muss mit ihm über meine Zähne sprechen."

„Deine Zähne? Ich dachte, Doktor Schwarz sei Allgemeinmediziner?"

„Die liegen im Vorgarten!"

„Deine Zähne liegen im Vorgarten?"

„Sag ich doch! Frag nicht so blöd! Draußen! Im Vorgarten! Aber das bleibt unter uns!"

Umständlich schält sie sich von der Bettkante und macht Anstalten, weglaufen zu wollen. Ich versuche, möglichst keine Panik aufkommen zu lassen und Gelassenheit auszustrahlen, um ihre Unruhe nicht zu intensivieren.

„Wohin möchtest du?"

„Ich brauche was zum Anziehen, ich gehe ja jetzt!"

Besorgt schaue ich in Richtung Einbauschrank, an dem gestern ein Gurt angebracht wurde, der äußerst schwierig zu öffnen ist. Meine Oma hatte immer wieder Wäsche ausgeräumt und sich alles Mögliche angezogen. Gleichzeitig übereinander. Fragend steht sie nun davor und nestelt am Verschluss.

„Wieso hast du meine Küche abgeschlossen?"

Innerlich stöhnend erhebe auch ich mich nun und stelle mich neben sie.

„Oma, ich habe deine Küche nicht abgeschlossen. Das ist die Sicherung gegen Diebe, damit in eurer neuen Wohnung niemand Unfug betreibt, wenn ihr nicht da seid. Setz' dich doch einfach noch mal, ich mach das."

Verzweifelt sehe ich mir die Verschlusstechnik an und bete innerlich, sie möge sich noch mal setzen. Unwirsch drängt sie mich weg, der Plan wird nicht funktionieren, es ist der falsche Moment.

„Warum ist meine Küche abgeschlossen!? Wo ist dein Opa? Warum verarscht ihr mich alle?"

Wild rüttelt sie am Gurt. Ich schlucke, versuche aber, ruhig zu bleiben und meine Gefühle zu beherrschen. Sie kann nichts dafür und sie weiß nicht, was sie da tut, jedenfalls jetzt nicht und immer seltener. Ich habe mir geschworen, sie soll ihre Würde behalten, so gut es geht. Ich versuche, sie sanft abzulenken, aber sie schlägt aus und trifft meinen Bauch genau da, wo eigentlich der Nabel sitzen würde. Da mir *der* allerdings vor einiger Zeit aus der Fassung gesprungen ist – was ich resigniert zur Kenntnis genommen habe und seitdem mit Hilfsmitteln zu ignorieren versuche –, tut das ein *bisschen* weh. Ich zucke zusammen, halte meine Oma aber sacht am Handgelenk und versuche, sie zum Stuhl am Fenster zu lotsen.

„Oma, schau mal. Haste gesehen? Da! Ein Fridolin!"

Meine Oma schaut Richtung Fenster. Ich halte den Atem an.

„Fridolin?“

Sie sucht die Erinnerung, aber der Name rührt etwas in ihr an, das bemerke ich sofort. Fridolin war eine kleine Meise. Vielleicht waren es auch mehrere Meisen. Ich habe keine Ahnung, wie lange diese Vögel leben. Mir kam es immer verdächtig vor, wie alt ein- und derselbe Fridolin sein sollte, aber eigentlich spielte das auch keine Rolle. Im Gegenteil war es umso erstaunlicher, dass jedes Frühjahr wieder eins dieser kleinen Wesen auf ihrem Balkon saß, ob sie danebenhockte oder nicht. Sie zerstieß einfach nur Walnüsse und legte sie draußen auf den Tisch. Irgendwann brachte Fridolin seine Freundin mit, vielleicht auch seinen Kumpel. Am Ende schien es, als handle es sich bei Fridolin um einen Genossen aus dem Morgenland, so groß war seine Sippschaft, die sich um ihn scharte, wenn er zu Besuch war. Plappernd und bunt gestalteten sich fortan seine Auftritte. Ich glaube, Fridolin bedeutete meiner Oma umso mehr, weil sie ihren ‚Pipsi‘ nie hatte vergessen können, einen blauen Wellensittich, der bei einem unbedachten Lüftungsvorgang das Weite gesucht hatte. Wahrscheinlich war die Tatsache, dass er niemals wieder zurückgekommen ist, der schlimmere Aspekt, als dass er entflogen war, was man sich immerhin noch mit seiner Spezies und seinem Unwissen ums Tun hatte erklären können. Fridolin hingegen war nie ihr Besitz gewesen, sondern kam aus freien Stücken und offensichtlich gerne, das machte meine Oma froh und ein bisschen stolz.

Wir stehen noch immer vor dem Einbauschrank.

„Oma?“

„Meinst du, ich komme noch mal nach Hause?“

Jetzt ist sie wieder da, das kann ich spüren. Diese Momente sind die schwersten. Ich lege vorsichtig den Arm um sie. Sie ist kleiner als ich, was wirklich eine Erwähnung wert ist. Ich messe nur knapp etwas über einhundertsechzig Zentimeter.

„Ja, Oma. Du kommst nach Hause.“

Eigentlich bin ich mir da selbst nicht sicher. Mein Opa ist nicht mehr der Jüngste, sie schwer krank, und überhaupt ist alles so unkalkulierbar. Man weiß ja nicht mal, wie es in den nächsten zehn Minuten sein wird mit ihr. Aber man klammert sich an jede Hoffnung.

VII.

Nachdem ich Oma guten Gewissens am Abendbrottisch aufgehoben weiß, ihr einen fetten Schmatz gegeben habe – was sie nach wie vor nicht leiden kann – und mich aus dem Staub gemacht habe, gehe ich noch einige Kleinigkeiten einkaufen. Zu Hause stelle ich fest, dass Raoul noch unterwegs zu sein scheint. Die Wohnung ist dunkel und das vertraute bläuliche Licht seines Monitors leuchtet auch nicht durch das Oberlicht seiner Zimmertür. Richtig, heute ist Training.

Aktuell ist jeder Tag voller Überraschungen und prall gefüllt mit Anforderungen, sodass ich nicht immer mitbekomme, wann die Einheiten angesetzt sind. Normalerweise findet alle zwei bis drei Tage etwas statt, aber die absonderliche Wetterlage und der Belegungsplan der Halle lassen keine Vorausschau zu. Raoul müsste trotzdem bald eintrudeln, also werde ich direkt mit dem Kochen anfangen. Heute wird es

‚keine Ahnung' geben. Das heißt, Kühl- und Küchenschrank auf, sichten, was da ist, entscheiden, was wegmuss und überlegen, welche Kombinationen aus Lebensmitteln und Gewürzen schmecken könnten. Knifflig ist dabei, dass ich abends nicht so mächtig essen möchte und es auch besser nicht so oft tue, da ich leicht ansetze. Außerdem lege ich genau dort zu, wo ich es nicht auch noch brauche, an Hintern und Oberschenkeln. Etwas Gutes am Älterwerden – finde ich zumindest – ist, dass der Oberkörper langsam versteht, dass niemandem damit geholfen ist, wenn er eine XS-Größe bleibt, während ab dem Bauchnabel abwärts schon alles auf eine ‚M' zusteuert. Negativ fällt mir jedoch auf, dass *mein* Oberkörper beschlossen hat, dass er bei den Ober*armen* anfängt, sich ins Gesamtbild fügen zu wollen. Ich will keine Winkearme. Also mache ich ab und zu Mädchen-Liegestütze. Für echte Liegestütze habe ich seltsamerweise keine Kraft. Vielleicht bin ich auch zu wenig motiviert. Das habe ich noch nicht so genau herausgefunden und die nähere Betrachtung des Problems auf einen späteren Zeitpunkt verschoben. Raoul wiederum setzt überhaupt nicht an und verschlingt mittlerweile Mengen an Essen, die ich nicht an zwei Tagen schaffen würde. Das macht die alltägliche Frage, was ich uns beiden möglichst ohne allzu großen Aufwand kochen könnte, nicht unbedingt einfacher. Heute bestimmen die Vorräte, dass wir einen Fake-Fleischkäse, Kartoffeln, Spiegelei und Spinat auf dem Tisch haben werden. Der Fake-Fleischkäse muss natürlich noch erschaffen werden, da er sich momentan in Form heller Sojakrümel in einem Beutel befindet. Blödsinnigerweise in einem *Plastik*beutel.

Neulich habe ich in Gegenwart einer Nachbarin den Fehler begangen und erzählt, dass ich ‚Fleischsoße' aus Linsen gebastelt habe. Ich wusste bis dato überhaupt nicht, dass man sich darüber so aufregen kann und dass der Versuch, seinen Fleischkonsum einzuschränken, eine solche Debatte auszulösen vermag.

„Wissen Sie, Frau Schmidt, ich finde es vollkommen daneben, die Ersatzprodukte als ‚Fleisch' zu bezeichnen! Was soll das denn? Entweder *ist* das Fleisch oder es ist eben *keines*!"

Ich versuchte Frau Rossmann hierauf zu erklären, dass ich mir darüber bisher eigentlich keine Gedanken machte, aber ein ehemaliger Fleischesser vermutlich seine ‚Hauptzutat' auf dem Teller vermisste und ihm der Verzicht wahrscheinlich leichter fallen würde, wenn er dafür einen Ersatz hätte, der ihm nahekäme. Ach, du guter Vater, da wurde Frau Rossmann augenblicklich mehr als lebendig. Sie holte zu regelrechten Vorträgen aus, dabei wollte ich doch nur meinen Wertstoffmüll rausbringen und keine Pro-Fleisch-Demo mobilmachen.

Gerade habe ich meine Krümel eingeweicht, da kommt Raoul mit Silke im Schlepptau herein.

„Hallo, ihr beiden!“

Silke küsst mich links und rechts auf die Wangen, während Raoul im Hintergrund Grimassen macht.

Ich grunze ungewollt. Silke verzieht kurz das Gesicht, dumm ist sie ja nicht. Ich sehe meinen Nachwuchs mahnend an, der prompt die Augen verdreht und beleidigt in sein Zimmer verschwindet.

Ich habe gerade mit der Essenszubereitung begonnen, als Raoul plötzlich dringend noch mal ‚eben raus‘ will. Das macht mich misstrauisch. Ich lasse mein geschnippeltes Gemüse Gemüse sein, verabschiede mich etwas übereilig von meiner Freundin und mache mich auf, ihm unauffällig zu folgen. Silke kann ich später noch aufklären.

Raoul ist bereits seit einigen Tagen irgendwie seltsam ...

Ein bisschen komisch komme ich mir ja schon vor, wie ich in einem Gebüsch hockend versuche, einen möglichst guten Blick auf das Spielplatz-Treffen zu erhaschen, das die diversen Pubertiere dort abhalten. Allein schon deswegen, weil mich jemand der Anwohner dabei beobachtet haben könnte, wie ich mich ins Grün *gequetscht* habe. Mir zumindest fallen nicht allzu viele Gründe ein, die ein solches Tun erklären würden.

Meinen Sohn erkenne ich direkt, obwohl er vornübergebeugt mit dem Rücken zu mir sitzt. Oskar, seinen Freund, höre ich, sehe ihn aber nicht richtig.

Den dritten Jungen habe ich bis jetzt nur kurz vom Fenster aus gesehen. Ich atme aus. Alles scheint in Ordnung. Nichts qualmt, nichts raucht, selbst die Musik ertönt in dezenter Lautstärke. Raoul ist zusammen mit jenen, die er mir nannte. Dann kann ich mich ja wieder ...

„Hey Jungs, es gab keine Streichhölzer mehr!"

Wer war das? Mädchenstimme! Sofort ducke ich mich zurück in die Hocke. Streichhölzer ... Wieso Streichhölzer!? Wer braucht die und *wofür*? Ein Mädchen nähert sich dem Trio. Gerade versuche ich, über ihre mehr als knappe Hose, die diese Bezeichnung nicht verdient, hinwegzukommen, da erscheint ein zweites Mädchen im Fokus mit noch weniger Beinbekleidung. Bauchfrei obendrein! Ich glotze jetzt dermaßen angestrengt, dass ich fast umkippe. Ich wünschte, mir fächelte jemand Luft zu. Eins der Mädchen setzt sich neben Raoul, die Hand auf seinen Rücken gelegt. Aaaaaarrrrggggghhhh!!! Wer *ist* das? Ich brauche einen Plan! Die Streichhölzer beunruhigen mich schier noch mehr als das Mädchen. Obwohl ... Das entscheide ich später! Trotzdem erachte ich es in Anbetracht dessen, dass mein Nachwuchs rein gar nichts mit Entzündlichem oder Rauchendem zu tun haben sollte, für legitim, mich mal irgendwie bemerkbar zu machen. Nach Hause zu gehen und abzuwarten ist für mich aktuell unmöglich, dazu rege ich mich zu sehr auf. Ihn auf dem Smartphone anzuschreiben entfällt leider auch. Ich kann schlecht bis nach Hause gehört haben, dass hier

Streichhölzer gebraucht werden. Ich kann aber auch nicht abends aus einem Gebüsch an einem Spielplatz entsteigen und dabei wirken, als wäre es die normalste Sache der Welt. Der Supermarkt! Ha! Unweit befindet sich einer, er hat sogar noch dreißig Minuten geöffnet. Katzenfutter! Es ist ausgegangen, natürlich. Perfekt! Aber was dann? Auf dem Rückweg den direkten Pfad mitten durch die Spielanlage nehmen? Und was sagen?

„Ach, na, so ein Zufall! *Ihr?* Hier?“

Das geht auch nicht, weil schließlich die Frage aufkäme, was *ich* dort tue. Da ich aktuell aber keine weitere Idee habe, was ich tun kann, muss ich aus meinem Versteck und zum Supermarkt, bevor er schließt. Weil ich mich jetzt durchaus hastiger bewege, um mich unbemerkt hinter der Anlage auf den Weg zurückzumachen, pikt und nesselt es nur so beim Verlassen des Gebüschs. Und raus bin ich! Ein unbekanntes Objekt hat sich in meinen Haaren verfangen, aber wenigstens bin ich nicht gesehen worden und nun fuchtelnd und wischend auf dem Weg zum Supermarkt. Mit lautem Gekichere von einem der Mädchen im Rücken laufe ich direkt noch schneller. Nicht, dass die alle weg sind, bis ich wiederkomme!

Im Supermarkt packe ich tatsächlich eine Dose Katzenfutter ein, als Alibi, versteht sich, und sehe mich dann nach etwas um, das ich mir zum Grund machen kann, ins Bild zu tanzen. Das ist schwierig. Mütter sind in diesem Alter die so ziemlich unerwünschtesten Wesen überhaupt. Vor allem, wenn

Zeugen ähnlichen Alters – erst recht weibliche – dabei sind. Ich kann folglich nicht ankommen und sagen:

„Sorry, flotte Lotte, aber mein Sohn muss jetzt gehen, Katzen füttern!"

Eistee. Chips. Das kommt doch immer gut! Zumindest bei Jungs, vor allem bei jenen, die seit einer Stunde ohne Essen und Trinken draußen sitzen, weil sie kurze Hosen beeindrucken müssen. Nachdem ich bezahlt habe, nähere ich mich mit meiner Beute vorsichtig dem Ort des Geschehens. Mist, sie sind weg! Ich bleibe stehen und lausche. Irgendwo vernehme ich ein Lachen, das nach Raoul klingt, und setze mich wieder in Gang. Hinter einem Holzhüttchen erkenne ich die Gruppe und werde etwas nervös, straffe aber meinen Rücken und halte auf die Gruppe zu. Sohn hat den Radar auf ‚ON', sieht mich auf halber Strecke und kommt angeflitzt. Die Mädchen sitzen plötzlich außerordentlich gesittet da und lächeln herzallerliebst. Früchtchen!

„Mama, was machst du hier?"

Ich will ihm möglichst keine Angriffsfläche bieten.

„Ja, also ... Ich musste Katzenfutter kaufen! Und du? Was musstest du denn machen, weil es Streichhölzer gebraucht hätte?"

Raoul sieht sich in der schlechten Position, in der er ist.

„Äh ... Da ist so ein Video im Internet, da kann man einen Trick mit dem Rauchen von Streichhölzern ..."

„*Bitte*!?"

„Öhm ... Wir haben es ja nicht gemacht! Ich lass es einfach, okay!?“

„Das will ich aber meinen! Wer sind die Mädchen da und was macht der Knutschfleck an deinem Hals?“

Raoul guckt verlegen.

„Der ist von Paula.“

„Und wer bitte *ist* Paula? Und wann gedachtest du mir von ihr zu erzählen, da sie schon wie ein Blutegel an meinem Sohn saugt?“

„Paula ist die Freundin von Oskars Freundin. Ich hätt's dir nachher erzählt. Ehrlich, Mam.“

„Hm ... Paula soll das Gesauge unterlassen!“

„Okay.“

„Hier, Eistee und Chips.“

„Woaaah, cool! Danke, Mam!“

Ich bin zufrieden mit mir. Raoul scheint derart erleichtert, weil er keinen wirklichen Stress vor seiner Clique bekommt, dass er sogar Dank empfindet. Er schnappt sich alles und rennt weg.

Seufzend nehme ich meine Tüte wieder auf und laufe den indirekten Weg weiter, der uns durch Hecken voneinander trennt. Die Mädchen schielen ehrfürchtig zu mir rüber, weswegen ich mir noch einen Gruß gönne.

„Und hier wird nichts geraucht, auch keine Streichhölzer! Sonst seid ihr alle nur vierzehn Jahre alt geworden!“

VIII.

In meinem Traum sitze ich im Zug und schaue hinaus. Der Führerschein ist weg, ich bin erkrankt, sagen die Ärzte. Alles zu schnell auf einmal gewollt, höre ich. Viel zu lange gewartet, bis ich die Bremse gezogen habe, dringt zu mir durch. Ich fühle mich leer. Ich will nach Hause und nehme die Bahn.

Eine Reihe Kleingärten zieht an mir vorüber. Es erschließt sich mir nicht, warum Menschen Geld dafür bezahlen, um in einem Garten zu sitzen, der vielleicht Ausgleich und Entspannung nach einer anstrengenden Arbeitswoche sein soll, wenn Züge mit Menschen vorbeifahren, die zuschauen, was sie dort tun. Manche Menschen mag es nicht sonderlich kümmern, das ziehe ich hierbei in Erwägung. Aber ist Sinn eines Gartens nicht die Natur, das Grün, der Vogel, der zwitschert, und die sattrote Tomate, die abgasfrei heranreift? Ich stelle mir vor, wie ich mich nicht in einen solchen Garten legen mag, um ein Sonnenbad zu nehmen, dafür aber Hecken schneiden muss und das Kind anschreie, dem zu sagen es unbedingt jetzt gerade was gilt, als ein Zug vorbeidonnert.

In meinem Sieben-Uhr-Bus, den ich anschließend nehmen muss, sitzt jeden Morgen eine Frau – ich schätze sie auf Anfang vierzig –, die ständig in ihre Zeitung murmelt: „Oh Gott, oh Gott, oh Gott, nein, nein, nein, bitte nicht, um Himmels Willen!"

Dann gibt es da noch die diversen Heranwachsenden. Manche stammen mehr als offensichtlich aus einem Haushalt mit beschränkten finanziellen Möglichkeiten. Die sitzen meist alleine und schauen zu Boden. Die Bessergestellten sind laut, und wenn es sich um Mädchen handelt, teils in einer überdreht nervigen Art. Haare fliegen, es wird wild gestikuliert und unnatürlich gelacht, die Nägel sind überlang und spitz, die Augen geschminkt. Die Hosen sitzen neuerdings nicht mehr auf Hüfte, sondern unter den Achseln. Die Jacken müssen dazu megakurz sein, was nicht unbedingt jeder Figur schmeichelt, und die Smartphones stecken in Glitzerhüllen. Zu meiner Jugendzeit wäre man in dieser Aufmachung die Tussi des Jahres geworden, aber kein It-Girl. Die pickligen Bubis mit ihren hingestylten Haaren versuchen, da irgendwie auch noch einen Platz zu finden. Was ihnen verständlicherweise nur durch ebenso lautes Gockelgehabe gelingt oder indem sie einen Ghettoblaster anschmeißen, der heutzutage die Größe einer mittleren Gartengurke hat, aber nicht minder laut loswummt. Die Texte sind fragwürdig, aber vermutlich gehört auch das dazu, will man in der Pubertät das Gefühl haben, man verfüge über abgesenkte Hoden. Eines haben alle gemeinsam. Sie tragen Knöpfe in ihren Ohren und starren nahezu pausenlos in ihre kleinen Bildschirme, während sie nebenbei sinnbefreite ‚Unterhaltungen' führen. Gelegentlich schwirren üble Dünste durch die sowieso schon abgestandene Luft des Busses und man ist dankbar, wenn die Türen dann und wann geöffnet werden, um Leute aus- oder einsteigen zu lassen. Ich habe mir daher angewöhnt, mich immer nahe einer Tür aufzuhalten, so ist es leichter auszuhalten.

Manche Menschen reden mit sich selbst. An sich führt vermutlich jeder Mensch hier und da mal ein Selbstgespräch – und wenn es nur innerlich ist –, aber da gibt es echte Hardcore-Fälle. Ein solcher Hardcore-Fall sitzt grundsätzlich in derselben Position, aufrecht, mit den gefalteten Händen im Schoß und scheint sich mitunter schwer aufzuregen, sodass er auch mal schreien muss. Ich hab' keine Ahnung, ob er jemanden sieht oder hört, der ihm was entgegnet, aber so oder so, Einigkeit herrscht wohl keine, mit wem oder was auch immer. Es fängt erst leise an, zum Beispiel mit: „Ja, dann bin ich ja mal gespannt." Man ist es irgendwie auch. ‚Spannung' ist so ein Schlüsselwort. Auf eine Weise triggert es an, sodass man auch wissen will, was denn nun so spannend ist. Aber das kommt niemals raus, was ich fast noch schlimmer finde als das, was dann meistens folgt. Sein imaginärer Gesprächspartner muss wohl anders reagieren, als der Mann das verarbeiten kann, vielleicht erinnert er sich auch an ein Gespräch, das stattgefunden hat.

„Nein! Das lasse ich mir nicht bieten! Unmöglich ist das, halten Sie bloß die Schnauze, das hab' ich Ihnen jetzt schon mal gesagt!" Ich halte es nicht mehr aus. Mir schnürt es plötzlich die Luft ab, ich bekomme immer weniger von ihr in meine Lungen, sie scheint zu dünn geworden zu sein. Mein Brustkorb hebt und senkt sich immer schneller. Neben mir

sitzt Raoul. Ich will unter keinen Umständen, dass er was merkt.

„Raoul, wir steigen an der nächsten Haltestelle aus!", presse ich mühsam hervor. Ich schwitze. „Warum denn, Mama? Wir sind doch noch gar nicht da!?" Mir wird schlecht, aber ich sehe die nächste Haltestelle. „Raus! Ich hab' einen Wadenkrampf. Komm bitte, wir haben noch Zeit!"

Etwas zerknautscht von der Nacht nehme ich wohlwollend wahr, dass heute Sonntag ist und ich nicht zur Arbeit muss. Gerade halte ich mich von der Angewohnheit ab, die Uhrzeit auf meinem Handy checken zu wollen, um mich noch einmal umzudrehen, da stimmt einer der Kater ein markerschütterndes Maunzen an. Natürlich vor meiner Tür. Eigentlich ist es mehr ein Schreien. Er muss umkommen vor Hunger. Vermutlich habe ich mich ein wenig zu laut gedreht, sonst wäre er nicht derart hartnäckig überzeugt, dass er bald Erfolg haben wird. Obwohl. Er schreit sonst auch, wenn ich noch bewegungslos wie ein Stein in meinem Bett liege. Wie auch immer, es nützt nichts. Er wird keine Ruhe mehr geben, also stehe ich eben auf. Kaffee ist auch okay. Erst einmal zum Kühlschrank gehen und Milch herausnehmen. Im Aufziehen der Tür kommt mir etwas entgegen und klatscht klirrend zu Boden.

„Boah, was ist *das* denn!?"

Raoul ist aus seinem Smartphone aufgetaucht, mit

dem er erstaunlich schnell in der Szene erschienen ist und sieht auf meine Füße.

„Was ist was denn?"

Angesichts meiner mit verschiedenfarbigen Dessert-Cremes gefüllten Flip-Flops, in denen ich mit den Zehen schlapfende Geräusche mache, und dem sonstigen Umfeld voll farbiger Pampe eine bemerkenswerte Frage, finde ich.

„Oha!"

Das trifft es ziemlich gut.

„Ey, Mam, waren das die Gläser mit den verschiedenen Schichten aus dem Kühlschrank?"

„Waren sie. Die Frage ist, wieso sie plötzlich in der Kühlschrank*tür* standen!?"

Wir schauen wieder meine Füße an, dann einander.

„Ich denke, es gibt dann heute Abend kein Dessert?", fragt mein Sohn vorsichtig.

„Nein, ich denke nicht. Es sei denn, wir wollen es aus meinen Schuhen schlürfen."

Wir lachen.

„Hilfst du mir, die Sauerei und die Scherben zu beseitigen?"

„Okay."

Das Zusammenwohnen mit einem Teenager birgt mitunter einiges an Überraschungen ...

Später, als wir das Malheur beseitigt und gefrühstückt haben, wollen wir in die Stadt. Beziehungsweise Raoul möchte das, da verkaufsoffener Sonntag ist. Ich bin nicht sonderlich angetan. Aber seit ich einen Teenager habe, muss live geshoppt werden, im Internet bestellen ist überhaupt nicht mehr drin. Auf dem Weg in die Innenstadt fallen mir mindestens drei Autofahrer mit ihrer Fahrweise auf, über die ich mich bis vor Kurzem wahnsinnig aufgeregt hätte. Beim Gedanken an eine meiner einstigen Aktionen muss ich kichern. Der Gesichtsausdruck des jungen Mannes war damals zu komisch, als ich mich wegen seiner permanenten Huperei hinreißen ließ, ausstieg, seine Fahrertür aufriss und ihn anbrüllte, ob er auf einer Flugschule war, weil er wohl meinte, ich könne abheben und über meinen – sich auf der Kreuzung befindlichen – Vordermann hinwegschweben, bevor ich die Tür wieder ins Schloss schmiss und zurück in meinen Wagen entschwand. Obwohl wir mindestens weitere fünf Minuten und zwei Grünphasen hinter besagtem Hindernis warten mussten, hupte der Typ nicht mehr. Um genau zu sein, er rührte sich nicht mal mehr. Vielleicht lag es an der jungen Frau auf seinem Beifahrersitz, die ebenfalls bewegungslos dasaß und ihn wohl nicht mehr ganz so cool fand.

„Was ist so witzig, Mutter?“

Grrrr ... Dieses ‚Mutter‘ geht mir gewaltig auf den Geist, aber ich ertrage es, um dem hoffentlich vorübergehenden Phänomen nicht zu viel Gewicht zu verleihen. Raoul sitzt mit seinem Kopfhörer in der Hand fragend neben mir und wundert sich immer noch kopfschüttelnd.

„Nichts, mir ist nur eben was eingefallen.“

„Und *was* war das?“

„Egal, du würdest sicher nicht lachen. Hör’ deine Musik weiter!“

Endlich sind wir in einer Parkgarage untergekommen und stürzen uns ins Gewühl, um die ‚angesagten Klamotten‘ zu suchen.

Der Abend verläuft unspektakulär und ruhig, nachdem wir gefühlte zwanzig Kilometer durch die Innenstadt und in diverse Läden gelaufen sind. Wir haben zu Abend gegessen – ohne Dessert – und ein bisschen geredet. Danach ist Raoul mit seiner Beute in seine Höhle entschwunden, um sie zu bewundern.

In der Nacht werde ich wieder mal unsanft aus dem Schlaf gerissen.

„Das darf doch nicht wahr sein! Nicht *schon wieder*!“, murre ich verschlafen in mein Kissen. Wie kann es denn sein, dass ein Kater nach sieben Jahren des Zusammenlebens immer noch nicht verstanden hat, dass sein nächtliches Maunzen an meiner Tür unerwünscht ist!? Ich warte zwei obligatorische Minuten ab. Man weiß ja nicht, vielleicht gibt er freiwillig auf und mir bleibt erspart, aus dem Bett zu springen. An diesem fortdauernden Optimismus ändern auch sieben Jahre nichts, ich bin schließlich Mutter. Nein, okay, er gibt nicht auf! Genervt befreie ich mich aus meiner Deckenrolle und bin mit zwei Sätzen an der Tür, die ich übertrieben heftig aufreiße. Um meinem Unmut mehr Ausdruck zu verleihen, wetze ich vorsichtshalber noch einige Meter hinter ihm her. Das erweist sich als keine gute Idee, weil ich dank rutschiger Puschen die Biegung nach rechts nicht scharf genug anzuschneiden in der Lage bin, und stattdessen erschreckend schnell geradeaus auf meinen antiken Funkenschutz und die dahinter stehende Schneiderpuppe zurase. Lautstark und unsanft krache ich mit beidem gegen den Einbauschrank und lande schließlich rücklings auf dem Dach des Katzenklos. Sofort kommt der zweite Kater angesaust, um sich das näher zu betrachten, und nahezu genauso unvermittelt steht Raoul in der Szenerie.

„Mama, was *soll das denn???*"

Hmpf ... Noch während ich mich irgendwie von Puppe und Kaminschirm zu befreien versuche und mich vom Katzenklo aufrappele, antworte ich:

„Was soll *was*, bitte? Ich wollte der Schneiderpuppe ungestört meine Gefühle bekunden. Ist ein wenig stürmisch ausgefallen, tut mir leid. Geh' wieder ins Bett!"

Wortlos kopfschüttelnd trollt sich der Teenager wieder zurück in sein Zimmer. Nachdem ich meinen Unfall weitestgehend behoben habe und bei Überprüfung meiner linken Körperseite kein Blut, sondern lediglich einige kleinere Schrammen entdecken kann, gehe ich ebenfalls zurück ins Bett.

Ich mag mein neues Leben trotzdem!

Vieles ist nun leichter geworden und meine Nerven werden immer erprobter. Wenn man plötzlich mehr oder weniger unvorbereitet alleine mit einem Säugling dasteht, wo gerade noch alles in relativ geordneten Bahnen verlief, hat man ja nicht viele Möglichkeiten, mit der neuen Situation umzugehen. Man kann natürlich heulen und sich fragen, womit man es verdient hat, dass der einzige Partner, mit dem man meinte, über seine große Liebe hinweggekommen zu sein, sich hinterrücks einer anderen Frau zugewandt hat. Sicher habe auch ich das zunächst getan.

Aber was dann? Bleiben? Gehen? Wohin gehen?

Ich habe mich damals fürs Gehen entschieden, wenn ich auch nicht recht wusste, wie das in der Realität aussehen würde. Dennoch wurde das Gefühl, ich würde es auch alleine schaffen, immer stärker.

Die erste Station auf dem Weg in mein neues, nicht bestelltes Leben war meine Oma – die einzige Blutsverwandte, die in meiner Nähe wohnte. Meine Oma ist zwar ein schwieriger Mensch, dennoch liebte sie ihren Urenkel und kümmerte sich auch. Einen Krippenplatz hatte ich nicht ergattern können. Ich rechnete aus, dass ich an drei Vormittagen arbeiten gehen müsste, bis ich meinen Sohn zumindest in den Kindergarten geben konnte. Dies würde uns, zusammen mit einem Unterhalt und einer vorübergehenden Bezuschussung zur Miete, eine kleine, bescheidene Existenz erlauben. An zwei Morgen je Woche, so wurde es vereinbart, sollte Raoul also zu meiner Oma. Einen Vormittag konnte ich ihn zur Mutter meiner langjährigen besten Freundin Silke geben, die kleine Kinder liebte und selbst in Teilzeit arbeitete. Ohne diese Organisation aus Hilfe und Nächstenliebe hätte ich unser Leben nicht von Beginn an selbst finanzieren können und wer weiß, wo wir gelandet wären.

Rückblickend muss ich sagen, dass die Zeit natürlich auch schwer war, allem voran, wenn Raoul krank wurde. Dennoch knüpften wir bald unvergessliche Kontakte und kamen insgesamt immer besser klar. Wir waren glücklich in unserem kleinen Heim. Raoul lernte in der kleinen Wohnung laufen und im an unseren Garten angeschlossenen Gemeinschaftshof Fahrrad fahren. Nahezu jeden Tag trafen wir uns zum Feierabend mit unseren Nachbarn und die Kinder konnten miteinander spielen.

Im Laufe der Jahre rächte sich die Belastung. Meine Gelenke fingen bald an zu revoltieren. Ständig stand eines unter Entzündung, manchmal gleich mehrere. Mit den Jahren wurde das Ganze immer schlimmer und obwohl ich eine ausgeprägte Abneigung gegen Arztbesuche habe, lief ich in meiner Verzweiflung von Pontius nach Pilatus. Leider lautete die ‚Diagnose' immer anders und so wirklich kam doch nichts dabei heraus. Irgendwann kapitulierte ich, stopfte mich mit den verschriebenen Schmerzmitteln voll und ließ mir Spritzen in die Gelenke geben.

Mein neuer Tag hat damit begonnen, dass sich in Reihenschaltung diverse technische Geräte verabschiedet haben, die mein Smartphone direkt mit ins Jenseits nahmen.

Der weitere Tagesverlauf konnte meine Moral bisher auch nicht besonders heben. Ich schlug mich mit einem neuen Programm und zu viel Arbeit herum.

Spätestens bei der versuchten Beschaffung einer neuen SIM-Karte – was bei meinem Anbieter in etwa so einfach ist, wie in Sibirien einen australischen Laufvogel zu besorgen –, hat das Ganze seinen absoluten Höhepunkt erreicht. Am Abend wartet auch kein Wellness-Programm auf mich. Nein, es ist der Einkauf. Juhu!

Ich bin schon ziemlich müde und eigentlich froh, wenn ich bald zu Hause bin. Aber es regt sich auch das Bedürfnis, mir selbst etwas Gutes zu tun, um dem Tag doch noch ein wenig Freude zu verleihen.

Einen Trödel zum Stöbern werde ich nicht auftun können, auch die beiden einzigen Hallen der Umgebung mit altem Zeug haben heute geschlossen ... Sperrmüll! Das ist es! Irgendwo habe ich die Tage abends Menschen Sachen auf die Straße tragen sehen, also sollte es auch noch durch andere Straßen weitergehen. Gespannt schaue ich im Internet, ob ich was finden kann. Bingo!

Nach dem Abfahren diverser kleinerer Gässchen, in denen einige Schätze vergangener Zeiten entsorgt wurden, die ich ergattern konnte, stehe ich weitaus versöhnter im Supermarkt. Gleich kann ich bezahlen und nach Hause fahren!

Ich stehe am Ende des Kassenbandes, als plötzlich unerwartet eine unangenehme Stimme in meinem Nacken erschallt.

„Sie henn Ihr Paprika im Korb ligge glasst!"

Irritiert wende ich mich um. Freudestrahlend hält eine – nicht unbedingt *top gepflegte* – Dame Paprika im Netz vor meine Nase.

Ich *liebe* den badischen Dialekt ... Ich lasse ihn allerdings meist zu Hause.

„Danke, aber das sind nicht meine."

Ich versuche, wirklich freundlich dabei auszusehen, was mir angesichts des Tages schwer genug fällt.

„Isch des net *Ihr* Paprika!?"

Nasenflügelbläher ...

„Nein, ist es nicht. Trotzdem danke."

„Abber die isch in demm Korb glege do hanne. Des isch doch Ihr Korb gwesst, odda net!?"

Jetzt ist doch schon mehr der Punkt erreicht, an dem ich gerne mal völlig ausrasten würde und brüllen möchte, dass die beschissene Paprika nicht meine ist! Was ist daran nun bitte so schwer zu verstehen, egal wie viele Indizien aus ihrer Sicht dafürsprechen, dass das Gemüse am ehesten *mir* zuzuordnen ist!? Wenn man denn schon meint, anderen Menschen derart distanzlos schlechten Atem ins Gesicht zu blasen, kann man vorher wenigstens besser beobachten, ob der – oder die – Angesprochene auch Träger/Trägerin des genannten Korbes war! Schließlich ist das Gegenüber andernfalls auch noch restlos unschuldig und überflüssig mit faulen Dämpfen eingenebelt worden, was die Tragik der Sache zusätzlich erhöht ... Ja ...!

Man hat auch nur bessere Tage und schlechtere! Nicht immer wirkt das Johanniskraut! (Das nehme ich seit meiner Erholung vom ‚Kollateralschaden', wie ich meinen Zusammenbruch lieber nenne. Einen ‚unabdingbaren Rand- oder Begleitschaden' kann ich fast schon wieder mit Humor nehmen.)

Ich antworte aber trotzdem lieber milde-geduldig, anstatt auszuflippen. Vielleicht wirkt das Kraut doch.

„Nein, das ist *nicht* meine Paprika!!!"

Okay, war wohl doch ziemlich deutlich. Die Dame schweigt jetzt.

Endlich hat die Kassiererin meine Sachen über den Scanner gezogen. Eilig packe ich meine Tüte zusammen und reiche meine Bankkarte. Ich wähne mich fast in Sicherheit, da entschuldigt sich die Kassiererin:

„Oh, sorry.! Heit nur mit Bargeld! 'S EC-Karte-Gerät isch ebe gschdorbe."

Ja, nee ...

Da ich meine Waren leider *brauche*, parke ich meine Taschen an der Kasse und fahre – am Rande zum Wahnsinn – zur Bank, um Bargeld zu holen.

Manche Tage, oder auch ganze Phasen, laufen eben nicht. Sie tun's einfach nicht, egal, was man *selber* tut oder lässt ...

. . .

Einmal blieb ich einen ganzen kindfreien Tag lang im Bett, weil ich in der Früh über eine Teppichfalte gegen die Tisch-Staffelei gestolpert war und mein in Trocknung befindliches Bild am Busen klebte. Die Erfahrung sagte mir, dass die Wahrscheinlichkeit, dass sich dieser Tag noch total super und rund hätte entwickeln können, ungefähr bei null Prozent lag. Also war ich, um allen weiteren Eventualitäten aus dem Weg zu gehen, zurück ins Bett geschlüpft. Natürlich, nachdem ich das Ölbild von meinem Busen getrennt und mich umgezogen hatte. Ich schmiss das Shirt sogar direkt in die Tonne, um es mir später nicht noch einmal anschauen zu müssen.

Rein theoretisch hätte der Plan mit dem Verkriechen auch super laufen können, wäre da nicht dieser Vogel gewesen, der sich für seinen Suizidversuch ausgerechnet *mein* Fenster aussuchte, gegen das er knallte, kaum, dass ich mich mit einer Tafel Schokolade und einem Buch in mein Kissen gekuschelt hatte.

BONK!

Klasse! Wer bitte bleibt ruhig liegen, wenn es im zweiten Stock plötzlich an die Scheibe klatscht!? Weil meine Fensterbank mit allerlei unnützen Staubfängern bestückt ist, die dekorativ, aber ziemlich hinderlich sind, wenn man mal eben schnell das Fenster aufreißen will, musste ich nach nebenan in Raouls Zimmer rennen. Vorher war als letzte Hürde noch ein Hüpfer auf sein Bett zu schaffen. Ich schaffte ihn. Allerdings endete mein beherzter Sprung damit, dass ich ein wenig zu weit an den Rand des Futons kam, mit dem Fuß neben der Matratze in den Lattenrost rutschte und mir die Stirn dabei an der Fensterscheibe stieß. Dann stellte ich durch einen netten Fleck an der Scheibe fest, dass mich der sympathische Herr aus dem Stockwerk über mir mit seiner Mülltüte in der Hand verblüfft vom Hof her anstarrte. Scham kann man sich wohl nicht vollständig abtrainieren. Es war mir also gebührend peinlich und veranlasste mich in einem Reflex dazu, ihm möglichst erhaben zuzunicken und dann abzutauchen. Was blieb mir sonst? Dass ich ein Ballett hatte choreografieren wollen, entfiel als Erklärungsversuch für mein Treiben. Als ich meinen verschrammten Fuß befreit und mich wieder an die Oberkante der Fensterbank getraut hatte, um nachzusehen, ob der Nachbar weg war, konnte ich endlich nach unten spähen. Und was sah ich? Ich sah, wie eine Katze mit einem Vogel im Maul um die Ecke verschwand. Super, wirklich ganz toll! Ich war so unglücklich, dass mein – dank meiner Schusseligkeit – verzögertes Nachsehen womöglich schuld am Schicksal des Vogels war, dass ich die komplette Tafel Schokolade aufessen musste. Im Nachhinein machte mich das selbstredend auch nicht gerade froher.

Irgendwann habe ich es doch geschafft, meine *bar* bezahlten Einkäufe nach Hause zu bekommen. Dort fällt mir ein, dass ich noch zu Silke wollte, die sich beschwert hat, wie lange wir kein Feierabend-Pläuschchen mehr gehalten haben. Raoul ist noch beim Training, ich will mir die Zeit für sie nehmen. Vielleicht kann ich auch endlich meine neue Leidenschaft ins Gespräch einarbeiten.

„Wo kommst *du* denn her?"

Silke lacht. Ich weiß, ich sehe aus, als wäre ich um die halbe Welt gereist. Zu Fuß. Ohne Möglichkeiten, mich zwischendurch zu waschen, bevor mich ein Lastwagen überrollt hat.

„Frag nicht."

Erst mal hinsetzen und durchatmen.

Silke platzt gleich vor Neugier, zu erfahren, was mich in diesen desolaten Zustand versetzt hat, versucht aber, im stillen Starren zu verweilen. Ich weiß es zu schätzen und raffe mich mühselig wieder aus ihrem Cocktailsessel auf. Ich glühe förmlich, ‚es' nun loszuwerden!

„Ich war nach der Arbeit noch einkaufen und vorher ein bisschen Sperrmüll jagen."

„Hä?"

„Ich habe alte Sachen gesucht, mitunter antike Möbel", setze ich nach.

„Wie bitte?"

Am liebsten möchte ich heraussprudeln, wie sehr ich mein neues Hobby liebe, allerdings erkenne ich langsam, dass Silke hierfür nicht ganz offen wirkt. Tja, wie erklärt man – die von anderen Leuten zu jenen erklärten – *Absonderlichkeiten*? Kennt man ja.

„Ich bin schwul."

„Ich hab' ein Ufo gesehen."

„Ich möchte in einem Autoreifen den Atlantik überqueren.“

So was hat vermutlich noch kein Gegenüber hingerissen zu einem: „Finde ich mega! Jeder sollte so sein / das sagen / tun ...“

Natürlich habe ich hierüber keine Statistiken angefertigt. Dennoch habe ich den Eindruck, es ist für das Gemüt vieler aus meinem Haus schon zu viel, wenn man eine Kopfbedeckung trägt, tätowiert ist oder öfter ein Paket bekommt.

„Na, Frau Schmidt, wieder mal ein Paket?“ Oder: „Oh, die Frau Schmidt trägt wieder was auf dem Kopf heute.“

Dabei läuft man eigentlich nur irgendwo lang, und ‚auf dem Kopf‘ ist keinesfalls ein Transportgefäß, wie etwa auf dem Haupt einer indischen Landfrau. Ich meine, man tut wirklich nichts Auffälliges, wie in der Nase bohren, öffentlich aus einem Flachmann saufen oder lautstark furzend auf dem Skateboard entgegenkommen. Nein, man läuft einfach nur einen Weg lang und möchte nach Hause.

Aber ich sehe schon ... Mehr wird nicht von Silke kommen, sie möchte bitte eine Erklärung. Sie geht ja davon aus, dass man die Jagd auf Sperrmüll erklären *muss*. Selbstredend. Ufo und so.

„Ich recherchiere online, wo Sperrmüll angemeldet wurde und wenn ich denke, die Gegend ist gut, fahre ich den Vorabend die Straßen ab und schaue, was es gibt.“

Silke versucht, ihren Strohhalm im Smoothie zu

erhaschen, und sieht dabei ein wenig dämlich aus, weil sie ihre Zunge zur Angel nach Unerreichbarem macht. Ich hab' sie trotzdem gern.

„*Warum* tust du das? Was soll es da *geben*?"

„Herzerwärmende alte Bücher zum Beispiel."

„Alte *Bücher*?"

Jetzt hat sie wenigstens den Strohhalm erwischt und saugt einen tiefen Schluck aus dem Glas.

„Ja, alte Bücher. Möbel. Zierelemente. Keramik, mit Glück."

Ich überlege, ob ich schon direkt in Schwärmerei übergehen soll, aber ich glaube, das wäre dann doch zu viel für den Anfang, auch wenn ich mich mächtig beherrschen muss. Heute war ich richtig erfolgreich, schon beim zweiten Mal. Man muss das wirklich üben, anfangs ist es gar nicht leicht. Zum einen ist es die Überwindung, auszusteigen und anzusehen, was andere Menschen entsorgen. Zum anderen sind es die ‚Mitbewerber' – die streckenweise nicht aussehen, als sollte man ihnen die tiefsten Geheimnisse anvertrauen – und zuletzt dieser Stachel, diese Wurzel des Übels, die in fast jeden von uns fest eingepflanzt ist. Scham. Was sagen die anderen Menschen? Was, wenn dich wer sieht, der dich kennt?

Ja, das ist schon ein Stück weit ein innerer Kampf, den man auszufechten hat, bevor man aussteigt, die Blicke der Kontrahenten ignorieren kann und richtig schaut, was sich unter dem Berg Kram auf der Straße befinden könnte. Und am allerbesten wird es, wenn als

Sahnehäubchen obendrauf die fremde Omi am Rollator kreischt:

„Ja, junge Dame, was suchen Sie denn? Das ist doch alles altes Zeug. Müll ist das!"

Enttäuscht gebe ich auf, meine Freundin entzünden zu wollen mit meiner brennenden Hingebung.

„Du, sei mir nicht böse, ich geh' mal runter zu mir. Ich brauch 'ne Dusche", sage ich zu Silke.

„Jaaaa, das glaube ich allerdings auch."

„Na, denn. Ich schreib dir später noch mal. Ciao."

„Mach's gut."

Unten bei mir angekommen, schleiche ich zum Tisch und bewundere die auf einem großen Tuch aufgebauten Errungenschaften. Eine uralte Wanduhr aus Zinn, ein altes Eierkästchen und viele Zierelemente antiker Möbel tummeln sich da. Aber der *Clou* ist ein Ventilator, Fünfzigerjahre etwa. Es macht mich schon kribbelig, mich später im Internet mit ihm zu befassen, sein Alter und seine Herkunft herauszufinden. Ich habe ja verschiedene Theorien dazu, was genau mich zu dieser Leidenschaft für altes Zeug getrieben hat und warum ich sie mittlerweile phasenweise schon fast exzessiv zelebriere. Alles hat mit einem Foto von einem alten Fensterladen in einer Küche begonnen. Er stand eigentlich nur im Hintergrund einer Szene mit feierlich gedecktem Tisch in einer ansonsten zwar vielleicht nicht überaus modernen Küche, aber auch nicht inmitten ollen Gerümpels. Er war geschmückt mit einem schlichten Bund Lavendel und einem hängenden Windlicht aus Glas, darin brannte eine Kerze. Ich habe das Bild immer noch vor Augen, den abblätternden Lack, die rostigen Scharniere. Ich war irgendwie berührt davon, wie etwas so offensichtlich Altes mit seiner Geschichte und seinen Gebrechen eine Verletzlichkeit ausstrahlte, aber auch eine Würde, die mit und durch das Ganze um es besonders stark wirkte.

Eine meiner anderen Theorien rankt sich um das Gefühl, etwas gefunden zu haben, das für mich Kreativität mit Recherchen und Rätseln verbindet. Ich glaube nämlich, ich wäre durchaus auch eine brauchbare Detektivin. Die Krux hierbei wäre wiederum, dass die kreative und künstlerische Nuance genauso fehlen würde wie in meinem jetzigen Beruf. Ich habe oft darüber nachgedacht, ob man beide Bereiche auf irgendeine denkbare Art verbinden könnte. Ich sah mich schon glatt beim FBI. Na gut, vielleicht nicht FBI, mein Englisch ist vollkommen verkümmert. Außerdem lebe ich nicht in den USA. Es ist wohl auch schwer vorstellbar: Wie in *auffälligen* Klamotten und mit französischer Mütze *unauffällig* observieren, während man – mit Fernglas an die auf den Rücken geschnallte Staffelei gebunden – im Hinterhalt lauert. Also habe ich auch das für mich ausgeschlossen. Eine Detektei mit integriertem Atelier mutete wahrscheinlich zu befremdlich an für die Klienten.

Aus den Gedanken heraus schweift mein Blick wieder zu den Zierelementen. Ich bekomme Lust, mir etwas mit ihnen auszudenken.

Zunächst muss aber alles ordentlich gewaschen und gereinigt werden, bevor ich mich im Anschluss ebenfalls dem Wasserlauf hingebe. Okay, manche Dinge kommen wirklich grenzwertig an. Natürlich habe ich mich auch mit der Frage befasst, ob ich eine Metamorphose durchlaufen und vielleicht tatsächlich meinen Verstand verloren habe. Andererseits ist es nicht realistisch, zu glauben, dass mit einem Mal alles blumig und fluffig ist, nur weil man einen Neuanfang gewagt hat.

IX.

Gerade will das Gedankenkarussell wieder mal seine Runden drehen, da bimmelt es. Ich höre schon an der Art, *wie* es klingelt, dass es Silke ist. *Suuuper!*

Sie macht sich Sorgen! Das ist das Nächste, was mir klar wird.

„Hey, wollte eben duschen."

„Und *ich* mal sehen, was du vom *Sperrmüll* geholt hast."

Nette Betonung. Ich überhöre sie mal.

„Können wir das nicht machen, wenn alles sauber ist und dekoriert?"

„Du willst Müll *dekorieren*? Willst du mir nicht endlich mal erläutern, wann du so schräg geworden bist? Ich meine, ganz ehrlich, bis vor Kurzem bist du noch adrett und mit French Manicure ins Büro getänzelt, hattest eine super Einrichtung – edel und geschmackvoll – ..."

„Stop!“, sage ich.

Jetzt begehren meine Fußnägel, sich augenblicklich aufrollen zu dürfen! Ironie schreit nach ihrem Recht! Ich belasse es bei stummem Glotzen. Vielleicht möchte sie mir ihren Auftritt freiwillig erklären. Glotzen kommt immer gut. *Ich* möchte mich jedenfalls nicht erklären. Silke glotzt auch, sieht die Sache aber offensichtlich anders als ich. Zwickmühle. Ich sollte handeln.

„Silke, hör mal, ich rede gerne wann anders über alles, wenn du findest, ich sollte erläutern, warum ich Sperrmüll in meiner Wohnung habe, den ich zu reinigen und dekorieren gedenke. Aber jetzt würde ich all das gerne säubern, es ist wirklich dreckig ...“, weiter komme ich nicht.

„Das *sehe* ich!“

Was soll ich sagen? Ja, es wäre klasse, wenn die Leute ihr Zeug sauber verpackt und beschriftet rausschleppten! Sie behandeln es eben wie Müll, sonst würde es vermutlich nicht auf der Straße enden. Soll ich erläutern, dass manche Menschen nicht wissen, was sie da rausstellen, dass sie nichts darin sehen und es wegwerfen, weil sie es nicht haben wollen? Aber das ist klar und ich möchte ihre Intelligenz nicht beleidigen. Noch mehr Zwickmühle. Ich will duschen. Vor allem will ich gerade, dass Silke geht. Silke wiederum steht nun mit den Händen in den Hüften da. Sie sieht mich an, als zweifle sie daran, länger mit mir befreundet sein zu können, wenn nicht augenblicklich eine Erklärung zu absonderlichem Verhalten kommt.

Ich will mich immer noch nicht rechtfertigen. Diplomatie. Ein erlerntes Mitbringsel aus vergangenen Tagen. Ich bin nie Meisterin darin geworden – davon hielt mich mein ziemlich überbordendes Temperament meist ab –, aber ich kenne sie und entscheide mich für den Moment, sie herauszukramen.

„Komm schon! Ist doch jetzt keine tote Maus, die ich mir ins Regal setzen will."

Ich lache herzerfrischend und lege dabei den Kopf leicht schief. Silke scheint etwas besänftigt.

„Hm."

„Na also, geht doch! War ein harter Tag. Jetzt mach dir keine Gedanken, wir reden morgen in Ruhe."

Worüber auch immer. Ich schiebe sie liebevoll zur Tür hinaus und winke fröhlich.

„Schlaf gut. Danke, dass du dir Sorgen um mich machst und nach mir siehst."

Keine Ahnung, was das gerade ausgelöst hat. Aber eventuell ist ihr Gekümmere immer noch besser, als im Falle eines plötzlichen Haushaltsunfalls tagelang unbemerkt in der eigenen Wohnung zu liegen, weil keiner *sonst* sich kümmert. Im Moment bin ich einfach nur überfordert und ärgere mich ein wenig.

Nachdem ich die Beute vom Sperrmüll einem gründlichen Vollbad unterzogen und gefühlte hundert Liter schwarzen Wassers aus ihr entlassen habe, ehe es klar wurde, reinige ich die Wanne und dusche ausgiebig. Das tut gut. Silkes Gesicht geht mir nicht aus dem Kopf. Als ich vorhin nach Hause fuhr, war ich voller Freude und Stolz. Jetzt bin ich genervt.

Früher dachte ich, ich würde Menschen in meinem Leben haben, die Freude und Stolz ebenso mit mir teilen wie Schmerz und Kummer. Freunde. Familie. Jene, von denen ich dachte, ich täte dasselbe für sie. Bis zu jenem Tag, an dem ich zusammenbrach. Danach war nichts mehr wie vorher. Erst war ich erschrocken, wie schnell die Hilfsbereitschaft abebbte. Dann war ich traurig und sauer.

Und jetzt bin ich genervt.

Komischer Tausch alter Empfindungen.

Nun bin ich zwar viel mehr ich und irgendwie glücklicher, dafür stört mich oftmals, was mir in meinem Weg steht. *Mein* Weg ... Toll, wie sich das anhört!

Ich lächle wieder. Das Gefühl bricht am Ende fast immer durch. Manchmal dauert es einige Tage. Die Wehwehchen des Alltags hören ja nicht auf zu existieren, weil einem plötzlich die Glühbirne angeht und die Sonne öfter mal aus dem Hintern scheint.

Frisch geduscht und eingecremt suche ich Plätzchen für die Schätzchen.

Die Zinn-Uhr muss definitiv neben die antike Lederkörper-Puppe. Okay, es ist eigentlich *nur* der Körper. Der Kopf fehlt. Dann ist es wohl keine Puppe. Die Uhr muss jedenfalls zu ihr. Fantastisch! Ich suche den kleinen Krug, den ich von einem Kurztrip nach Holland mitgebracht habe. Eine getrocknete Rose. Perfekt. Schade, dass ich kein Foto machen kann. Draußen ist es schon dunkel und Kunstlicht ist nicht dasselbe. Alles Dinge, die ich nach und nach herausgefunden und von Gleichgesinnten gelernt habe.

Ich setze mich einen Moment, um die neu geschaffene Szene auf mich wirken zu lassen. Plötzlich frage ich mich, was Silke damals eigentlich genau getan hat, dass ich dachte, sie wäre anders.

Ohne eine Antwort darauf gefunden zu haben, werde ich vom Telefon aufgeschreckt. Es scheint Gesetz, dass kein Mensch etwas von einem möchte, wenn man nichts dagegen hätte und man mehreren genau *dann* einfällt, wenn man sich nach Ruhe sehnt.

„Hallo?"

„Hallo! Ich bin es, Mama."

Ja, genau. Wenn ich jetzt auch noch *meiner Mutter* vom neuesten Fund berichte, ist der Abend endgültig am Euphorie-Punkt angelangt und die Nachbarn machen untermalend eine La-Ola-Welle dazu. Nicht, dass sie etwas gegen meine neue Leidenschaft hätte, aber so richtig versteht sie wohl auch nicht, was es mit ihr auf sich hat.

„Hallo Mama. Na, was gibt es Neues?"

„Och, du weißt ja, bei uns gibt es nichts Neues. Ich habe vorhin schon mal angerufen, da warst du aber wohl nicht da."

Spitzfindig. Eigentlich ja nun genau die in einer halben Feststellung versteckte Frage, die ich nicht beantworten will:

„Wo warst du?"

In den vergangenen Monaten hatte ich das Gefühl, dass viele unheimlich beruhigen würde, wenn ich erwiderte: „In einer Weltraumrakete auf dem Weg zum neu entdeckten Nachbarplaneten." Total schräg.

„Ja, da war ich nicht da. Ich war unterwegs."

Ich berichte von komplett banalem Zeug und erzähle das Neueste von Raoul. Ist ja der Enkel. Das wird hoffentlich noch unter *normal* verbucht. Man ist beiderseits zufrieden. Meine Mutter ist informiert und ich habe mich gefreut, von ihr zu hören. Schließlich gibt sie sich meinen Mist auch immer, wenn ich welchen loszuwerden habe. Wir legen auf.

Kaum ist das Gespräch beendet, höre ich auch schon den Schlüssel in der Tür. Der Pubertierende kehrt von seinem Training wieder. Einen kleinen Moment sehe ich an mir herunter und stelle fest, dass ich eigentlich meine gemütliche Klamotte anlegen und meine Haare föhnen wollte. Aber dafür ist es jetzt zu spät, denn mein Kind wird mit ziemlicher Sicherheit Hunger haben. Hunger. Mist! Ich hatte keine Zeit, etwas vorzubereiten. Jetzt muss es schnell gehen, sonst schlägt die Laune des Kindes in Gejammer um und zu spät fürs Essen wird es auch. Ein letztes Mal lächle ich in Richtung Zinn-Uhr und walte dann meines Amtes.

Gleich, nachdem ich einer von links in meinen Weg geflitzten Katze auf den Schwanz getreten bin, die lauthals aufheulend das Weite sucht.

Ich bin früh aufgestanden und habe das kleine Frühstück für Raoul gemacht, der, wie immer, maulend und unlustig ins Brötchen gebissen hat und den Löwenanteil der Zeit im Bad verbrachte, um dann zwar topgestylt, aber aufgrund verursachter Zeitknappheit *noch* schlechter gelaunt zur Schule zu gehen.

Danach habe ich vier Tauschpakete für meine lustige Gruppe im Internet gepackt und mich geduscht. Auf dem Weg zum Auto bin ich wegen meiner Sackkarre nur von *einer* Nachbarin auf meinen vermeintlichen Versandhandel angesprochen worden. Ich habe beschlossen, Striche zu machen für jedes Mal, das ich diese Frage gestellt bekomme.

„Frau Schmiiidt, betreiben Sie eigentlich einen *Versandhandel*???"

Das glaubt einem sonst kein Mensch ...

Jedenfalls insgesamt ein guter Start in den Tag!

Keine schlimmen Nachrichten, kein Kind, das mit Bauchweh zu Hause bleiben will und *nicht* in Katzenkotze getreten. Gut eben. Nicht traumhaft sicherlich und ausbaufähig, aber nicht schlecht.

Im Büro starte ich auch wie immer. Beide Rechner anmachen, Rollladen hoch, Tischleuchte an, Kaffee ziehen, zurück, E-Mail-Programme öffnen, Arbeitsprogramme öffnen, Internet aufrufen. Keine schlechten Nachrichten im Mail-Postfach. Mein Bauch sagt mir zwar, dass der streikende Trockner und der implodierte Staubsauger diesen Monat noch nicht alles waren – vielleicht kommt auch noch irgendeine Rechnung –, aber ich bin Optimistin. Pessimismus ist nichts für mich.

Gerade habe ich die neunte unwichtige E-Mail

gelöscht, als ich bei der zehnten stehen bleibe. Die Absenderin ist meine Cousine Nelda. Ich stocke.

Nun erwarte ich allerdings auch nichts Gutes mehr. So viel zu Optimismus.

Nelda schreibt nie E-Mails, schon gar nicht mir. Allgemein haben wir uns nichts zu sagen, ich ihr auf jeden Fall nicht. Ich dachte, das beruht auf stiller Einigkeit. Ich nehme einen Schluck meines Kaffees und lese.

„Liebe Lara,

sicher wunderst Du Dich, dass ich Dir schreibe. (*Allerdings ...*)

Mama und Papa, also Deine Tante und Dein Onkel, machen sich Sorgen um Dich. Ich habe gesagt, ich nehme das als diplomierte Pädagogin gerne in die Hand. Du weißt, ich habe täglich Kontakt mit besonderen Kindern, da entwickelt man das Gespür für Feinheiten und Ausnahmezustände automatisch, da alle Betroffenen, also die Angehörigen, an Grenzen kommen und es hier besonders viel Behutsamkeit erfordert, ...“

Was bildet sich diese bornierte Kuh ein, mir einen solchen Text zu schreiben!? Ich möchte hinfahren, ihr eine kleben und ihr ins Gesicht schreien, man solle mal besser darüber nachdenken, ob man sie mit einer dermaßen großen Selbstüberschätzung auf *besondere* Menschen und deren Umstände loslassen dürfe. Aber das macht man nicht. Außerdem wohnt sie dafür zu weit weg. Ich würde sowieso auf halber Strecke kehrtmachen, weil meine Wut bis dahin in ohrenbetäubend lauter Musik verpufft wäre. Abgesehen von meinem Kind, das ist auch noch da. Das kann ich nicht alleine lassen. Also *keine* körperliche Gewalt.

Ich lese weiter.

„... positive Energie zu vermitteln. Ich fasse mich kurz, denke aber, Du weißt ohnehin, worum es geht. Du schreist nach Aufmerksamkeit. Ich höre Dich. Du möchtest gesehen werden und etwas demonstrieren, das ist ganz klar. Ich schlage Dir daher vor, ich rufe Dich noch diese Woche an und wir reden einmal in Ruhe über Dich. Einfach Dich und nichts anderes. Na, was meinst Du?

Melde Dich bei mir, ich freue mich.

Nelda“

Dazu fällt mir spontan ein, dass, würde ich nach *Aufmerksamkeit* schreien, ich entsprechend meinem Naturell eher nicht versuchen würde, subtile Signale auszusenden, indem ich Hunderte von Kilometern entfernt von Nelda in Sperrmüll herumkletterte – um den ich mich nötigenfalls noch mit einem tschechischen oder polnischen Mitmenschen stritte. Viel eher würde ich zu ihr fahren und einfach schreien: „Ich will Aufmerksamkeit!"

Das lässt die Frage so gar nicht aufkommen, was Nelda schon über mich weiß. Welch idiotische Theorie ... Diese Ziege! Die armen Kinder, die ihr anvertraut werden. Man sollte sich ernsthaft überlegen, die Kinderoberaufsichtsbehörde darüber zu informieren, dass jemand ohne jede Beobachtungsgabe an ihren kleinen unschuldigen Seelen herumpfuschen darf.

Ich atme tief durch. Bloß keinem in Rage antworten! Schon gar nicht schriftlich!

Klappt leider nicht immer ... Für Schneidersitz-Übungen mit Ohrkerzen und Beruhigungstees bin ich aber eindeutig nicht der Typ, also stehe ich auf und gehe auf dem Balkon eine Zigarette rauchen.

Ein Laster, ein mehr als ungesundes noch dazu. Ich rauche also. Ich inhaliere hastig und merke, dass ich jetzt noch wütender bin, weil dieser bescheuerte virtuelle Brief in mir zu gären beginnt. Die Worte hallen nach. Dabei muss ich mir das Spitzmausgesicht meiner Cousine auch noch *vorstellen*, was nicht zu meiner Besänftigung beiträgt. *Was soll das?* Seit wann sorgen sich überhaupt meine Tante und mein Onkel um mich, bitte!? Da stimmt was nicht.

Und diese selten blöde Erläuterung, wer ihre Eltern sind. Obwohl ... Vielleicht hat sie es gut gemeint und wollte mir wirklich nur ihren Verwandtschaftsgrad erläutern, die dumme Nuss! Lässt sich schließlich nie hören und schon gar nicht blicken.

Anyway. Die Wut ist geblieben.

Scheiß auf Mantras und andere Lebensphilosophien! Platzen ist auch keine Alternative.

Also zurück zum Arbeitsplatz!

„Liebe Nelda,

vielen Dank für Deine unglaublich Anteil nehmenden Zeilen.

Darf ich fragen, woran Du Anteil zu nehmen gedenkst? Das ist mir nämlich leider noch nicht ganz klar geworden, auch wenn ich das Deinen Zeilen gemäß wohl selbst zu wissen habe, wenn ich alles richtig verstehe. Danke auch für die Herleitung unserer Verbandelung, mit *Nelda-ohne-was* hätte ich wahrscheinlich wirklich nichts anzufangen gewusst. Ich kenne nicht mal Deine E-Mail-Adresse. Wundert mich, dass Du meine kennst, und ich werde mich ganz sicher direkt mit der Frage befassen, wer sie Dir gegeben haben könnte.

Ach ..., bitte ruf mich nicht an, das fehlt mir nun so gar nicht.

Bleib gesund bis zum nächsten Jubiläum irgendeines Verwandten. Lara“

Hoffentlich sieht sie, dass ich mir Mühe dabei gegeben habe, es so zu formulieren, anstatt es in schlichtere und ungnädigere Worte zu kleiden. Ich finde es beinahe freundlich, angesichts der Unverfrorenheit ihrer Aktion, denke mir aber, dass es in ihrer Bewertungskategorie eher unter ‚sarkastisches Biest' enden wird. Hauptsache, sie lässt mich in Ruhe!

Wo war sie mit ihrem Familienzweig, als ich am Boden war? Und jetzt scheint es besonders wichtig, dass Cousine Nelda ihren Auftritt hat?

Möchte sie sich *selbst* ein gutes Gefühl verschaffen? Jedenfalls ist nicht anzunehmen, dass sie sich nach meiner kranken Oma erkundigen möchte oder davon weiß, dass ich meine Eingeweide im Bauchnabel spazieren trage. So oder so spielt es keine Rolle, denn es ist mir egal und mit meiner Antwort ist es auch getan für mich.

Nach Feierabend entscheide ich mich zur Ablenkung noch für einen kleinen Spaziergang.

Dank der Frösche und Vögel im nahen Naturschutzgebiet lasse ich meine Gedanken schweifen und sinniere schon bald über Tiere im Allgemeinen. Zum Beispiel denke ich zurück an meine Katze aus der Kindheit. Leider auch an meinen verstorbenen Wellensittich ...

Es hört selten auf mit den ganzen Assoziationen und Abläufen. Möglicherweise lebt ein Flohzirkus in den Windungen meines Gehirns.

Jetzt fallen mir alle Sittiche ein, mit denen ich je in Berührung kam.

Die Frau nebenan, die immer über *ihre* spricht, als seien es ihre Kinder ...

Fühlt sie wirklich, ihre Vögel machten ihren Lebensinhalt aus? So scheint es von außen. Oder wären sie womöglich nicht mehr so im Fokus, hätte sie eine Familie?

Der Mann im Nebenhaus, dessen gesamte Wohnung mit Holz ausgekleidet ist und der immer daran zu tun zu haben glaubt ...

Fühlt er sich wahrhaft wohl damit und tut es deshalb? Oder hat er sich eine nimmer endende Aufgabe geschaffen, um stets emsig und betriebsam sein zu können, weil er in Wahrheit zutiefst einsam ist? Eine Frau hat er zumindest nicht. Jeden Abend geht er um dieselbe Zeit in die Kneipe.

Überhaupt scheinen viele Menschen einen festen Tagesablauf zu haben, immerfort dieselben Handlungen auszuführen.

Der Typ über mir beispielsweise.

Jeden Morgen steht er auf und pinkelt erst mal unüberhörbar. Dann stellt er das Radio an. Früher mixte er sich lautstark einen Smoothie in einem Gerät, das vermutlich so vorsintflutlich ist, dass man meinen könnte, ein Helikopter lande gleich auf dem Dach. Im Anschluss klapperte er mit Geschirr, schlug Schranktüren zu und ging mit dem Radio ins Bad, um zu duschen. Noch früher ging er nach dem Smoothie *nicht* duschen, sondern rannte mit einem voll professionellen Equipment elektronischer Geräte aus dem Haus, um schwitzend zurückzukommen, wenn er sein sportliches Pensum geschafft hatte. Das war ziemlich klein. Aber vorübergehend kam eine neu eroberte Chinesin dazwischen. Vielleicht auch eine Koreanerin. Die Liaison hielt etwa zwei Wochen. Zumindest endete das unvermittelt einsetzende Stöhnen und rhythmische Rumpeln – das Tag und Nacht zum Programm wurde –, nach kurzer Episode abrupt und trat danach nie wieder auf. Seither joggt er nur noch unregelmäßig. Seine Routine scheint durch diese Erfahrung gestört worden zu sein, und nun ist er ein wenig übergewichtig. Der Smoothie ist auch weg, das Klappern und das Radio sind geblieben. Trotzdem frage ich mich, ob die Chinesin nach der heftigen Affäre wieder in China sitzt. Natürlich könnte ich ihn einfach fragen, jedenfalls theoretisch. Aber das erlauben die Umgangsformen zwischen sich fremden Menschen nicht, obwohl man weit mehr von deren Leben mitbekommt, als man möchte. Wie sollte das auch ablaufen?

Klopfen. Öffnen.

„Entschuldigung, wenn ich Sie am Abend durch mein spontanes Auftauchen störe. Es gibt da etwas, das mir keine Ruhe lässt. Nun, es ist auch nicht so, dass ich jede Minute darüber nachdächte, aber jucken würde es mich eben schon ...

Wo ist denn die Chinesin hin?"

Womöglich wäre er eben *wegen* jenes Abweichens von der Norm, das *nicht* zu fragen, so irritiert, dass er zurückfragte:

„Welche Chinesin???"

Was sollte man dann antworten?

„Na, die Chinesin, die eine Weile wie eine Irre geschrien hat, wenn Sie mit ihr Sex hatten!?"

Noch schlimmer, wenn es gar keine Chinesin war, sondern *doch* eine Koreanerin. Dann wären wir selbst im Falle meiner theoretisch machbaren Antwort, die der Klärung dienen sollte, nicht einen Meter weiter. Oder der absolute Worst Case: Er würde womöglich denken, dass ich interessiert sein könnte, als *Ersatz* der Chinesin einzuspringen!

Fast wirkt es, als beobachte *ich* meine Nachbarn, nicht einige von ihnen *andere*. Aber ihr Tun ist für mich nicht von Bedeutung. Ich bin auch nicht neugierig. Na ja. Bis auf die Sache mit der Chinesin jedenfalls ...

Es dringt einfach alles ungewollt zu mir durch, als fehle ein Filter.

Irgendwann habe ich das Unterfangen *Beschwerden über laute Nachbarn* aufgegeben und mir Wege gesucht, anderweitig zu innerer Ruhe und mehr Entspannung zu kommen.

Sehen und hören tue ich trotzdem noch alles. Vieles will ich gar nicht wissen.

Manchmal stecke ich mir Ear-Plugs in die Ohren und warte, bis *was auch immer* vorbei ist. Außerdem stören gewisse Geräusche bei einigem derart, dass ich schon fast von ‚die Lebensqualität beeinträchtigenden Momenten' sprechen möchte. In meinem Fall betrifft es das Malen und erst recht das Schreiben. Nur gut, dass ich nicht auch noch meditieren möchte! Das führte vermutlich mehr zu regelmäßigem Weitwerfen von Räucherstäbchen und Klangschalen, als dass es seinen Sinn erfüllte.

Aber auch beim Schreiben fällt mir auf, dass ich unbewusst Aufregung entwickle und meine Sprache verliere, wenn ich in einem Erguss aus bunten Beschreibungen plötzlich einem permanenten Bohren an irgendeiner Wand im Haus ausgesetzt bin. Manchmal muss ich komplette Passagen löschen, die ich abgemurkst habe, weil ich technokratischen Müll produziere. Oder die Protagonisten hacken urplötzlich sinnbefreit aufeinander rum und schnauzen aus dem Zusammenhang gerissen los.

Das lähmt.

Schlimmstenfalls entstehen aus einer solchen Lähmung Blockaden, die mit Pilates oder Musik gelöst werden wollen. Hilft auch das nicht, heißt es *abwarten*. Abwarten birgt nun wiederum das Risiko, verharrend zu verzweifeln, was sinnlos ist und dem Geist am allerwenigsten hilft.

Also habe ich mir eben das *Krisenmanagement* zurechtgelegt. Man versucht, die Momente mit alternativen, sinnvoll erscheinenden Dingen zu füllen.

Sicher stellt sich die Frage, ob es *sinnvoll* ist, einen alten Stuhl abzuschleifen und ihn so zu gestalten, als könne er nach langer Vernachlässigung vor lauter Hässlichkeit nur noch auf die Deponie. Aber der Zweck heiligt die Mittel. Gefallen muss es am Ende nur mir.

Blöd wird es, wenn mir das Geschaffene *selbst* nicht gefällt. Der Aktionismus, den ein – in meinen Augen –

missratenes Etwas auslösen kann, ist wiederum schwerlich zu bremsen.

Misslingt aller Mühe zum Trotz mein kühnes Vorhaben am Ende *doch*, bleibt nicht mehr viel, als es wegzuwerfen und den aufkommenden Frust nicht zu groß werden zu lassen. Vor allem, wenn das ungeliebte Ergebnis über etwas hat hinweghelfen sollen.

Ich bin keine Verfasserin von Lebensratgebern, weswegen ich spätestens an einem solchen Punkt auch nichts Besseres weiß, als ‚dann eben nicht' zu schreien.

Einmal versuchte ich, in meiner Frustration über keifende Nachbarn, unbeirrt zu kochen.

Leider klemmte die Schublade, in der sich mein Schneidegerät für Gemüse-Spaghetti befindet, und ließ sich trotz eines jämmerlich gespielten Versuchs, zaghaft daran zu rütteln, nicht mehr öffnen. Ich rastete schließlich endgültig aus. Mit beiden Händen am Griff reißend, stemmte ich sie komplett aus der Verankerung.

Dass sie ob der rohen Gewalt inmitten entzweigebrochen und ich mit dem Kopf gegen den Kühlschrank geknallt war, fand ich hingegen weniger schlimm.

Den Tag hat es vielleicht nicht abgerundet, aber meinen Gemüseschneider hatte ich wieder und wütend war ich auch nicht mehr.

Die Stunde, die ich später damit verbrachte, die Schublade zu kitten, nahm ich ebenso ruhig in Kauf, wie die Kopfschmerzen, die ich danach aushalten musste. Wenn Wut sich ihren Weg gebahnt hat, ist sie ausgestanden.

Zwischenzeitlich ist es dunkel geworden und ich höre die Frösche quaken. *Schlafen Frösche eigentlich nicht?* Vielleicht sollte ich langsam nach Hause gehen ...

„Raoul, bist du da?"

„Jo, Mam, aber ich teleniere!"

Es wird mir immer ein Rätsel bleiben, ob es sinnvoll ist, sich eine Silbe zu sparen, um ein Wort komplett zu verkrüppeln.

Seufzend hänge ich meinen Mantel an die Garderobe und sehe auf das Chaos aus matschigen Sportlatschen, einer nett darauf drapierten Jacke und einem verbeulten Schulrucksack.

Derzeit ist der Gute ein wenig dysfunktional. Ich nenne es ‚missfunktionierend'. Anfangs empfand ich das alles als ein Kinderspiel. Laune. Kein Thema. Laune aussitzen, wegquatschen oder ignorieren. Manchmal hat man auch nicht so gute Nerven, dann wird gestritten – sicher hier und da auch mal in lauter bis, bei Gefahr der Eskalation, laut.

Aber recht schnell folgt Stufe zwei. Stufe zwei ist mies, finde ich. Wie alle Phasen einer Kindheit kommt ‚Stufe zwei' ohne einen Vorredner. Super wäre zum Beispiel:

„Verehrte Elternschaft, wenn auch nur bestehend aus alleinerziehender Person, rüsten Sie sich bitte über Nacht, ab morgen erreichen wir die Phase ‚voll eskalierendes Kind'. Eskalierendes Kind wird direkt nach Einsetzen des Stimmbruchs übersetzt mitteilen, dass es die Regeln abschaffe, Schule unnötig sei und Sie mehr als doof seien!"

Solch eine Art der Vorbereitung könnte nützlich sein.

Stark gewöhnungsbedürftig finde ich nach wie vor das Thema *Privatsphäre*, insbesondere dann, wenn aus dem Kinderzimmer lauthals Sätze geschrien werden, bei denen es einem die Haare aufstellt.

„Alter, halt die Fresse, Mann!", ist durchaus freundschaftliches Spielen.

Es brauchte seine Zeit, bis ich verstanden hatte, dass der Nachwuchs nicht lebensbedrohlichen Gefahren ausgesetzt war – oder mit dem Erzfeind telefonierte – und auch nicht unter plötzlichem Totalverlust all seiner Manieren litt, sondern schlicht mit einem ‚Kollegen' sprach.

Sprechen bedeutet in dem Fall, dass jeder auf den Aufnahme-Button der Chat-App drückt und dann was ins Handy brüllt oder lacht, damit der andere Knallkopf sich das anhört und das Gleiche auch macht. Manchmal sind es auch viele Knallköpfe in einer Runde, männliche und weibliche. Oder das Grüppchen schreit sich über den Controller der Spielkonsole an, das geht heutzutage auch, wenn man die Kopfhörer reinsteckt. Falls der Lautsprecher des Nachwuchses aktiviert ist, hört man sogar durch die geschlossene Tür in der ganzen Wohnung Gegackere, Gekreische und schrilles Lachen. Oder wohl eher im ganzen Haus. Stadtteil.

Kommunikation 2019.

„Was gibt es zu essen, Mam?“

„Ich bin doch eben erst reingekommen.“

„Ich sagte nicht, es muss *jetzt sofort* was zu essen geben.“

Auch wieder wahr. Jeder fragt wohl, was ihm wichtig ist. Ich seufze.

„Was seufzt du denn jetzt so!? Oh, entschuldige, dass ich geboren bin, ey! Jetzt kriegt man hier nicht mal mehr was zu essen! Wird echt immer besser!“

Hilfe ...

Gerade will ich mit der Einkaufstüte Richtung Küche balancieren, um nicht auf eine der beiden, penetrant an meinen Beinen haftenden, Katzen zu treten, da klingelt es an der Tür. Das wird allmählich zum Abendprogramm.

„Mach du auf, Mam, ist bestimmt ein Tauschpaket aus deiner Gruppe.“

Ja, nee ... Is’ klar!

Um Ausreden wird er nie verlegen. Weil der Paketbote neuerdings auch *um diese Zeit* erscheint. Diskussionen sind aber nun so gar nicht, was ich möchte, also nehme ich den Hörer zur Gegensprechanlage ab.

„Ja?“

Stille ... und dann von der anderen Seite meiner Wohnungstür:

„Ich bin's. Mach mal auf, bitte!"

Silke.

„Hallo Silke, ich bin eben zur Tür rein."

„Ich weiß. Ich hab' aus dem Fenster geschaut, bis du kommst." Ähm. Hä?

„Oh! Okay. Ich wusste nicht, dass du solche Sehnsucht hattest. Oder willst du ebenfalls wissen, was es zu essen gibt?"

„Was? Ich? Ach so. Nein. Ah. Hi, Raoul."

„Hi."

„Ja, und was willst du dann? Brauchst du was?"

„Kann ich nicht einfach mal *so* kommen?"

Oh je, oh je, noch ein Mensch mit ausnehmend guter Laune.

„Doch, klar. Du tust es halt in letzter Zeit nicht mehr."

Silke schaut mir – an den Tresen gelehnt – zu, wie ich meine Einkäufe verräume, als warte sie auf etwas Bestimmtes.

Ich versuch's mit Small Talk, wie er einst normal war.

„Stell dir mal vor! Schrieb mir doch heute eine meiner Cousinen, mit der ich sonst – von den üblichen Familienfesten abgesehen – null am Hut hab', eine E-Mail, in der sie mir ein Telefonat aufdrücken wollte ..."

„Ich hab' deine Mutter angerufen."

Sie hat was?

Einen Moment lang rühre ich mich nicht mehr. Als ich mich umdrehe, steht Silke da, als sei sie gewappnet, in wenigen Sekunden angesprungen zu werden. Ich atme tief ein. Raoul, der eben noch mit seiner Sportsendung beschäftigt war, zwischenzeitlich aber auch wieder in die Küche gekommen ist, sieht von einer zur anderen.

„Alles klar bei euch?"

„Ich weiß nicht, Schatz, vielleicht will Silke das ja beantworten."

Raoul sieht Silke an. Ich sehe Silke auch an.

„Was schaut ihr *mich* denn jetzt so an? Sag mal, wie findest *du* denn, dass deine Mutter altes Zeug in die Wohnung holt? Zeug, das andere Leute wegwerfen?"

Raoul schaut zu mir. Ich bebe innerlich. Ich würde meine langjährige Freundin am liebsten rauswerfen.

„Wieso? Is' mir doch egal! So lange sie es nicht in mein Zimmer stellt!? Mama, wann gibt es denn jetzt Essen?"

So ein prima Kerl, ich könnte ihn knutschen. Ich verkneife es mir, das ist nicht mehr gefragt mittlerweile. Nicht ‚vor Leuten' und allgemein immer seltener.

„So, Silke, dann denke ich, haben wir geklärt, dass mein Sohn keinen bleibenden Schaden davontragen wird und ich nun wirklich Abendessen kochen sollte. Schön, dass du vorbeigeschaut hast."

Oder auch nicht.

Leicht theatralisch halte ich eine Hand in Richtung Ausgang, was ich als hinausgeleitende Geste meine. Tatsächlich setzt Silke sich in Bewegung. Gott sei Dank!

„Lara, ich meine ... Ganz ehrlich, jetzt denk doch mal drüber nach, wie die Leute reagieren, wenn sie das irgendwann sehen."

„Was denn? Und welche *Leute* überhaupt?"

Silke stöhnt.

„Ist gut, ich gehe jetzt mal."

„Danke, sehr nett von dir. Und sei so lieb, bleib bitte auch bei dir oder sonst wo, bis du dich wieder beruhigt hast und mich vielleicht auch mal wieder mit anderen Themen überraschst! Dieses hier ist jetzt beendet! Über den Anruf bei meiner Mutter und die grenzüberschreitende Aktion vor meinem Sohn eben reden wir noch!"

Ich liege im Bett und denke an Oia auf Santorini, um meine Gedanken nach diesem Ärgernis auf angenehme Erlebnisse zu lenken. Ich war damals unwahrscheinlich glücklich und entspannt. Ich glaube, es kann keinen bezaubernderen Ort geben als diesen. Nicht, dass ich unzählig viele Orte gesehen hätte, davon hält mich bislang auch meine Flugangst ab, aber ab zu kann ich sie besiegen und dann fliege ich auf Inseln. Nicht auf Inseln zu fliegen, wenn ich mich schon überwinden kann, macht ja keinen Sinn.

Raoul und ich wohnten damals in einem Cave House, einer höhlenartigen Wohnung aus Kalkstein. Anfangs war das seltsam. Die überwiegend dunklen alten Möbel machten das erste Bild nicht besser. Aber es dauerte nicht lange und ich erkannte, dass der Kontrast zur weit geöffneten Tür mit der wunderbaren Caldera unvergleichlich war. Das Flair der nahezu ausschließlich weißen kleinen Stadt mit ihren pittoresken Bauten ist irgendwie magisch.

Raoul und ich hatten damals das sagenhafte Glück, einen alles durch und durch in Rosa tauchenden Sonnenuntergang mitzuerleben, der sogar die Einheimischen aus den Häusern und Wohnungen lockte und zum Fotografieren verführte. Unzählige Menschen standen auf Terrassen, Balkonen, Mauern und Stühlen. Alle sahen gebannt in das Rosa. Es war unglaublich. Ich bin dankbar, dass ich in diesem Augenblick da sein durfte. Raoul saß auf der Terrasse und genoss es still. Ich war gerührt.

Einmal wollten wir mit dem Leihwagen auskundschaften, was es um uns herum an Einkaufsmöglichkeiten gab, da wir nur Frühstück gebucht hatten.

Als wir einen minimalistischen Supermarkt entdeckten, stiegen wir aus und sahen hierbei, dass die Straße weiter nach unten führte. Uns interessierte, was es da noch geben mochte. Wir erledigten zügig unsere Einkäufe und folgten kurzerhand der kurvenreichen Straße unterhalb Oias – immer weiter, bis sie plötzlich zu enden schien. Allerdings parkten andere Autos an der Stelle, die uns augenscheinlich nur ans Meer gebracht hatte. Was konnte es hier geben?

„Wo sind die Menschen, Mama?“, fragte Raoul.

„Gute Frage. Aber irgendwas muss hier sein. Ich glaube nicht, dass sich alle ins Meer gestürzt haben. Komm, lass uns mal bis ganz nach vorne gehen!“

Wir stiegen aus und erst an einem kleinen Steg, nahe dem

Ufer, nahmen wir links um die Ecke eine grandiose Szene wahr. An einem Felsvorsprung vorbei gab es eine Bucht mit Gastronomie, die vor roter Kulisse aus steiler Steinwand lag.

Auf einem Schild am Felsen stand: ‚Amoudi Bay'.

Wir staunten angesichts dieses Kontrastes zwischen der hier entdeckten wilden Ursprünglichkeit und unserem weißen Traum oberhalb der Klippen.

Die Bucht vollführte einen Knick nach rechts, sodass das mittige Restaurant seine Terrassen, teilweise an der Felswand entlang, einige Meter in die Höhe auf Vorsprünge erstrecken ließ. Wir wollten augenblicklich bleiben und entschieden uns für einen Tisch unten am Wasser. Es war glasklar.

Der nette Kellner – der aussah wie ein kürzer gewachsener Bruder der boxenden Klitschkos – machte uns in gebrochenem Englisch klar, dass wir uns aus den morgens frisch gefangenen Fischen unser Mittagessen selbst aussuchen konnten. Es kostete uns ein wenig Überwindung. Ich wollte mein Essen vor dem Verspeisen noch weniger kennenlernen als Raoul seines. Aber es nützte nichts. Es gab keine starre Karte und man wählte eben, was tagesfrisch gefangen worden war. Ich entschied mich für einen schrecklich hässlichen, roten Fisch. Später erfuhr ich, dass es sich hierbei um einen Red Snapper handelte. Ich nahm ihn eigentlich nur, weil der Kellner ständig auf diesen Fisch deutete und mit Zeigefinger und Daumen einen Kreis bildete. Raoul, der meine Wahl fürchterlich fand, entschied sich für eine Languste.

Das Essen war unglaublich. Santorini bleibt unvergessen.

Es dauert nicht lange und meine auf diesen Ort gelenkten Gedanken bringen den gewünschten Effekt. Ich schlafe zufrieden ein.

Nach Abgabe meiner Tauschpakete in meinem Stamm-Post-Shop kündigen sich bereits die ersten Adrenalinschübe an.

Es geht zum Trödelmarkt. Ein bisschen unglücklich einerseits, da er unter der Woche ist, andererseits tummeln sich früh kaum Menschen dort, was einmalige Chancen bieten kann.

Langsam werde ich wählerisch, aber das hat sein Gutes. Was habe ich anfangs alles mit nach Hause geschleppt! Ich bin immer noch nicht alles wieder losgeworden, manches muss ich wohl eines Tages verschenken. Wegwerfen bringe ich nicht übers Herz. Einige Dinge sind so alt, fast alles erzählt eine Geschichte. Die alte Bettflasche zum Beispiel. Wem sie wohl einst gehörte? Ob es nicht unangenehm war, sich einen mit Wasser gefüllten Klotz auf den Bauch zu legen?

Einige Leute kennen mich schon. Das ist lustig, denn bis vor Kurzem habe ich keine Trödelmärkte aufgesucht. Nie.

Der Parkplatz ist noch einigermaßen leer, ich nehme direkt die erste Lücke. Ich schnappe meine Tasche auf Rollen, packe meinen Geldbeutel ein und los geht's. Zuerst steuere ich den Franzosen an. Franzosen haben oft interessantere Sachen, mehr im Angebot und das aus genau den gesuchten Epochen.

„Lara! Isch freue misch, disch zu sehen! Wie geht es dir?"

Ich liebe seinen Akzent.

„Prima, danke, Pierre. Wie geht es dir?"

„Wunderbar, wunderbar. Was suchst du 'eute?"

Pierre fragt mich das immer, und immer antworte ich ihm, dass ich doch eigentlich gar nichts suche, sondern *es* mich anspringen muss. Heute allerdings finde ich leider nichts bei ihm. Ich bin verwundert, aber unter rosa Lampenschirmen und Nippes-Figuren ist nichts für mich dabei. Schade.

„Pierre, heute werden wir keine Freunde. Bring doch mal bisschen weiße Keramik mit, Regale, Metall oder Eisen!?"

„Okay, meine Liebe. Komm nächstes Mal wieder 'ier'er. Isch lasse es im Wagen, bis du kommst."

„Klasse, danke, Pierre! Bis nächstes Mal!"

Ich winke, Pierre winkt auch. Die nächsten Stände sind wenig reizvoll. Dann kommt der ältere Türke, dort kaufe ich eine Tüte voller Avocados. Ich liebe Avocados. Genau genommen liebe ich sie, seit ich meine Kakaosucht abgelegt habe. Na ja, zugegeben, eigentlich seit ich mir meine Kakaosucht und *danach* meine Schokoladensucht abgewöhnt habe. Mein Ayurveda-Test besagte, ich esse zu viele Tomaten. Die roten Früchte waren vorher eine große Leidenschaft. Ich bin wohl ein passionierter Phasen-Mensch. Aber mir die Tomaten in dem – so glaubte ich zumindest – benötigten hohen Maß abzugewöhnen, war wirklich schwer. War allerdings nötig, sagt die Jahrtausende alte Ernährungslehre, der ich mich – in meiner Odyssee aus Gelenkentzündungen – einst zugewandt habe.

„Habe noch Paprika aus Portugal, kommen her von dort."

„Danke dir, Ali, aber das sind leider ebenfalls Nachtschattengewächse mit Lektinen, wie Tomaten. Und du weißt, warum ich sie weitestgehend meide. Übrigens wächst die Paprika ziemlich erfolgreich in Portugal, weil sie sich ans Klima angepasst hat, sie kommt aber aus Lateinamerika."

Der Türke kennt mich auch schon. Er liebt unsere klugscheißenden Frotzeleien über diverse Gemüse- und Obstsorten genauso wie ich. Ich mag das Gefühl, mit jedem Mal, das ich komme, ein wenig herzlicher angelächelt zu werden. Das birgt selbstredend auch so seine Tücken, weil ich ein latent schlechtes Gewissen entwickle, wenn ich bei den bekannten Gesichtern einfach nichts für mich finde. Obwohl mir das noch nie jemand übel nahm.

Gerade steuere ich einen Tisch voller Geschirr an, da zupft jemand an meinem Ärmel.

„Lara, was machst *du* denn hier?"

(Befremdliche Frage, wenn man mit einer großen Tasche und einer Tüte Avocados über einen Flohmarkt läuft.) Ich will gerne antworten, dass ich eine

Studie darüber anstelle, wie sich das allgemeine Verhalten frühmorgendlicher Flohmarktbesucher verändert, wenn es zu regnen anfängt. Ich lasse es.

„Oh, Teresia", sage ich.

Zu mehr habe ich keine Ambition. Teresia ist die Mutter eines Klassenkameraden Raouls, die die unangenehme Eigenart hat, fremde Menschen mit ihrer halben Lebensgeschichte zu füttern, ob sie wollen oder nicht. Außerdem fragt sie einen gerne über alles aus. Zumindest hat sie das auf einem Elternabend bei *mir* versucht, ehe ich geflohen bin.

„Ich hätte nicht gedacht, dass *du* auf einen Flohmarkt gehst", sagt Teresia.

„So? Ah. Ja gut, dann weißt du es jetzt besser", antworte ich.

„Das passt so gar nicht zu dir. Ich dachte, du bist mehr so eine Shopping-Dame."

Nun hört sie ihre Stimme süffisant an.

„Ich würde sagen, dass du das schwerlich beurteilen kannst, immerhin *kennst* du mich ja nicht. Ich möchte meine Runde gerne fortsetzen, sonst ist mein Zeitplan demoliert. Ich wünsche dir noch viel Spaß hier."

Ich lasse sie zurück, schließlich muss ich nachher noch zur Arbeit.

Der Geschirr-Stand ist spannend. Neben reichlich alten Tellern mit Markung werden Schüsseln, Vorratsbehälter und Terrinen aus Belgien feilgeboten. Ich setze mein Pokerface auf. Bloß nicht anmerken lassen, dass ich interessiert bin. Ich nehme bewusst in die

Hand, was mich nicht reizt, besehe es mir, stelle es wieder ab, wühle in meiner Geldbörse und entferne mich einen Schritt. Als ich die Aufmerksamkeit der Verkäuferin habe, trete ich wieder näher und frage mit ausgestrecktem Zeigefinger, was denn eine kleine Terrine kosten soll.

„Zwanzig."

Hervorragende Ausgangslage. Nicht billig, aber verhandelbar.

„Könnte ich sie auch für dreizehn bekommen?"

„Nein, aber für sechzehn."

„Vierzehn ..."

„Fünfzehn, mein letztes Wort!"

„In Ordnung."

Ich zücke meine Börse, die Dame beginnt im Kofferraum hinter sich nach Zeitungspapier zu kramen. So sieht sie nicht, wie meine Augen leuchten. Perfekt! Stolz versenke ich meine Beute in der Tasche, bedanke mich und gehe weiter.

„Lara, warte doch mal."

Schon wieder Teresia.

„Was kann ich denn für dich tun?"

„Ich frage mich, was du machst!? Es geht mich natürlich nichts an, aber eine Bekannte sammelt seit einigen Jahren so alte Sachen. Es sieht fast aus, als sammeltest du auch alte Sachen, und ich frage mich, wieso man ..."

„Wieso fragst du dich das über einen fremden Menschen? *Du* bist doch auch hier!? Was sollte man schon auf einem Flohmarkt *tun*? Aber wenn es hilft ...

Ja, ich sammle alte Sachen und fahre jetzt damit fort. Sei mir nicht böse, aber der Sinn des frühen Kommens liegt darin, nichts zu verpassen."

„Raoul, wo bist du?"

„Manno, Mama, ich will nicht angerufen und das gefragt werden! Ich bin schon vierzehn!"

„Wie auch immer. Du bist zumindest wesentlich davon entfernt, *nicht* angerufen zu werden, wenn ich nicht weiß, wo du bist.."

„Und was ist jetzt?"

Entzückend. Wieder mal muss ich schmunzeln, wie sehr sich Kinder von heute auf morgen ändern, wenn sie sich auf dem Weg ins Erwachsenenleben befinden.

Nach einigen, wenig auskunftsfreudigen – und noch weniger hilfreichen – Antworten weiß ich dann doch, wo sich mein Sohn aufhält. Nach einer Ansage, von wann er sich dort losmacht, bin ich auch im Bild, wann er wieder da sein wird.

Bleibt noch genug Zeit für mich, um in Ruhe zu duschen. Auf dem Weg ins Badezimmer fällt mir ein noch geschlossenes Paket aus meiner Tauschgruppe auf, das, wie ich weiß, eine unglaublich seltene alte Backform enthält. Ich bleibe stehen.

Vermutlich ist sie krustig und schmutzig. An sich kein Problem, wenn man sich eine gängige Backform vorstellt. *Diese* Form ist sechzig Zentimeter hoch und vierzig breit, sie ist enorm alt und soll meiner Töpfchensammlung als Regal dienen. Die Beschaffenheit der Form und wie das Alter sie gezeichnet hat, erinnern an ein derbes Metallobjekt aus einem Loft. Definitiv passend zum Industrial-Stil.

Es ist wenig zielführend, erst zu duschen und dann auszupacken und herumzutragen, auch wenn ich es mir kaum verkneifen kann. Das Ausloten, wo sie hinsoll, um dann mit fast antiken Spuren aus Backkrusten überall an mir festzustellen, dass der Nachwuchs wieder da ist, macht keinen Sinn. Er droht sicher auf der Stelle zu sterben, wenn er nicht augenblicklich mit seinem Erscheinen in Kenntnis gesetzt wird, dass ich unverzüglich Essen serviere. Ich packe meine Backform aus und vergehe in Bewunderung. Ich wünschte mir schon lange eine, und nun habe ich sie. Im Tausch dagegen habe ich mich von einer alten Steppdecke und drei Tassen aus Holland getrennt. Ich bin happy.

Raoul ist überhaupt nicht happy, als er nach Hause kommt. Irgendwer muss irgendwas Blödes gesagt oder getan haben, wette ich. Die Tatsache, dass ich über das Herumtragen meiner Backform – und die doch noch hinten dran geklemmte Schnelldusche ‚ohne Haare' – nur ein Baguette aufgebacken und ein paar geschlagene Eier durch die Pfanne gejagt habe, wird ihn kaum aufmuntern. Ich versuche es mit der ‚Ist was?-Taktik'.

Ich starte einen nicht allzu fröhlich klingenden Anlauf. Gute Laune ist im Moment nicht gefragt, die verdirbt ihm direkt im Ansatz schon alles. Es gibt zwar sowieso nicht viel, das in einer Pubertät noch Kontinuität aufweist, aber gute Laune ist derzeit ein K.-o.-Kriterium.

„Na? Alles klar bei dir?"

Ah, verflixt, am Ende den Ton zu hoch angesetzt. Klang jetzt doch fast heiter.

„Ne!"

Vorhersehbar. Es bleibt nicht mehr viel Spielraum. Nachhaken birgt definitiv ein hohes Risiko. Tue ich es, kann es mir als Neugier ausgelegt und abgewiesen werden. Nicht nachzuhaken lässt wiederum eine Interpretation als Desinteresse zu. Selten gibt es bei diesem Spiel einen Gewinner. Ich bin's schon mal nicht. Trotzdem ist der arme Mutierte ja (m)ein Kind und die Liebe nach wie vor da, wenn sie sich auch nicht mehr in Geschmuse und innigen Umarmungen ergeht. Ich versuche eine neue Variante des ‚Ich laufe dir nicht nervend nach' und widme mich wieder der Frage, wohin mit der Backform, sage aber im Weitergehen noch:

„Doof. Wenn du erzählen willst, ich höre gerne zu."

„Das interessiert dich doch sowieso nicht! Am Ende erzählst du es dann deiner Freundin oder ich störe dich bei deinem neuen *Hobby*! Was hast du da überhaupt? Für mich ist ja nie Geld da, aber ständig neue Pakete, das geht!"

Oh. Tja. Auf diesen Modus war ich nun wirklich nicht vorbereitet. Da ich keine Lust habe, mich überhaupt auf so viel an den Haaren herbeigezogene Ungerechtigkeit einzulassen, stelle ich meine Backform ab. Allerdings ein wenig zu heftig, sodass sich doch noch einige Krusten lösen, die sogleich in schwarzen Bröseln die Staubsauger-Bemühungen des Vorabends ruinieren. Schnaubend verkrümle ich mich in mein Zimmer.

X.

Auf dem Fensterbrett steht immer noch das Buch ‚Justus‘, das ich nach wie vor nicht aus meiner Sichtweite geräumt habe, obwohl mich sein Titel ständig an meine zerbrochene Beziehung erinnert. Es ist unglaublich, was ein Jahr mit sich bringen, verändern und beinhalten kann … von Trauer, Tod und Abschied abgesehen. Ich lege mich auf mein Bett und gebe mich der Melancholie hin.

Es macht mich nahezu sprachlos, wie weit weg Momente heute scheinen, die mir vor gerade zwölf Monaten unfassbar viel bedeuteten. Eben noch passiert vollkommen unerwartet etwas Großartiges.

Du hast dich unverhofft verliebt.

Plötzlich fällt dir alles leicht und alles geht dir von der Hand, als würde sie von einer fremden Macht geführt. Du rechnest überhaupt nicht damit, es ist einfach da, erfüllt deine Gedanken und beeinflusst dein Sein.

Und manchmal ist das, was dich eben noch von Kopf bis

Fuß erfasst und zum Beben gebracht hat, eben auch wieder weg. Einfach so.

Da ich vor einem Jahr das erste Mal seit gefühlten Ewigkeiten wirklich glaubte, es könne eine großartige Geschichte in meinem Leben entstehen, tat die harte endgültige Erkenntnis, dass dem nicht so war, umso mehr weh.

Seit Langem vergoss ich erstmals unsagbar viele Tränen. Manchmal glaubte ich, wenn ich noch ein wenig mehr heulen würde, könnte ich ins Büro schwimmen, statt mit dem Auto zu fahren. Noch schlimmer als die Menge an Tränen, die ich ließ, war, dass ich zu den unpassendsten Momenten losheulen musste. Beispielsweise während ich in einer Warteschleife des Anwaltsbüros hing, das mir in einigen Rechtsfragen Auskunft erteilte: Weil die Hintergrundmelodie zu einem Lied gehörte, das Justus und ich in einem kleinen Pariser Restaurant in Form einer Live-Performance genießen durften. Jedenfalls hatte ich es genossen und gebannt zugehört. Justus war wieder mal in seiner eigenen Welt gefangen. Er hörte wohl eher imaginäres Telefonschrillen oder sonst etwas in der Art. Als ich an seinen abwesenden Blick dachte und wie heftig es mich traf, dass ich diesen entzückenden Moment alleine erlebt hatte, entfuhr mir als Untermalung zum deplatzierten Geheule auch noch ein jämmerlicher Schluchzer. Exakt da ging einer meiner Anwälte an den Apparat.

„Alles in Ordnung mit Ihnen?"

„Alles in Ordnung. Ein kleiner Schluckauf. Verzeihung!"

Die Wahrheit ist, dass ich am liebsten den Hörer gegen die Wand geworfen hätte und weggelaufen wäre. Der Pariser Aufenthalt mit Justus damals war nicht mein erster, das nicht. Realistischerweise muss ich zugeben, dass eben unsere menschlichen Defizite Grund für zwei vollkommen unterschiedlich nachwirkende Eindrücke von dieser Stadt zu sein schienen. Aber für mich war dieser kurze Aufenthalt unglaublich. Ich denke, damals fühlte es sich an, als tauchten wir beide in diese Welt der kleinen Cafés, der Gerüche, Geschmäcker, des Weins und der Melodien ein. Als ich merkte, dass ich alleine eingetaucht war, weigerte ich mich einfach, zurück an die Oberfläche zu kommen und mich all der banalen und überflüssigen Empfindungen meines Partners zu verhaften. Aus einem einfachen Grund. Ich wusste längst, dass nichts, das ich tat oder sagte, seine Gefühle oder seine Sichtweise verändern würde. Je mehr ich mich anstrengte, bewirkte ich eher das Gegenteil.

Eine Weile spielte ich mit dem Gedanken, Tagebuch über all das Erlebte zu schreiben. Als junges Mädchen schrieb ich Tagebuch um Tagebuch. Ich machte mir die Mühe und holte sie alle hervor, weil ich hoffte, es stünde irgendwas zwischen den Zeilen, das mir bewies, dass ich nur so hatte werden können, wie ich geworden bin. Das Resultat war, dass ich mich hinterher für vollkommen bekloppt hielt und mir überlegte, ob ich sie anzünden sollte. Schlussendlich hielt ich das aber doch für keine so gute Idee – die Einbände waren aus Kunststoff. Ich fürchtete, dass ich tags darauf in den Klatschspalten auftauchen würde, mit geschichtsträchtiger Schlagzeile.

„Verzweifelte Single-Mutter wollte Vergangenheit

hinter sich lassen! Da sie natürlich den Intelligenzquotienten einer Wassermelone besaß, bedachte sie nicht, dass Plastik schmilzt und schwelt und die Rauchmelder zum Problem werden! Typisch, darum ja alleinerziehend!

Die ‚verkrachte Existenz'-Nummer, Sie wissen schon."

XI.

Heute beginnt das Ferien-Camp für Raoul. Es fällt mir etwas schwer, ihn ganze zwölf Tage in die Wildnis zu entlassen, ohne zu wissen, was er tagtäglich macht. Handy-Empfang wird vermutlich schwierig. Ich muss einfach darauf bauen, dass er sich von sich aus meldet, wenn er zwischendurch welchen hat und sich melden möchte. Nach dem Einparken vor dem Bahnhof linse ich unauffällig zu ihm rüber und mustere ihn kurz. Er scheint relaxt und mit sich im Reinen. Gut, immerhin hat er sich das Camp ausgesucht.

„Mam,", hat er gesagt, „wir machen das schon. Ich muss auch mal mit Gleichaltrigen losziehen."

Ich weiß natürlich, dass er recht hat. Im Prinzip bin ich keine Mutter, die nicht loslassen kann, aber schwer ist es trotzdem. Raoul hat mich gebeten, nicht mit zum Bahnsteig zu kommen, das tut ein bisschen weh und ich wünschte, er wäre gelassener, was das angeht. Da er das aber wohl nicht ist, nehme ich es so hin. Ich komme mir bescheuert vor, wie ich dastehe, als warte ich auf eine Ansprache von ihm. Mein Sohn schwingt sich das Rückengepäck über die Schulter und breitet die Arme aus, nicht, ohne noch mal in beide Richtungen zu lugen, ob es auch keiner sieht.

„So, Mam, dann geh' ich mal. Ich melde mich, versprochen! Und ja, ich putze zweimal täglich die Zähne, passe auf mich auf und tue nichts Verbotenes."

Wir drücken uns kurz und schon stapft er mit seinem Koffer davon. Er dreht sich noch mal um, das freut mich. Bevor ich anfange zu heulen, steige ich schnell ein und brause davon.

Mir ist nicht danach, in meiner Wohnung zu sitzen und zu grübeln. Ich fahre eine Weile durch die Stadt, ehe ich beschließe, mein Notebook zu holen und damit zum Fluss zu fahren.

Kaum stehe ich vor meiner Tür, höre ich schon Schritte, die ich am Gang erkenne. Silke.

„Sag mal, gehst du mir aus dem Weg? Du hast doch jetzt Zeit ohne Ende, da könnten wir mal in Ruhe über alles reden. Was meinst du?"

Ich hole tief Luft und überlege mir genau, was ich sage.

„Silke, hör mal, ich habe keinen Redebedarf über das, was ich tue. Wenn *du* ihn hast, dann bitte komme damit alleine klar! Mich nervt dieses Getue jetzt langsam wirklich, als wäre ich plötzlich bekloppt geworden oder so. Ich bin nur hier, um mein Notebook zu holen, weil ich gerne etwas schreiben will."

„Schreiben."

„Genau."

„Und was willst du *schreiben*?"

„Bist du jetzt meine Mutter, oder was!?"

Das klang etwas heftig, aber das überspitzt besorgte Gesicht meiner Freundin geht mir auf den Wecker. Wenn Silke morgen sagen würde, sie besuche nun einen Malkurs, hätte das Gefühl, sie müsse künftig zum Yoga oder sich die Haare blau färben, dann wäre das völlig in Ordnung für mich.

Ich finde, alles, was ein Mensch glaubt tun zu müssen, das sollte er tun – solange es niemandem schadet und nicht illegal ist. Silke scheint da wohl anders zu ticken. Es ist definitiv ein Problem für sie, dass ich nicht mehr in Chrom, Hochglanz und modernem Zeug wohnen will. Oder fühlt sie sich zurückgesetzt? Immer noch stehen wir beide da und mustern uns mehr oder weniger. Ich sehe meine Zeit davonlaufen und starte einen sanfteren Versuch.

„Sieh' mal. Was ist denn schon anders, hm? Ich interessiere mich für die kreative Seite in mir. Es gibt schlimmere Anwandlungen, oder? Lass uns einfach mal wieder über Alltägliches plaudern!? Wir kennen uns nun schon fast unser ganzes Leben. Es hat sich doch nichts geändert zwischen uns."

Silke scheint nicht überzeugt. Aber immerhin nickt sie, seufzt und geht mit grüßendem Nicken. Ich sehe ihr leicht ratlos nach und hole dann mein Notebook. Auf dem Weg nach draußen begegne ich Herrn Pöppel, einem schmierigen Widerling aus der Nachbarschaft, dessen Angewohnheit es ist, Frauen förmlich auszuziehen mit seinen Blicken. Er ekelt mich an, ich versuche aber, ihm keine Aufmerksamkeit zu schenken und schiebe mich schnell an ihm vorbei aus der Tür.

Am Fluss ist es herrlich. Die Sonne scheint hin und wieder aus den Wölkchen hervor, die Luft ist lau und es weht eine leichte Brise. Ich sitze entspannt an einen Baum gelehnt im Schatten und schreibe an einer Geschichte. Eine Geschichte wollte ich immer schreiben.

Allerdings blicke ich nunmehr ins Leere, meine Finger schweben über der Tastatur.

Wie konnte es soweit kommen mit Silke und mir?

Noch während ich dieser Frage auf den Grund zu gehen versuche, knabbert etwas an meiner linken großen Zehe. Schreiend entwirre ich meine Beine und stürze einige Meter von meinem Platz weg. Hinter mir ertönt schallendes Gelächter.

„Alles in Ordnung bei Ihnen?"

Verwundert drehe ich mich um, immer noch leichten Graus in den Knochen darüber, dass ich nicht weiß, was geknabbert hat. Ein breit grinsender Mann – etwa Anfang vierzig, schätze ich – ist mit seinem Hund stehen geblieben und hebt die Hand zum Gruß.

„Verzeihung, wenn ich eben lachen musste. Aber

es sah schon komisch aus, wie Sie da schreiend hochfuhren wie vom Teufel gejagt."

„Etwas hat an meinem Fuß geknabbert."

Der Mann schaut jetzt noch amüsierter.

„Das kann man dem *Etwas* aber nicht krummnehmen, dass es mal knabbern wollte."

Er legt den Kopf leicht schief. Der Hund tut es ihm gleich.

„So?"

Was für eine dämliche Anmache. Ich stelle mich ungerührt und gehe zurück zum Baum, um mein weggekipptes Notebook zu überprüfen. Glücklicherweise ist es unversehrt. Ich klappe es zu und beschließe zu gehen, meine Kreativität hat ein schlagartiges Ende genommen.

„Sie gehen?"

„Was dagegen?"

Ohne mich noch mal umzudrehen, gehe ich in Richtung Parkplatz. Ich erwarte schon, dass der Mann mir folgt, höre aber den Kies knirschen, also setzt er seinen Weg am Flussufer fort. Ohne Bedauern steige ich in mein Auto und fahre los. Im Rückspiegel sehe ich ihn und den Hund, beide schauen mir nach.

Zu Hause angekommen, checke ich ungefähr zum hundertsten Mal mein Handy, aber Raoul hat sich noch nicht gemeldet. Ich versuche, mir einzureden, dass sich schon jemand melden würde, wenn etwas nicht stimmte und mich abzulenken, indem ich in den

Kühlschrank sehe. Traurig sieht es in seinem Inneren aus, was kein Wunder ist. Ich habe nichts eingekauft heute. Mist. Ich habe die traurige Wahl zwischen Quark, Essiggurken, Tomatenmark, fettarmem Joghurt ohne Geschmack und Schwarzwälder Schinken. Ich nehme mir einen Beutel Milch, schließe den Kühlschrank und entscheide mich für Haferflocken mit einem geschnittenen Apfel. Ich lümmle mich bäuchlings auf die Couch und schalte den Fernseher ein, um durch die Programme zu zappen. Mir fällt auf, dass ich mich wie ein unbeaufsichtigter Teenager benehme. Hat was!

Eine völlig überschminkte Blondine erzählt gerade, wie wichtig es ist, dass Frauen nicht zu Opfern von vermeintlichen Schönheitsidealen werden und sie immer sie selbst bleiben sollen. Das war dann wohl eher nicht ihr eigener Einfall, das vor der Kamera kundzutun. Komischer Beitrag. Ich schalte um und lande bei: ‚Wir wandern aus und fangen ein neues Leben an!'

Eine Familie, bestehend aus einem glatzköpfigen Vater mit Bierbauch, einer Mutter, der ein vorderer Backenzahn zu fehlen scheint, und zwei finster dreinblickenden Kindern – Junge und Mädchen –, hält vor atemberaubender Kulisse eine Fahne hoch, die ich nicht kenne. Ich war schon immer schlecht darin, Fahnen von Ländern zu erkennen, wenn sie nicht gerade zu den umliegenden Regionen gehören. Ich warte also ab, wo es sie hingezogen hat. Einerseits bewundere ich den Mut, alle Zelte abzubrechen und in unbekannte Gefilde zu ziehen, andererseits brauche ich einen solchen Mut nicht. Ich könnte niemals alles mir Liebe und Teure aufgeben und meine Heimat verlassen. Wozu auch? Ich bin immer davon ausgegangen, dass ein neues Land vielleicht andere Probleme mit sich bringt. Falls sie ursächlich in einem selbst liegen, schleppt man sie eben mit.

Andere Menschen haben wahrscheinlich andere Prioritäten ...

Die Familie sitzt mittlerweile vor einer Bretterbude. Der Vater erzählt stolz, dass es sich hierbei um sein künftiges Restaurant handele. Da in die Bude augenscheinlich keine Tische und keine Stühle passen, denke ich, gekocht wird drinnen und gesessen draußen. Jetzt führt die Mutter mit der Zahnlücke, die nun offensichtlich geworden ist, weiter aus, dass ihr Mann zwar kein Koch, sondern Bauschlosser sei, aber er sich das Kochen über Jahre selbst beigebracht habe. Ah so. Ich bin mäßig gespannt, wenn auch offen für Überraschungen. Man soll schließlich keine Vorurteile haben, vielleicht kocht der Mann ganz wunderbar, man weiß es nicht. Als er jedoch aufschließt und das Innere präsentiert – das nun noch viel winziger wirkt als von außen –, ist mir klar, dass hier keine Steaks oder Meeresfrüchte zubereitet werden *können*.

„Meine Burger werden berühmt! Ich habe ein Geheimrezept für Soßen entwickelt, das wird die Leute umhauen!"

Na, hoffentlich sehen das die Einheimischen auch so, wenngleich ich immer noch nicht weiß, bei wem wir uns befinden, da nach wie vor kein Landesname fiel. Mir jedenfalls kommt es so vor, als gebe es *ständig* Menschen, die denken, man habe nur auf ihre Würste, Hotdogs und Burger gewartet. Aber ich bin vermutlich auch kein Wurst-Gourmet.

Ich ziehe das durchaus in Erwägung, seit ich mit einem Bekannten zu einem Imbiss gefahren bin, der überdurchschnittlich gut bewertet wurde und sogar ein Magnet für Urlauber in unserer Region sein sollte. Was hypten die Menschen die Wurst, insbesondere die Currywurst mit der geheimen Soße! Ich war ehrlich gespannt.

Die Fahrt zum gemeinten Ort war am Ende weit spannender als die Wurst. Wir fuhren hierhin und dorthin ...

Geschuldet war das überwiegend der Tatsache, dass der Bekannte, Fritz, die Hausnummer nicht ins Smartphone eingegeben hatte, wir immer wieder ohne Empfang waren und mehr oder weniger ins Blaue fuhren.

Die am Ende doch noch aufgespürte Bude bot eine bemerkenswert frische Wurst und in der Tat schmeckte sie. Angehoben aber hat sie mich nicht. Eine Wurst eben. Ich bin also nicht die richtige Ansprechpartnerin für Würste.

Im TV ist jetzt Pause. Mittlerweile sind auch meine Haferflocken verzehrt. Ich werde mal schauen, was ‚meine' Gruppe so macht. Nichts Neues, was kein Wunder ist. Draußen ist herrliches Wetter und da meine Mädels durchweg ein soziales Umfeld haben, werden sie es auch genießen. Ich befände mich wohl auch noch am Fluss, wenn ich nicht aus meiner Geschichte gerissen worden wäre.

Später meldet sich Raoul doch noch. Ich freue mich enorm darüber.

XII.

Morgen früh bestelle ich mir ein Taxi und lasse mich zunähen. Genauer gesagt, lasse ich mir etwas *einnähen.* Ich bekomme ein Plastiknetz in meinen Bauch. Der aus der Fassung gesprungene Nabel ist über die Zeit zu einem großen Spiegelei geworden. Es ist mir nicht so recht mit dem Geschnippel, weil niemand sagen kann, wie es mit meiner Oma weitergeht. Das *Problem* ist, dass ich mit dem Bauch doch mal bei einem Arzt vorstellig geworden bin. Ich sehe durchaus ein, dass er mir eine Föhnfrisur hingebrüllt hat, wo ich damit so lange spazieren war ...

Wird wohl einfach Zeit!

Am anderen Morgen dusche ich ausgiebig, trinke mein einzig erlaubtes Wasser, rufe ein Taxi und fahre ins Krankenhaus.

Die Vorbereitungen ziehen sich zäh wie Kaugummi. Es wird gestochen und noch mal gewogen, als hätte ich in den letzten Tagen seit der Vorstellung komplett die Gewichtsklasse wechseln können. Schließlich teilt mir eine junge Schwester mit, ich solle mich ausziehen, mir eine Haube aufsetzen, in ein wahnsinnig bequemes Pumphöschen steigen und dann warten, bis ich gerufen werde.

Irgendwann liege ich in einem engen Raum im Krankenhausbett und starre in den Flur.

Ich bin kurz davor einzuschlafen, da wird eine Tür aufgerissen. Ein aufgeregter Arzt trifft direkt vor der Zelle, in die man mich verfrachtet hat, auf eine Anästhesistin, um ihr zu berichten, dass man den eben operierten Mann, der nach der Vollnarkose ‚nicht mehr von alleine atmen wollte', auf der Intensivstation nicht annehmen mochte. Mir wird ein wenig übel. Außerdem hat man meine ‚Leck mich'-Tablette vergessen, sodass ich mich jetzt *leicht* aufrege.

„Hallo!?", sage ich laut. „Entschuldigung, ich wollte nur sagen, ich kann Sie *hören* und das leider *ohne* angefragte ‚Scheiß der Hund drauf'-Pille intus, ja!?! Die hat mir nämlich keiner gebracht!"

Die Anästhesistin bricht augenblicklich in Tränen aus, der Arzt sieht mich an, als wäre ich eben aus dem Nichts nackt ins Fußballspiel geflitzt, dreht sich um und eilt hinfort. Zurück bleibt die aufgelöste Frau, die auch *mich* gleich narkotisieren soll. Das kann ja heiter werden ... Ich möchte fliehen!

Vorsichtig nähert sie sich mir und sucht nach Erklärungen. In gebrochenem Deutsch faselt sie was von ‚genau so wollte ich nie werden‘. Ein Blick auf ihr Schild sagt mir, dass sie vermutlich Spanierin ist.

Ich komme mir vor wie in einer schlechten Komödie mit hohem Ironiefaktor, während ich ihr beruhigend den Arm streichle und immer wieder versichere, dass ich daran nicht sterben werde. Ich erkläre ihr, dass es sicher immer noch besser ist, dass das Ganze vor einer Person geschehen ist, die nicht augenblicklich mit einem Herzkasper aus dem Bett fällt.

Langsam beruhigt sie sich wieder, immerhin. So ganz wohl ist mir zwar nach wie vor nicht, aber ich kann nun auch nichts mehr ändern, denn vor uns steht nun eine junge Schwester, die verkündet, dass es losgehen kann.

Ich überlebe die Sache sogar und bin wohl ein wenig früher als erwartet wieder wach. Zumindest werde ich leicht aufgeregt aufgehalten, weil ich meinem Bett entsteige und in gebeugter Haltung auf den Flur tipple.

„Frau Schmidt, was machen Sie denn da!? Gehen Sie zurück in Ihr Bett!“

Gegen forsche Krankenschwestern hat man wenige Chancen. Das kenne ich schon, also ziehe ich mich unwillig zurück in mein Kämmerchen, in dem noch ein Mann liegt, der lautstark schnarcht.

„Kann ich einen Kaffee haben?“

„Einen ... Ähm, natürlich *nicht*! Ein Wasser können

Sie bekommen! Ich hole es."

Ich kann mich kaum halten vor Begeisterung. Jetzt muss ich sicher Ewigkeiten hier rumliegen und mich alle halbe Stunde dazu äußern, wie es mir geht. Ist prinzipiell richtig so, schon klar.

Nach ein paar Stunden gähnender Langeweile schiebt mich endlich wer in ein Zimmer und ich bekomme einen Kaffee. Juhu! Das Tässchen war wahrscheinlich das eines Kobolds, aber wenigstens etwas.

Langsam stellt sich ein leicht ekliger Schmerz ein. Leider auch die Gier nach Nikotin. Dumm. Man hat mir Nikotin für mindestens heute strengstens verboten. Mit den Verboten ist es wiederum so, dass ich sie nicht wirklich einsehen kann. Also warte ich noch ein wenig, bis es draußen dunkel ist, und schnappe mir dann meinen Infusionsbaum auf Rollen, um mich heimlich aus dem Staub zu machen. Draußen gibt es genug Möglichkeiten, unentdeckt hinter einem Busch zu sitzen. Stehen kann ich ohnehin nicht wirklich. In der Oma-am-Rollator-Haltung spähe ich vorsichtig aus der Tür. Die Luft ist rein. So schnell es mein vernähter Kunststoff-Bauch erlaubt, husche ich zum Fahrstuhl, der sich prompt öffnet und einen älteren Herrn auswirft, der lautstark ‚Naaaabend' brüllt. Nickend ziehe ich an ihm vorbei, fahre nach unten und sehe mich erst mal nach beiden Seiten um, ehe ich durch die automatisch öffnenden Glastüren ins Dunkel verschwinde. Fast fällt mir mein Flaschenbaum noch um, weil ich den unebenen Boden im Gras nicht sehe. Aber schließlich ist sie an, die geliebte Zigarette. Ich inhaliere genüsslich.

Das lief doch wunderbar!

Die Schmerzen sind nun auch nicht schlimmer geworden, das wird also vertretbar sein. Bevor ich mich zurück auf den spärlich beleuchteten Weg begebe, schaue ich mich noch mal um. Niemand zu sehen, zudem sind fast alle Fenster im Gebäude dunkel, jetzt aber pseudoschnell zum Eingang ...

Klonk! Hä? Boah, nicht doch!

Wieso geht die Tür denn jetzt nicht auf? Noch mal zurückweichen und den Bewegungsmelder neu animieren. Nichts! Scheiße! Scheiße, scheiße, scheiße! Ich mach mich aus dem Licht vor dem Eingang nach rechts weg in eine Mauernische und überlege. Verdammt und zugenäht, *aber im wahrsten Sinne des Wortes*! Die Fenster im Parterre sind allesamt zu hoch gelegen. Wenn ich jemandem einen Stein reinwerfen würde, wüsste ich nicht, ob derjenige nicht tags zuvor einen Herzanfall hatte und kollabiert, statt von innen die Tür zu öffnen. Das entfällt also. Hochhieven kann ich mich schon gar nicht. Ich komme nicht mal ans Sims. Das kann ich vergessen. Läuten will ich auf keinen Fall. Natürlich sitzt da eine Nachtschwester, aber die wird mir eher nicht abkaufen, dass ich die Kippenschachtel in meiner Hand gefunden und sicherheitshalber konfisziert habe. Wer besorgt sich denn aber auch einen Morgenrock ohne Taschen? So unüberlegt handeln kann nur *ich*. Wegschmeißen werde ich meine Zigaretten auf gar keinen Fall, das sind schließlich meine einzigen! Plötzlich fällt mir eine stählerne Tür auf. Sieht aus wie von ’nem Luftschutzbunker.

Hm ...

Nachdem ich mich ein wenig auf sie zubewegt habe, stelle ich mit Begeisterung fest, dass sich neben ihr ein Knopf befindet. Darüber steht ‚Lastenaufzug‘ geschrieben. Das ist ein Zeichen! Glücklich drücke ich den Knopf, um gleich darauf vor Schreck zur Salzsäule zu erstarren. Rumpelnd, knarzend und quietschend rattert etwas in unglaublicher Lautstärke aus einem verborgenen Tunnel auf mich zu.

Augenblicklich scheinen hundert Lichter auf einmal anzugehen. Jemand ruft aus einem Fenster, dass dieses Krankenhaus eine einzige Zumutung sei. Jetzt ist der Aufzug da, mir bleibt nur noch die Flucht nach vorne. Eilig ziehe ich meinen Flaschenbaum ins uralte Gefährt und drücke die Taste für die Etage, auf der ich liege. Gefühlt unmäßig lange Zeit, die sich der – als Feind erwiesene – Aufzug nicht minder lautstark hocharbeitet, stehe ich da wie ein armer Sünder und harre aus, was mich erwartet. Ich bin nicht überrascht, als ich nach Öffnen der Tür direkt vor einer respekteinflößenden Nachtschwester stehe, die mich mit beiden Fäusten in der Taille anblitzt.

„Frau *Schmidt*! Sind wir nun fertig mit unserer nächtlichen Veranstaltung, ja!? Gehen Sie in Ihr Zimmer und tun Sie nur ja keinen Mucks mehr für heute!“

Ausnahmsweise lasse ich das lieber so stehen und verschwinde.

Den Herzpatienten habe ich nun wohl doch keinen Gefallen getan.

Einige Tage später, die ich ans Bett gefesselt war, tritt so ziemlich alles ein, weswegen ich mich genau *nicht* habe operieren lassen wollen.

Heute geht es um nichts weniger Anspruchsvolles als eine Mofa-Versicherung für Raoul, der in wenigen Tagen Geburtstag hat.

Ich möchte ihm allen Handicaps und Hürden zum Trotz seinen größten Wunsch erfüllen, bis er aus dem Camp wiederkehrt. Die Theoriestunden hat er erfolgreich absolviert, also müssen die Papiere für das gestern online gefundene Vehikel her.

Eigentlich dachte ich, das Auffinden und Heranschaffen eines Gefährts würde in meinem Zustand zur Schwierigkeit, stattdessen ärgere ich mich jetzt unverhofft mit dem Papierkram zum Thema herum. Obwohl ich für das bisschen Plastik aus China alle Angaben in ein Online-Formular getippt und die Bestätigung erhalten habe, alles sei bestens. Na ja, natürlich stand da nicht: „Alles ist bestens!"

Aber es stand *auch* nicht da: „Tut uns leid, aber Ihre unglaublich dämlichen Eingaben führen leider zu keinerlei Ergebnis, außer vielleicht dem, dass sich ein inkompetenter Mensch meldet, der die Sache auch nicht besser macht!"

Allzu gehaltvoll kam mir das Formular nun auch nicht vor! Ich meine, wir sprechen von minimaler Elektronik in nicht allzu pompösem Kunststoff-Kleid! Ich will eine Versicherung abschließen und habe ausgewählt, welche. Meinen Namen, meine Adresse sowie meine Bankverbindung für die Abbuchung des Jahresbeitrags schaffte ich auch noch einzugeben. Fragen, wie etwa, ob das Mofa Kettenraucher ist oder verletzungsgefährdet aufgrund waghalsiger Hobbys, entfallen – im Gegensatz zu Versuchen, eine Berufsunfähigkeitsversicherung zu bekommen – gottlob auch.

(In die *ich* natürlich *nicht* gekommen bin!)

Sonst hätte ich es mit dem Mofa ja gar nicht erst versucht!

Nicht, dass *ich* waghalsigen Hobbys nachginge, Kette rauche ich nicht, aber ohne Kette reicht wohl schon, um *nicht* versichert zu werden. Außerdem wurde intensiv auf meinen diversen Operationen herumgeritten und man fand obskur, dass ich nicht über alle meine Eingriffe genau Auskunft erteilen konnte, mitsamt Angabe eines exakten Datums.

Lügen wollte ich auch nicht, also bleibe ich eben unversichert und hoffe, dass ich einigermaßen gesund weiterarbeiten darf, bis ich ohnehin von alleine zusammenklappe.

Was das *Mofa* nun für Schwierigkeiten macht, verstehe ich nicht.

Als mich ein Herr der Versicherung vor Ort anrief, schwante mir schnell Übles.

„Leider nicht alle Angaben da ... Ich kann Ihnen den Beitrag *so* nicht anbieten ..."

Nicht anbieten?

Ich will auch überhaupt kein Angebot! Ich bekam online eins und habe bereits gewählt!? Mit Angeboten am Telefon kann ich ja so gar nichts anfangen. Wie soll ich denn da vergleichen und beurteilen, was ich brauche? Am Telefon klingt nahezu alles toll, sofern es der Richtige zu verkaufen versucht. Und überhaupt bin ich innerlich doch schon längst auf die nächsten Schritte eingestellt, die in Richtung Finale gehen, ich *will* nicht zurück auf *Los*! Wo meine ‚nicht alle vorhandenen Daten' abgeblieben sind, mag ich gar nicht hinterfragen. Vermutlich sitze ich am Ende derart lange an diesem Thema, dass die Neugründung einer eigenen Versicherungsgesellschaft – mit selbst geformten Kennzeichen aus Knete für die Mofas – mehr Sinn macht.

Irgendwann sehe ich ein, dass mir zumindest kein Schild *zugeschickt* wird, wie es auf der Website des Versicherungsanbieters zu lesen war. Man erwartet, dass ich vorbeikomme.

Der ältere Herr vom Telefon, der nun vor mir sitzt, brummt bereits gefühlte zehn Minuten in seinen Computer. Er scheint mich überhaupt nicht mehr auf seinem Radar zu haben. Mein Bauch schmerzt, die Hose zwickt. Ich weiß bald nicht mehr, wie ich noch *sitzen* soll. Wegen meines Zustands ist mein Verständnis für dieses Brimborium verhältnismäßig schnell aufgebraucht.

Einerseits tut mir der Herr leid. Nett finde ich ihn zudem. Aber das hilft uns beiden eben nicht weiter. Wir werden uns höchstwahrscheinlich nie wiedersehen, mindestens aber keinen Kaffee miteinander trinken.

Ich will einfach nur ein beschissenes Mofa-Schild mit dem zugehörigen Versicherungsschein! Fünfzig Minuten und etwa zehn *‚Sooos'* später schiebt mir der nette Herr *endlich* ein Blatt zu und erbittet meine Unterschrift. Wunderbar!

Jedenfalls wunderbar für fünf Sekunden, dann endet der Moment jäh.

„Worüber wir leider überhaupt noch nicht gesprochen haben ... Ein Schild ist ja wie Bargeld ...", setzt der Mensch nun an.

Hä?

„Das macht dann also bitte siebzig Euro", sagt er.

Häää? Sind wir jetzt in einem Kaufladen für Obst und Gemüse!? Fehlt eigentlich nur die aufgehaltene Hand und die schon mal im Anschlag bereit gehaltene Papiertüte mit der Ware in der anderen.

„Ich habe online den *Lastschrifteinzug* genehmigt."

Die zehn Euro mehr, die das Ganze plötzlich kosten soll, erwähne ich nicht, sonst endet das hier niemals.

Schweigen.

Meine Hose kneift. Ich will raus aus ihr. Unbehaglich suche ich eine Sitzposition, die den Schmerz lindert.

Ich könnte wegen meiner Verfassung völlig ausflippen, aber das tue ich nicht. Der Mann tut mir immer noch leid. Er bemüht sich und wahrscheinlich ist das alles, was er mit unserer Materie hinbekommt. Ich kalkuliere selbstverständlich ein, dass weniger *er* das Problem ist, als eher das Portfolio der Versicherung, für die er tätig ist. Allerdings muss ich mit weniger Milde doch sagen, dass er durchaus *ein* Problem zu sein scheint. Schließlich war *er* es, der das Wort ‚Bargeld' in mindestens vier bis fünf Telefongesprächen nicht erwähnte. Er sollte doch gewusst haben, er würde welches wollen!?

Jedenfalls hätte er es wissen *können*, bevor er anruft, finde ich.

Heute ist *nicht* mein Tag!

Ich erkläre ihm ruhig, dass von Barzahlung keine Rede war und ich nicht genügend mit mir führe. Ich sage ihm, dass ich eine EC- oder auch eine Kreditkarte anbieten kann, ich immer noch frisch operiert bin und mein Sohn in wenigen Tagen Geburtstag hat. Ich sage ihm ziemlich deutlich, weswegen ich nicht unnötig viel Zeit in das *Schilder-Thema* investieren will und dass ich aus all diesen Gründen *nicht* zu einer Bank fahren werde. Ich bitte ihn, sich etwas einfallen zu lassen, da auch ein weiterer Termin entfällt. Es muss heute ein Schild mit Versicherungsschein her, mit dem ich aus der Tür zu gehen gedenke!

Das scheint der arme Mann auch durchaus alles verstanden zu haben. Das Blöde ist, dass er so gar keine Idee hat, wie er es lösen soll.

Er wirkt ein wenig erschlagen und überfordert.

Das kann ich verstehen. Angenehm finde ich, dass er nicht zu stottern oder zu schwitzen anfängt. Er wünscht sich vermutlich, ich hätte mich niemals für genau *diese* Versicherung entschieden. Mir geht es auch nicht viel anders. Ich freue mich innerlich schon *ungemein* auf den – hoffentlich niemals eintretenden – Fall, es möge was sein mit dem Roller. Himmel hilf!

Nach knapp zwei Stunden bin ich mit Schild und Schein und völlig erschlagen wieder zu Hause.

XIII.

Sonntage fallen mittlerweile ganz unterschiedlich aus. So wirklich lange schlafe ich morgens nicht mehr. Ich habe keine Ahnung, woran es liegt, aber es ist mir nicht unrecht, da ich beim Aufstehen ja nicht mehr müde bin und mir in Ruhe überlegen kann, was ich mache. Die letzten Jahre bestanden die Sonntage überwiegend aus Fußball. Raoul spielt seit langer Zeit in seinem Verein. Aber zum einen ist derzeit Sommerpause und zum anderen ist mein Sohn nicht da. Raum für eigene Pläne! Ich recherchiere, ob es in der Nähe einen Flohmarkt gibt. Eigentlich nehme ich mir fast wöchentlich vor, nicht zu Märkten zu fahren. Ich müsste eher mal ausmisten, aber dank Arbeit komme ich nicht schnell genug voran mit dem Austauschen, neu Dekorieren und Entsorgen meiner geliebten antiken Schätze. Am liebsten würde ich *alles* behalten, aber dann und wann möchte ich ein bisschen Abwechslung in die Einrichtung bringen.

Mit dem nicht belastbaren Plastikbauch sollte ich mich ohnehin bremsen. Aber es hat einen einmaligen Reiz, wenn früh morgens Verkaufsstart ist und es Schätze zu finden und zu erobern gilt.

Schnell habe ich die Seite mit den Märkten in der Region gecheckt und auch zwei kleinere in der Nähe gefunden. Perfekt. Während ich mich dusche, fällt mir ein, dass ich mein Auto heute wieder fast in der Weise nutze, wie zu Zeiten meiner ganz jungen Jahre: als Nutzobjekt.

Was habe ich nicht alles transportiert früher, und wie sahen meine Autos damals nur aus, vom äußerlichen Zustand mal ganz abgesehen ... Einmal hatte ich ein Fahrzeug, bei dem vor dem Start der Choke gezogen werden musste, damit der Motor ansprang. Ich hatte die Funktion nie ganz verstanden, wohl aber, wie das Teil zu handhaben war. Allerdings war das blöde Ding knifflig! War der Fiat bereits gefahren worden und stand nun eine gewisse Zeit, war gut abzuwägen, ob man mit oder ohne Ziehen bessere Chancen hatte, falls man noch mal loswollte. Eines Tages entschied ich falsch. Ich hatte getankt und obwohl der Wagen bereits lief, zog ich am Choke. Es gab einen furchtbar lauten Knall und es qualmte, als wäre ein Lagerfeuer entzündet worden. Erschrocken trat ich aufs Gas, um möglichst schnell wegzukommen, während ich im

Rückspiegel zwei Männer in die Waschstraße in Deckung hechten sah ...

Irgendwie war es traurig, als ich das Auto weggeben musste, aber die Vernunft verlangte es. Vermutlich hätte das nächste Stadium so ausgesehen, dass ich wie Fred Feuerstein mit der Kraft meiner eigenen – durch den Unterboden ragenden – Füße hätte vorankommen müssen. So durchgerostet war der Wagen. Am Ende war es so schlimm, dass ich im Winter einen Standofen auf den Fahrersitz stellte, der an einem langen Kabel mit der Steckdose in der Garage via Zeitschaltuhr verbunden war. Zwanzig Minuten, ehe ich losmusste, sprang sie an, um die Scheiben von innen zu enteisen. Vermutlich war das ein bisschen gefährlich. Die Zeitungen am Boden und auf den Sitzen zum Auffangen des geschmolzenen Eises wollten auch täglich herangeschafft werden. Ich weiß bis heute nicht, ob die Nachbarschaft ihre täglichen Nachrichten vermisste.

Der heutige Markt startet früh und natürlich bin ich nicht exakt zur Eröffnung da. Das bekomme ich selten hin, aber ich bin früh genug angekommen, um keine Massen ertragen und mir meine entdeckten Objekte wegschnappen lassen zu müssen. Ein griesgrämig dreinblickender Mann hinter einem Tapeziertisch ist der Erste des Tages. Ich ignoriere seine misstrauischen Blicke und schaue in aller Ruhe, was er so anbietet. Interessante Blechdosen aus alten Zeiten und allerlei Werkzeuge sowie historische Baustoffe hat er dabei. So wie er guckt, wird er das allerdings auch wissen. Ich nehme willkürlich eine Dose in die Hand, um ein Gespür für seine Preise zu bekommen, und frage höflich, was sie kosten soll. „Fünfundzwanzig Euro, die ist alt."

Fünfundzwanzig Euro sind keine Grundlage, auf der ich zu verhandeln gedenke. Ich bedanke mich artig – wenn ich auch nicht weiß, für was –, stelle das gute Stück zurück an seinen Platz und marschiere weiter. Die nächsten Stände sind ziemlich uninteressant für mich. Pinke Rutschautos, Kinderkleider, Nippes, Kram, Schuhe.

Nun erblicke ich einen spannenden Wagen, an dem alte Schilder aufgehängt wurden. Vor ihm stehen allerlei Kisten und zwischen ihnen antike Stühle. Ich habe mich gerade an eine der Kisten gehockt, aus der eine vielversprechende Sauciere ragt, da tippt mir jemand auf die Schulter.

„Hallo."

Erstaunt drehe ich mich um, als ich den Mann vom Fluss wiedererkenne.

„Oh. Guten Morgen."

Es erscheint mir ein wenig seltsam, vor dem Fremden zu knien, weswegen ich mich aufrichte. Weggehen ist wohl nicht sein nächster Plan.

„Was suchen Sie?", fragt er.

Tja, was suche ich. Ich habe überhaupt keine Lust mehr, *irgendwem* zu antworten, was ich suche. Ich versuche es mit einer abschreckenden Antwort.

„Altes, Rostiges und von Würmern Angefressenes, am besten mit altem Lack drauf, der schon abblättert."

Ha! Das soll er mal verdauen! Beknacktere Antworten kann man ja kaum kriegen. Ich triumphiere innerlich. Der Mann schaut seinen Hund an. Der Hund gähnt.

„Interessant."

Bitte? Das war ja nun überhaupt nicht gewollt. Ich werde misstrauisch.

„Aha."

Ich begebe mich wieder in die Hocke und beginne, in der Kiste zu kramen. Die Sauciere ist leider mit einem Goldrand versehen, das mag ich nicht. Schade. Der Mann steht immer noch da. Anscheinend ist ihm wenig zu blöd, vor allem nicht, abzuwarten, was wildfremde Frauen weiter tun, nachdem sie das Gespräch mit ihm abgewürgt haben. Da ich ihm nicht verbieten kann, herumzustehen, gehe ich konzentriert alle Kisten durch, bis ich in der letzten eine uralte kleine Tasse mit einer wunderbaren Patina entdecke. Patina entsteht, wenn etwas so alt geworden ist, dass die Glasur nicht mehr abhält, was von außen eindringen kann. Jedenfalls so ähnlich. Man kann die Dinge trotzdem noch benutzen. Manche stelle ich mir nur zur Dekoration hin, weil sie einfach grandios aussehen oder ehrwürdig alt sind und damit für mich etwas Besonderes. Über meinen Fund habe ich auch den Mann vergessen, an den ich aber sofort wieder erinnert werde, als ich mich suchend nach dem Verkäufer umdrehe.

„Kann ich Ihnen helfen?“, frage ich.

„Ja, tut mir leid, ich muss komisch auf Sie wirken. Ich habe vor einiger Zeit ein altes Haus geerbt und ... Wie soll ich sagen? Ich schaffe es nicht, die ganzen Sachen im Inneren zu entsorgen. Seit Kurzem gehe ich manchmal auf Flohmärkte. Ich habe gehofft, dass ich vielleicht auf diese Weise ein wenig Wissen abgreifen kann darüber, was meine Sachen wert sind, was sie bedeuten und aus welchen Epochen sie stammen.“

Er wirkt schüchtern. Sein Redefluss setzt sich schnell bei mir. Ich bin ein bisschen fasziniert. Damit habe ich nicht gerechnet. Ein wenig schäme ich mich, dass ich dachte, der Mann sei einfach nur ein aufdringlicher Sonderling, der von meinem Höschen träumt.

„Wie Sie darauf gekommen sind, dass Flohmärkte da die erste Wahl sind, verstehe ich zwar nicht, aber da man bekanntlich irgendwo anfangen muss ... Ich finde bemerkenswert, dass Sie die Dinge nicht entsorgen, obwohl Sie bislang nichts mit ihnen zu tun hatten, wenn ich das richtig verstehe.“

„So ist es. Das Haus gehörte meinem Opa, aber wir hatten seit langer Zeit keinen Kontakt. Als ich es geerbt habe, dachte ich, ich verkaufe es und fertig. Dann war ich eines Tages auf der Terrasse zum Garten und die Sonne schien auf etwas weiter hinten, das mich anzog. Als ich näherkam, erkannte ich, dass es sich um eine Sonnenuhr handelte. Daneben stand eine kleine Parkbank und das Ganze wurde von einem

Lavendelbusch erstaunlicher Größe eingerahmt. Ich war sofort verknallt.“

Jetzt wird er ein wenig rot.

„Man wird wohl wunderlich mit zunehmendem Alter“, fügt er an.

Ich bin verlegen und verkneife mir gerade noch einen Jubelschrei vor Begeisterung, allem voran wegen des Lavendels. Ich liebe keine Pflanze mehr als Lavendel.

Da es mir jetzt aber ein wenig zu viel der Vertraulichkeiten wird, mustere ich wieder die Tasse in meiner Hand.

„Rührende Geschichte, wirklich. Ich wünsche Ihnen viel Erfolg! Ich muss jetzt aber diese Tasse bezahlen und auch mal weiter, sonst sind die besten Sachen weg. Also dann ...“

Ich drehe mich von dem Mann weg, frage nach dem Preis für die Tasse, willige ein, ohne zu handeln, und gehe eiligen Schrittes zum anderen Ende des Marktes, um eine weitere Begegnung möglichst zu vermeiden. Den Rest der Zeit sehe ich den Mann und seinen Hund nicht mehr.

Auf dem Nachhauseweg fällt mir ein, dass ich kein Brot und keine Milch mehr habe, also steuere ich noch die Tankstelle an.

Beim Aussteigen fällt mir auf, dass meine Hose vom Schleppen der heutigen Beute leicht angegammelt aussieht und meine Handinnenflächen mit einem netten Schwarz aufwarten. Früher hätte ich vor dem Betreten öffentlicher Gebäude mindestens in den Rückspiegel geschaut und alles in meinem Gesicht überprüft, außerdem noch alles an mir zurechtgezupft. Es ist entspannend, diesen Drang nicht mehr zu haben. Im Traum fiele mir nicht mehr ein, mir Gedanken zu machen, ob sich jemand daran stört, wie ich herumlaufe. Also gehe ich meine Sachen kaufen. Wegen Raouls Abwesenheit möchte ich nichts weiter besorgen, das bei der momentanen Hitze womöglich eingeht, darum belasse ich es bei einer Stange Dinkeltoast und einer Milch, bezahle, stelle beides auf den Beifahrersitz und fahre los.

Als ich ankomme, steht wieder mal jemand auf meinem Anwohner-Parkplatz. *Ich* darf an der Straße parken und den ganzen Weg zum weit hinten liegenden Haus laufen. Ich suche schon mal einen Zettel und einen Stift, um dem Sünder oder der Sünderin einen schriftlichen Dank für die Dreistigkeit hinterlassen zu können. Schnaubend schnappe ich meine Milch und meine Tüte Toast, um zur Tat zu schreiten!

Zur Strafe für die Frechheit, sein oder ihr Vehikel auf meinem Parkplatz abgestellt zu haben, packe ich meine Einkäufe auf das fremde Autodach, um mich meiner Zeilen zu widmen. Das heißt, ich stelle nur die Milch auf das Dach. Der Toast ist nicht mehr da. Wo ist er hin? Es dauert einige Sekunden, bis ich bemerke, dass ich eine leere Tüte in der Hand halte. Wo ist das Brot? Völlig ratlos gehe ich den Weg zu meinem

Wagen zurück. Beim Blick durch das Seitenfenster sehe ich die nackten Brote in manierlichem Stapel auf dem Sitz stehen. Sicherheitshalber glotze ich noch mal die leere Tüte in meiner Hand an und von unten ins Loch. Schließlich bekomme ich fast Schnappatmung vor Lachen.

Eine ältere Dame mit Hund, die soeben herannaht, wechselt eiligst die Straßenseite. Verstört dreht sie sich immer wieder um, um sich zu versichern, dass ihr die Wahnsinnige – die kreischend vor Lachen an einer Autotür hängt –, nicht folgen will. Das steigert meinen Lachkrampf wiederum ins nahezu Unerträgliche. Immer wieder muss ich auf den Sitz mit dem Toastbrot-Turm schauen, bis ich fast keine Luft mehr bekomme ...

Irgendwann habe ich mich dann doch wieder beruhigt, sodass ich beim Einsammeln meines Dinkel-Stapels zumindest nicht alles fallen lasse und mein Beschwerdebriefchen schreiben kann.

Kaum damit fertig, sehe ich, dass das fremde Auto bereits weggefahren wurde ... mitsamt meiner Milch.

XIV.

Die Beute ist klein, aber ich bin mehr als zufrieden. Das antike Waschbrett ist das Highlight! Die Spinnweben, die wohl auch nicht erst seit Kurzem darauf haften, bürste ich über ausgebreiteter Zeitung auf dem Balkon ab, bevor es einer gründlichen Reinigung in der Wanne unterzogen wird. Die kleineren Gegenstände lege ich gleich mit ins Wasser. Innerhalb weniger Sekunden bildet sich ein faszinierend dunkler Tümpel. Unglaublich, wie viel Dreck an so wenig Kram haften kann. Schon oft stellten sich Stücke nach Abschluss der Säuberungsaktion als vollkommen andersfarbig heraus, als ursprünglich angenommen. Diesmal strahle ich wegen einer Dose aus Blech. Vorher noch braun, ist sie nun fast schon beige. Die Schriftzüge sind noch deutlich zu erkennen. Sie verwahrte einst Kaffee und ist besonders hübsch. Sofort nach Trocknung muss ich mit Bildern und Schlagwörtern im Internet recherchieren, wie alt sie wohl sein mag und welchen Wert sie hat. Man mag es nicht meinen, wie begehrt und teilweise unglaublich teuer Dosen sind. Für die meisten Menschen ist es altes Blech, oftmals sogar ordentlich angerostet oder verbeult. Für Kenner und Sammler sind diese Relikte alter Zeiten manchmal wahre Schätze. Umso älter eine Dose ist – und das in einem guten Zustand oder in begrenzter Menge hergestellt –, desto teurer wird sie gehandelt. Anders ist es unter uns Shabby-Liebhaberinnen. Hier werden die Dosen *gerade* mit Rost und sonstigen Makeln, die viele Jahre ihres Daseins geprägt haben, geliebt. Die Kunst ist, etwas verletztes Altes in Szene zu setzen. Zumindest ist das meine Sicht. Für Außenstehende mutet es oft seltsam an. Nicht jede aus ‚unseren' Kreisen hat die Gabe, dies zu schaffen. Ich schieße auch öfter miserable Fotos. So ist es schon ein kleiner Wettbewerb, wenn Fotos von Neuem – also eigentlich Altem – gezeigt werden, wie sie aufgenommen werden und was andere darin zu sehen vermögen. Auf der von mir gegründeten virtuellen Plattform für Shabby-Kram ist das Besondere, dass jede Einzelne zu gönnen, zu loben und zur Freude imstande ist. Das ist nicht überall im Netz geboten. Es gibt viel Neid und Niedertracht, was für mich völlig am Thema vorbei ist. Es ist mir ein Rätsel, wozu man sich mit vermeintlich Erfreulichem und Nostalgischem all die Mühe macht, um am Ende nicht nostalgisch zu *sein*. Das kann man ja einfacher und ohne Schmutz und Schweiß haben. Als ich damit begann, Altes anzusammeln, dachte ich ganz naiv, alle müssten aus ähnlichen Gründen und bei der Suche nach Zufriedenheit und sich selbst in der Welt der verletzten Andenken gelandet sein. Ich hoffte, dass es hier nicht geben würde, was man im Leben bereits zur Genüge hatte. Diese Aussicht habe ich relativ schnell wieder begraben. Am besten präsentiert man sich einfach nicht, gönnt jedem alles, hört auf seinen Bauch und ignoriert einige Leute. Das Leben wird friedlicher, wenn man sich von der breiten Masse zurückzieht und sich eine eigene kleine Welt schafft, für die man selektiert.

Natürlich polarisiert man auf diese Weise bei jenen, denen man virtuell trotzdem begegnet, aber das kann geflissentlich übersehen werden. Ich möchte einfach nur Ruhe. Es ist vermutlich nicht anders als unter jenen, die sich einen Wagen im Wert eines Hauses vor die Tür stellen. In deren Dunstkreis lässt das auch eher die wenigsten aus dem Umfeld vor *wahrer* Mitfreude in die Luft springen.

Nach dem Dekorieren meiner Beute mache ich mir erst einmal eine große Tasse Kaffee mit viel Milchschaum, um ein wenig an meinem neuen elektronischen Piano zu üben. Es war immer einer meiner geheimen Wünsche, Klavier zu spielen. Ich finde, es gibt überragende Stücke. Der Klang eines Klaviers kann für mich wie kein anderes Instrument in Stimmungswelten tauchen, die bis in die letzte Pore vorzudringen vermögen. Weil es aber nun mal immer noch die gewisse Sorte ‚lauter Nachbarn' gibt, erzähle ich noch ein wenig mehr über sie und das Drama mit der Musik.

Neben dem Typ über mir, der mit seinem Radio allmorgendlich seinen politischen Laberstammtisch in mein Bad dröhnt – damit ich nicht dumm sterbe und noch was lerne, während ich mich zurechtmache –, gibt es ja noch die Dame mit den Wellensittichen.

Blechblasinstrumente-Lucy, wie ich sie insgeheim nenne.

Auf sie komme ich, während ich mich an meiner neuesten Leidenschaft versuche, was dank *ihr* gerade wahrlich schwerfällt.

Man hat es sicher geahnt ... sie verausgabt sich an einem Blechblasinstrument. Ich würde es auch beim Namen nennen, allerdings kann ich trotz halbwegs brauchbarer Grundkenntnisse beim besten Willen nicht erkennen, womit all diese schrägen Töne produziert werden. Eigentlich ist es fast unmöglich, jedes Mal *keinen* Ton zu treffen oder *irgendwas* Vertretbares zu schaffen. Blechblasinstrumente-Lucy gelingt das aber ganz konsequent und neuerdings scheint sie das am allerliebsten zu meistern, wenn ich am Piano üben möchte ...

Ob es Vuvuzela-Klarinetten-Oboen-Posaunen mit Verstärker für Ton-Erkennungs-Gehandicapte gibt? Wenn dem so ist, funktioniert hier nur der Verstärker. Jedenfalls habe ich für mich erkannt, dass man auf Nachbarn durchaus verzichten kann, *wenn* man es kann. Bislang konnte ich es mir finanziell leider nicht aussuchen und so ist es Glückssache, was man bekommt. Ich habe viel Glück in meinem Leben. Für die Nachbarschaftsfrage hat es am Ende wohl nicht mehr gereicht. Nun denn. Heute Abend zumindest wird es nichts mehr mit üben. Lucy zerbläst mir inbrünstig jeden einzelnen Versuch, ein kleines Stück hinzukriegen.

Ich sehe mir die Wand über dem Piano an und überlege, ob ich nach dem Entfernen der Tapete, dem Freilegen des Unterputzes und dem Gestalten der künstlichen Patina eventuell noch Klinkerstein-Riemchen aufkleben sollte. Es ist so eine Sache mit den Entscheidungen. Mittlerweile bin ich entschluss- und experimentierfreudig. Leider führt das wiederum oftmals dazu, dass ich noch siebenundzwanzig neue Entscheidungen über dieselbe Sache treffen muss deswegen, weil das Bild in meinem Kopf so gar nicht zum Ergebnis passt. Aber man wird besser und schult das Gefühl dafür, was gut wird und was nicht. Manches entsteht zufällig und sieht unverhofft total gut aus. Es ist verrückt. Am besten wäre, wenn ich ein altes Loft, ein altes Gut oder eben irgendwas Altes fände, in das ich meine Sachen tragen kann, die darin automatisch ganz anders wirkten.

Aber das steht nicht zur Debatte. Meinen Vermieter würde vermutlich der Schlag treffen, wenn er seine Wohnung sehen könnte. Ich vermeide das tunlichst. Es könnte schwierig werden, zu erklären, dass die Zimmer nicht dem kompletten Verfall geweiht sind, sondern das meiste an Wänden und Möbeln lediglich Farbe und Gestaltung ausmacht, die ich aufgebracht habe, um der Behausung ein Flair von ‚altem Charakter' zu geben. Bislang war mir noch nicht danach, auf einen Kaffee einzuladen, solange niemand danach fragt.

Ich verwerfe die Idee mit den Klinkersteinen und beschließe, mir einen Tee zu kochen. Eigentlich trinke ich nie Tee, aber ich habe irgendwo gelesen, dass verschiedene Aromen und Düfte die Stimmung beeinflussen. Da ist mir der ‚Gute-Laune-Tee' wieder eingefallen. Auf einen weiteren Kaffee sollte ich wegen des zerblasenen Klavierversuchs besser verzichten, sonst knallt mir am Ende doch noch eine Synapse vom seidenen Faden und ich gehe Lucy anschreien.

Gute Laune kann man sowieso nie genug haben. Gerade habe ich das Wasser aufgesetzt, da rumpelt der haarige Gnom über mir wieder drauf los. Ich frage mich, was er da immer treibt!? Dem Geräusch nach müsste er seine Möbel durch die Räume werfen oder Bowling spielen. Jetzt kann ich die gute Laune wirklich dringend gebrauchen. Andernfalls wird die bis eben noch maximal leicht erregte Grundhaltung wie ein Kartenhaus in sich zusammenfallen.

Mein Traum ist ein altes Gut mit etwas Grund rundherum in einer idyllischen und stillen Umgebung. Ich muss jedes Mal grinsen, wenn ich darüber nachdenke. Bis vor nicht allzu langer Zeit wäre es nicht nur undenkbar gewesen, mich selbst in einem alten

Gemäuer zu sehen, es war viel mehr als das ... Ich habe eine ausgeprägte Vertragsphobie! Nicht, dass ich mich nicht binden könnte. Nein, das ist es nicht. Sicher tue ich mich auch damit nicht leicht, aber solange ich zumindest das Gefühl habe, dass ich es vollkommen freiwillig mache, kann ich das.

Ein Haus an meinem Bein war für mich *der* Horror schlechthin. Dann all die Menschen, die sich für eigenes Hab und Gut kaputt gearbeitet haben, nachts kummervoll darüber nachdachten, wie sie über den Monat kommen sollen, die sich verkalkuliert und verschätzt, den falschen Leuten vertraut oder sich am Ende sogar getrennt hatten, weil sie sich in all dem Stress verloren ... Jetzt sehne ich mich nach Ruhe, nach einem Raum für meine Kunst, nach Blumen und Tieren und unzähligen Kerzen in meinem Garten. Wildheit und Freiheit.

Mein Verstand und das mir eingetrichterte Pflichtgefühl haben mich zu einem Menschen werden lassen, dem bewusst ist, dass die Verwirklichung eines solchen Traumes mit allerhand Risiken einhergeht. Das hat mich bisher abgehalten, zur Bank zu marschieren und um das Geld zu bitten.

Dank des Tees bin ich wieder froher gestimmt. Beim Blick auf das gerahmte Foto meiner Großeltern fällt mir ein, dass ich mich nach meinem Opa erkundigen sollte. Er tut sich schwer mit der Abwesenheit von Oma. Die beiden haben fast ein halbes Jahrhundert zusammen verbracht. Ich hole das Telefon und wähle seine Nummer, um ihn auf andere Gedanken zu bringen.

„Ja?"

„Hi Opa! Alles klar?"

„Sullsch net immer *Hai* saache! Die deitsche Sprooch biet e wunderbares *Hallo!*"

Ich grinse.

Mein Opa ist Pfälzer und spricht alles, nur kein Deutsch. Jedenfalls kein Hochdeutsch.

„Hallo Opa. Du, ich hab' mir überlegt, dass wir mal schauen könnten, ob du Bilder auf deinem Handy empfängst. Dann kann ich dir öfter mal Dinge schicken; wie neulich die Infos von dem Prospekt, als ..."

„Nix! Lennsch misch bloß in Ruh mit so was!"

„Opa, jetzt hör' doch mal zu! Es ist wirklich nicht so schwer."

„Nääää! Isch weeß doch no neddemol, wo isch do *Nachrichde* lese muss!"

„Das haben wir gleich! Warte, ich schicke dir eben mal ein *Huhu* auf dein Handy."

„Nääää! Heer ma uff! Isch will kee *Huhu!*"

„So, geschickt. Schau mal drauf, bitte."

„Isch sehn do nix. Do steht kee *Huhu*!
Aah, warde mol, do isch en Briefumschlag ...
Aber kee *Huhu*."

„Drück mal auf die Taste unter dem Briefumschlag."

„Ha heer, lass ma doch mei Ruh' mit demm bleede *Huhu*! Pff!"

„Drück doch mal drauf, bitte."

„Ja, isch rescht. Isch drigg jo ... Aaaah ... hahahaha-hahaaa ... do schdeht jetzt *Huhu*!"

„Siehste. War doch nicht schwer. Und jetzt können wir ..."

„Nääää, jetzt geht de Opa sisch e Esse mache! Glei kommt Fußball, Mäd. Ge!? Alla, mach's gut!"

Wenigstens scheint es ihm nicht schlecht zu gehen...

XV.

Silke hat geschrieben. Sie möchte mitkommen zur Haushaltsauflösung, von der ich neulich gesprochen habe. Ich bin erstaunt, aber nach dem ganzen Budenzauber der letzten Zeit auch ein bisschen argwöhnisch. Ob sie mitkommen möchte, weil es ihr um *mich* geht oder um ihren Verdacht zu erhärten, dass ich durchdrehe? Ich überlege mir kurz, was ich ihr antworte, und beschließe, ihr die Chance zu geben.

Eine Stunde später sitzen wir also in meinem Auto. Mir ist nicht entgangen, wie Silke mein Outfit gemustert hat. Vermutlich glaubt sie, ich bin auf dem besten Weg, demnächst in schlabbrigen Jogginghosen anzukommen. Immerhin ist es noch eine *Jeans*, die ich trage. Silke spricht nicht, also sage ich auch nichts. Nach der Verbannung veralteter technischer Geräte aus meinem Zuhause habe ich einige meiner Lieblings-CDs mit ins Auto genommen. Da die im Fach befindliche Klaviermusik selbstständig beschließt, loszuklimpern und ich Silkes Blick dazu auffange, bin ich so gnädig und bemühe mich um eine normale Atmosphäre, indem ich auf das Radio umschalte. Leider grölt genau da nun *Heino* ins Mikro, aber dafür kann ich ja nun wirklich nichts. Ich wechsle schnell den Sender.

„Was genau erwartet mich gleich?", fragt Silke.

„Ein Haushalt, der aufgelöst wird, darum *Haushaltsauflösung*."

„Und was heißt das? Dass da alles verkauft wird, was in der Wohnung steht?"

„Oder liegt."

„Und warum sollte jemand seine ganzen Habseligkeiten verkaufen? Was macht das für einen Sinn?"

Ich bin ein wenig bestürzt, wie man so fantasie- und ahnungslos sein kann, bleibe aber geduldig.

„In den besten Fällen geht jemand ins Ausland oder zieht zum Partner, in den schlechtesten kommt jemand ins Heim oder ist gestorben", erkläre ich.

„*Gestorben*???"

„Gestorben."

„Du kaufst Dinge von Toten?"

Jetzt keift sie fast.

„Nein, nicht von *ihnen*. Sie können mir nichts mehr verkaufen, sie sind ja tot."

Silke glotzt mich an wie eine Irre mit Vogelnest auf dem Kopf. Ich muss kichern. Das hebt Silkes

Stimmung überhaupt nicht. Im Gegenteil. Sie scheint fassungslos.

„Und was ist heute der Fall?“, hakt sie weiter nach.

„Das weiß ich nicht. Ich fände es pietätlos, die Menschen danach zu fragen, ob jemand gestorben ist. Es ist wahrscheinlich, wenn die angebotenen Dinge ein gewisses Alter haben, dass ein Schicksal dahintersteht.“

„Und da hast du überhaupt keine Skrupel?“

Ich weiß nicht, was Silke beabsichtigt, versuche aber beizusteuern.

„Weswegen? Weil ich den Hinterbliebenen helfe, ein Heim oder eine Beerdigung zu bezahlen? Oder weil ich Dinge, die der Mensch gesammelt und gehütet hat, wertschätze und ihnen bei mir ein neues Heim gebe, bevor sie von den überforderten Kindern oder Enkeln auf den Müll geworfen werden?“, rege ich zum Nachdenken an.

„Nein, in eine Wohnung zu gehen, in der vielleicht sogar der Tod eingetreten ist!“

„Das stelle ich mir einfach nicht vor. Das wäre schlimm genug, aber ich glaube nicht, dass der Tod ansteckend ist oder ein Mensch in einer Vase gestorben ist, die ich womöglich mitnehme. Aber sag mal, willst du vielleicht lieber *doch* nicht mitkommen?“

„Ich bin mir nicht sicher“, sagt Silke knapp.

„Na, wenn du dir dann vielleicht sicher werden könntest, bevor ich die kompletten zwanzig Kilometer hingefahren bin, um mich dann unter Druck zu fühlen, weil ich dich wartend im Auto sitzen habe?“

„Du würdest mich hier sitzen lassen?“

„Was soll ich denn bitte sonst mit dir machen? Eine vorübergehende Betreuung für dich suchen?“

Langsam erreichen wir einen Punkt, an dem ich mich beherrschen muss, nicht in den Schaltknüppel zu krallen.

„Mich zurückfahren vielleicht?“

Ich bin sprachlos. Silke will von sich aus mit – immerhin könnte der Grund gewesen sein, dass sie Interesse zeigt an dem, was mich beglückt, bevor sie sich zu urteilen erlaubt – und dann stellt sie krude Fragen und möchte, dass ich eventuell umkehre, um zu spät zur Auflösung zu erscheinen!?

„Also, Silke, sei mir nicht böse, aber wenn ich dich zurückfahre und dann wieder dahin, dann sind die besten Sachen höchstwahrscheinlich weg. Das möchte ich eigentlich nicht. Was macht das denn jetzt für einen Sinn?“, frage ich.

Meine Freundin scheint sich mittlerweile tatsächlich in den Kopf gesetzt zu haben, zurückzuwollen und obendrein, dass ich mich doch tunlichst schlecht fühle, wenn ich diesem unlogischen Drang nicht nachzukommen bereit bin. Ich wäge ab, wo sich der Grad der Zumutbarkeit etwa bewegt, und komme bei ‚absolut vertretbar‘ an, wenn sie eine halbe Stunde im Auto sitzen bleibt oder sich meinetwegen die Beine vertritt.

„Ich möchte nicht in eine Wohnung, in der jemand gestorben ist!“, ereifert sie sich weiter.

„Niemand hat gesagt, dass darin jemand gestorben ist!"

„Du kannst es doch wohl mir zuliebe diesmal lassen! Dann trinken wir eben einen Kaffee bei mir!"

„Ich will es aber nicht lassen, Silke, sonst wäre ich nicht auf dem Weg dahin. Ich denke, nachdem *du* von dir aus hast mitkommen wollen, solltest du nicht von mir verlangen, dass ich jetzt verzichte wegen dreißig Minuten, die du womöglich warten *müsstest,* bis ich wieder bei dir bin! Aber danach können wir gerne einen Kaffee bei dir trinken."

Silke blitzt mich an.

„Da sind wir auch schon."

Ich parke, wie mir die nette Dame schriftlich empfahl, direkt im Hof. Vielversprechendes Anwesen. Altes Haus, eine Scheune und jede Menge Gerümpel schon auf dem Hof. Wahnsinn! Ich freue mich direkt wie ein Schneehuhn. Silke freut sich nicht.

„Du gehst da jetzt echt rein?"

„Dafür bin ich da. Sollte es im Schuppen auch noch was zu sehen geben, könnte es eine Viertelstunde länger dauern. Bis gleich!"

Ich schnappe mir meine große Tasche und strebe gen Hintereingang durch den Hof. Wie ich es mir zu eigen gemacht habe, tue ich es auch jetzt. Ich schaffe mir direkt an eine ausgesuchte Stelle beiseite, was ich wahrscheinlich mitnehmen werde, sofern nicht noch wesentlich mehr kommt und der Preis stimmt. In einer Ecke steht ein rostiger Gartenstuhl, allererste Sahne. Er verfügt über hölzerne Querstreben, ist grün lackiert, das Gestell aus Eisen. Ich bin begeistert. Gleich mal zusammenklappen. Wobei *klappen* vielleicht nicht korrekt ist, ich zerre und trete und ruckle, aber dann ist er flach und ich kann ihn an die Hauswand lehnen. Natürlich fällt dabei etwas Lack ab, aber ein bisschen Schwund ist immer. Zaghaft rufe ich durch die offene Tür ins Haus. Keine Antwort, aber Geräusche und Stimmen von drinnen. Na gut, also rein. Die Wohnküche, in die ich komme, ist der Brüller, alleine schon wegen des Terrazzo-Bodens. Ein Traum! Innehaltend schwöre ich mir abermals, dass ich eines Tages in einem alten Gemäuer leben und einen solchen Boden haben werde. Leider steht dieses Haus an der falschen Stelle und noch dazu stellt sich die finanzielle Frage gar nicht. *Hach ja.* Seufzend blicke ich mich um. An einer der, durch vier Türen durchbrochenen, Wände steht eine Anrichte. Ich schätze sie auf etwa achtzig bis neunzig Jahre alt, nicht mit weißer Farbe verunziert und spätestens vor dreißig Jahren aufgearbeitet. Der Aufsatz ist offen mit Säulen, das Holz dunkel. Hätte ich Platz, würde ich sofort zugreifen.

„Hallo. Kann ich Ihnen helfen?"

Ein mehr als schrill gekleidetes Mädchen steht mir plötzlich gegenüber.

„Ich komme wegen der Haushaltsauflösung", antworte ich.

„Ah, ja. Ich glaube nicht, dass Sie hier viel für sich

finden werden, wir haben hauptsächlich alte Sachen …"

Misstrauisch mustert sie mich. Ich nicke milde und lächle einfach.

„Wir werden sehen. Darf ich die angebotenen Dinge anschauen?"

Das Mädchen zuckt mit den Schultern, gibt aber schließlich nach.

„Fangen wir unten an. Hier lang, bitte!"

Unten klingt gut. In Kellern und auf Dachböden sind die meisten Schätze gelagert. Längst vergessene Objekte, die oft bereits da waren, als die Leute einzogen oder zumindest – in Fällen, in denen die Häuser selbst gebaut wurden – schon sehr lange dort sind. Es geht durch die Tür im Flur, dann eine enge und steile Steintreppe hinab. Gerade noch ducke ich mich hinter dem Mädchen vor einer schwingenden nackten Glühbirne weg, ehe sie mir an der Stirn zerschellen kann. Man lernt dazu. Wo Lichtkegel wanken, sollte man nach oben sehen. Kaum sind wir unten angelangt, fahren wir beide zeitgleich zusammen, als stünde uns der Teufel leibhaftig gegenüber. Einem gellenden Schrei folgt nun wüstes Schimpfen. Das Mädchen und ich sehen Richtung Treppe, an deren Absatz sich Silke wild gestikulierend den Oberkopf zerwühlt.

„Silke …"

Zu mehr komme ich nicht.

„Weißt du, ich habe es mir ja schlimm vorgestellt, was du *dein neues Hobby* nennst, aber *das* hier …!"

Natürlich weiß ich prinzipiell, was sie meint. Aber da ich meine eigene Haltung dahingehend geändert habe, Dinge nicht mehr automatisch aus der Perspektive anderer Menschen zu sehen, sondern zunächst aus meiner eigenen, bleibe ich stumm.

Meine mir *ach so* vertraute Freundin wird mir immer fremder, da kommt es auf das ausbleibende Anfassen mit Samthandschuhen nun auch nicht mehr an. Ich stehe regungslos da und warte, bis Silke entweder fertig wird, eine, ihrer Meinung nach, vorhandene Spinnwebe auf dem Kopf entfernt zu haben oder zum Kern ihres auf mich verwirrend wirkenden Schauspiels zu kommen. Eine Türglocke ist zu vernehmen. Das Mädchen schaut zunächst unentschlossen, hebt dann die Schultern und quetscht sich an Silke vorbei die Treppe hinauf. Hilfe! Ich bin alleine mit Silke, der wild gewordenen Furie!

„Gut, dass wir alleine sind! Hör mal, Lara! Ich bin ja kein Spielverderber und spießig bin ich auch nicht (*... bin ich mir nicht so sicher ...*), aber was du hier neuerdings für Sachen treibst, das kann nicht einfach so als *normal* betrachtet werden. Darüber sollte man reden, bevor ..."

„Bevor?", frage ich.

Argwöhnisch hebe ich die Augenbrauen. Vielleicht auch als kleine Warnung gemeint, den Bogen besser nicht zu überspannen. Sie überspannt ihn. Hab's befürchtet.

„... du dir die ganze Bude voller Müll stellst!"

Auweia!

„Weißte was, Silke!? Ich höre und gucke mir dein Genängsle nun seit Wochen herzallerliebst-geduldig an, aber jetzt reicht's! Entweder, du gehst nach oben und setzt dich ins Auto, wartest, bis ich wieder da bin und darfst mit zurückfahren, oder aber du wagst dich ins Unerträgliche vor und *läufst* nach Hause. Besser wäre Ersteres, mir platzt nämlich sonst die Halsschlagader!"

Silke sieht mich an, als wäre ich nicht mehr ganz dicht. Vielleicht bin ich es auch nicht.

„Du musst doch sehen, dass du überhaupt nicht mehr du bist!"

Trotzig schiebt sie das Kinn vor. Sie begreift nicht, was sie da sagt, fürchte ich.

„Ich frage mich viel eher, wer *du* eigentlich bist!? Ich muss überhaupt nichts, außer sehen, dass ich mich hier umschauen kann, bevor Hinz und Kunz mir das Beste vor der Nase wegschnappen! Wenn du damit einen solchen Schmerz hast, dann schwing deinen Hintern die Treppe rauf und ignoriere es! Ich war zufällig nie zuvor mehr *ich* als heute und jetzt gerade!"

Ich höre Stimmen am oberen Treppenabsatz und fühle meine Felle davon schwimmen, also wende ich mich ab von dieser Person, die mir vor Kurzem noch so vertraut erschien, krame meine Taschenlampe aus der Hosentasche und inspiziere die Ecken.

„Das ist jetzt nicht dein Ernst!", fährt Silke mich an.

Vor mir steht ein metallener Kartoffelkorb, sogar mit Inhalt. Ohne nachzudenken, greife ich hinein, schnappe mir eine besonders triebdurchsetzte Kartoffel, drehe mich um und werfe sie mit Schmackes in Richtung Silkes Beine. Getroffen! Entsetzt jault sie auf und glotzt auf den triefenden Fleck auf ihrer Jeans.

„Bist du völlig bescheuert!?"

„Ja, vielleicht! Aber bis gerade fühlte ich mich mit mir selbst wohl so und ich gedenke nicht, diesen Umstand – meinetwegen auch *Zustand* – wieder herzugeben! Schon gar nicht wegen einer hysterischen Kuh! Hau einfach ab jetzt!"

Wild funkle ich sie an, mir vollkommen bewusst darüber, dass dies das Ende unserer Freundschaft ist. Das Ganze ist so lächerlich und trotzt jeder Beschreibung, ich habe nicht einmal Lust, mir Gedanken darüber zu machen, ob all das hier noch unter ‚kommt auch mal vor' zu verbuchen ist. Ich spüre überwiegend Erleichterung, als sie sich endlich abwendet und wutschnaubend verschwindet. Kopfschüttelnd halte ich einen Moment inne, atme dann tief ein und aus und wende mich wieder meinem ursprünglichen Vorhaben zu ...

Dank der späteren Feststellung, dass Silke einfach gegangen ist – ohne mir den Schlüssel zu bringen, der immer noch im Zündschloss steckte –, ist bei mir jegliche Milde übergegangen zu vollkommener innerlicher Abschottung. In *meiner* Welt gibt es gewisse Grenzen im Umgang, die man nicht überschreiten sollte. Fluchend suche ich kleine Zwischenräume in meinem inzwischen vollgestopften Kofferraum, um alles unterzubringen und die Ladung zu sichern.

„Diese eingebildete Ziege!!!“, schimpfe ich laut, während ich meinen Wagen belade.

„Pardon?“

Erschrocken drehe ich mich um. Neben mir steht eine Frau, etwa in meinem Alter. Sie schmunzelt.

„Kann ich helfen?“, fragt sie.

Wir grinsen nun beide.

„Ich glaube nicht. Jedenfalls würde mich wundern, wenn man im speziellen Fall noch was tun könnte“, antworte ich.

„Nebulös.“

Die Fremde lehnt sich lässig an mein Auto und sieht durch die Heckscheibe ins Innere.

„Interessant. Bist du Flohmarktgängerin, oder was bedeutet deine Ladung?“

„So ähnlich. Aber eigentlich besuche ich Flohmärkte eher zum Kaufen. Das hier habe ich eben aus einer Auflösung mitgebracht. Es geht höchstwahrscheinlich auch in meinen privaten Bestand über, sofern ich für alles einen Platz finde. Sonst muss ich vermutlich zusehen, dass ich mit Bekannten tauschen kann“, grüble ich achselzuckend.

„Aha. Du wohnst gerne in alten Sachen?“, fragt die Fremde.

„Ja“, sage ich vorsichtig.

„Klasse!“

„Klasse?“

„Finde ich schon. Ich hab’ letztes Jahr das Haus

meiner Oma geerbt und bin kurz danach einfach eingezogen, hat sich gut gefügt. Seitdem sitze ich in einer Menge altem Zeug. Am Anfang fand ich es schrecklich. Ich kam mir steinalt vor, aber mittlerweile baue ich irgendwie eine Beziehung zu einigem auf."

Ich muss an den Mann mit Hund denken.

„Cool!"

Wir lächeln uns an.

„Ich heiße Lara", sage ich und strecke meine schmutzige Hand in Richtung der anderen. Ohne Zögern greift sie fest zu und schüttelt.

„Bine."

Wir grinsen wieder.

Nachdem wir noch eine Weile geplaudert haben, meine neue Bekannte und ich, bin ich mittlerweile in meinem behaglichen Zuhause angekommen. Eine Begegnung mit Silke ist mir, während der mehrfachen Schleppaktionen vom Parkplatz in die Wohnung, glücklicherweise erspart geblieben. Oder vielleicht auch glücklicherweise, dass sie *ihr* erspart geblieben ist! Vor meinem inneren Auge spielt sich die Szene im Keller der fremden Menschen ab. Ich kann es immer noch nicht fassen! Silke erscheint mir auf einmal wie eine völlig andere Frau, wobei mir sehr wohl bewusst ist, dass sie das eher umgekehrt sehen wird. Eine wohltuende Komponente an meiner ausgelebten Leidenschaft: Das Schleppen powert aus. Als ich fertig bin, setze ich mich erst einmal auf einen alten Stuhl und sehe mir gedankenverloren und ausgelaugt den Haufen an, den ich im Flur aufgetürmt habe. Da tummelt sich so einiges. Ich lächle. Auch das ist eine mir lieb gewordene Neuerung ... Es gibt viel zu schmunzeln.

XVI.

„Guten Morgen, hier spricht die Kunden-Hotline von ...“

„Ne! Das ist jetzt aber bitte nicht wahr!!! Hier spricht an einem Samstagmorgen um zwölf nach acht bitte *keine* Kunden-Hotline, und zwar egal, welche!“, unterbreche ich den Herrn am anderen Ende.

„Leider konnten wir Sie unter der Woche nicht erreichen“, sagt er.

„Brillant! Ich gehe einer *Berufstätigkeit* nach. Deswegen freue ich mich heute umso mehr über Ihren Anruf! Bitte löschen Sie meinen Kontakt aus Ihrer Datenbank! Guten Morgen!“

Wieso halten die Unternehmen ihre Mitarbeiter nicht dazu an, Einträge darüber zu machen, wer unter der Woche nicht ans Telefon geht??? Bezwecken sie denn keine Erfolgsquote? Es ist mir schleierhaft, wieso sie davon ausgehen, morgendliche Wochenendanrufe könnten jemanden begeistern, der vermutlich ausschlafen möchte ... Mächtig erregt drücke ich den roten Knopf des Mobilteils meines Festnetzanschlusses. An Schlaf ist nicht mehr zu denken. Und nun?

Ich vermute, man nimmt einen *solchen* Start in den Tag besser mit Humor und verliert ihn nicht!? Oder man ignoriert ihn und bildet sich ein, dass es nur noch besser werden kann!? Ich bin nicht abergläubisch, trotzdem will ich nicht übermütig werden und überlege, wie ich meine weiteren Schritte gestalte:

1.) Sehr vorsichtig und laaangsam an alles herangehen!? Zum Beispiel an die Dusche ... Wegflutschen- und rutschen ist wahrlich das Nächste, das man vermeiden möchte.

2.) So tun, als ließe man sich überhaupt nicht aus der Ruhe bringen und völlig normal bis mega-bescheuert-extra-gut-gelaunt agieren? Am besten untermalt von einem selbstgeträllerten Lied, dessen Text man nur halb kann, während die Einbildung sagt, dass es dennoch fabelhaft klingt. Schieres Vor-Auftritt-Niveau quasi!

Ich wähle Variante eins und strecke mich genüsslich, ehe ich meine Bettfedern verlasse.

. . .

Kaffee, falls ich das nicht schon erwähnt habe, ist eine überlebensnotwendige Flüssigkeit. Jedenfalls für mich. Entsprechend haben alle meine Tassen beachtliche Größen. Da der Tag so unerquicklich begonnen hat und ich auch noch keine Nachricht von Raoul erhalten habe, muss unbedingt Koffein her. Kaffee kann auf unterschiedliche Weise zubereitet werden, allerdings habe ich mich auf eine Pad-Lösung eingeschossen. Eine ungemein tolle Erfindung! Kanister mit Wasser füllen, rein, Knopf drücken, wenige Minuten warten oder irgendwas tun, damit man meint, man wartet *nicht*, Tasse drunter, Halter für zwei Pads am Start haben, Pads rein, Milch in die Tasse (oder vielleicht gleich den Eimer), doppelte Menge drücken, rühren. Fantastisch!

Gerade möchte ich in den Genuss des beschriebenen Gebräus kommen, da klingelt schon wieder das Telefon.

„Ja, bitte!?"

„Guten Morgen, bin ich verbunden mit Frau ..."

Aaargh ...!!!

Samstage an sich sind spitze, wie gesagt. Theoretisch kann man lange schlafen, auch wenn ‚lange' insofern relativ ist, als dass man die halbe Nacht *nicht* und dann ab etwa vier Uhr morgens geschlafen hat und früh aufgeschreckt wird, weil Kunden-Hotlines anrufen oder Nachbarn bohren. Oder man entscheidet ganz frei, *gar nichts* zu machen. Auch eine Variante dessen, was man tun (oder lassen) kann.

Früher sagte meine innere Stimme, dass bei Sonnenschein alle rausrennen müssen und bei Regen alle schlecht gelaunt sind. Heute ist mir das egal. Ich bin *fast* immer gut drauf, sofern mir nicht spürbar etwas im Wege steht, das meine Harmonie stört. Das ist nie vom Wetter abhängig und selten davon, ob ich meine, dass gerade alle irgendwas ganz Tolles machen, nur ich nicht.

Wer kennt es nicht: Das Gefühl, man könne doch an einem sonnigen Samstag nicht etwas *posten* oder an einem Freitagabend *online* sein!? Genauso sehe ich tagelang einfach kaum auf ein Display und male, räume rum oder schlafe, bin unterwegs, habe Kontakt zu Leuten, und es fehlt einfach nichts.

Ich habe Bine zu mir eingeladen, nachdem ich sie gefragt hatte, ob sie mit zum Flohmarkt kommen möchte – was diese ganz spontan bejahte. Und weil wir uns so über unsere Errungenschaften freuen, nimmt meine neue Bekanntschaft *ihre* Tasche mit den Habseligkeiten ebenfalls mit hoch.

Ehrensache, dass man alles noch mal rausholen und anschauen muss! Das hat für gewöhnlich selten Zeit, bis man selbst zu Hause ist und es sauber machen kann. Es ist erfrischend, dass Bine das genauso empfindet. So gehen wir zur Haustür, als Silke uns in die Arme läuft, die sogleich misstrauisch äugend stehen bleibt und Bine mustert.

„Ah, Silke. Bine, das ist meine Nachbarin Silke. Silke, das ist Bine“, stelle ich vor.

„*Nachbarin* ... Aha! Gut, dass ich Bescheid weiß!“, schnauzt Silke und zieht ab.

Bine guckt verwundert.

„Was war *das* denn?“, fragt sie.

„Erzähle ich dir oben. Komm, lass uns Kaffee trinken!“

Nachdem wir alle Schätze aus dem Zeitungspapier gewühlt, gewendet und mit reichlich Staunen wertgeschätzt haben, sitzen wir nun beide im Schneidersitz auf meinen gemütlichen Bodenkissen unter dem doppelflügeligen Wohnzimmerfenster und trinken Kaffee.

Bine ist angenehm geduldig.

Sie hat noch nicht ein einziges Mal von der schrägen Begegnung mit Silke angefangen. Ich glaube, sie ist so sensibel und wartet, *ob* ich überhaupt davon erzählen möchte. Es interessiert mich, inwieweit ich womöglich zu hart war aus objektiver Sicht oder es infrage zu stellen ist, dass eine Freundschaft Veränderungen oder neue Hobbys aushalten können sollte.

„Das vorhin ist, nein, *war*, meine Freundin Silke. Sie hat ein Problem mit meiner, noch nicht lange entdeckten, Leidenschaft für Altes und Rostiges“, resümiere ich in die Stille.

Bine schaut in ihren Kaffee, vielleicht will sie im Bodensatz lesen.

„Weißt du, warum sie damit ein Problem hat?", fragt sie.

„Nein, leider nicht wirklich. Ich habe Theorien, aber warum sie so *aggressiv* darauf aus ist, mir klarmachen zu wollen, dass ich neuerdings nicht mehr richtig im Oberstübchen bin, das kann ich mir eigentlich nicht erklären."

„Hm ..."

Einen Moment denke ich, Bine ist da auch überfragt, und wir lassen das Thema fallen, dann räuspert sie sich aber plötzlich.

„Weißt du, ich denke, du tust ihr damit nicht weh. Ich kenne sie nicht und ich weiß nicht, ob du sie auf eine Weise vernachlässigt oder aus der Sache ausgeschlossen hast. Aber wenn dem nicht so ist, dann hat sie in meinen Augen keinen Grund, dir den Spaß zu vermiesen. Das sollte sie auch nicht tun. Vielleicht hat sie selbst keine Leidenschaften oder denkt, wenn du Dinge tust, die nichts mit ihr zu tun haben, entfernst du dich von ihr."

Ihre Worte ermutigen mich.

„Ich hab' mich im Gegenteil deshalb entfernt, weil sie mir alles nur noch schlecht geredet hat und mich vor meinem Sohn wie einen Idioten aussehen lassen wollte, als ob ich demnächst entmündigt werden müsste."

„Oha! Das ist derb!", sagt Bine.

„Ja. Ich dachte, vielleicht kommt sie von selbst drauf, dass sie zu weit gegangen ist, mich verletzt hat und irgendwie eine Grenze übertreten. Aber bisher macht sie nicht den Eindruck, als glaube sie, dass sie etwas falsch gemacht habe. Außerdem hat sie erwähnt, meine *Mutter* angerufen zu haben, und da hört sich doch alles auf!"

„Wieso hat sie denn deine *Mutter* angerufen?"

„Weil ich manchmal den Sperrmüll abfahre."

Bine grinst. „Verstehe."

Ich grinse zurück. Ich mag Bine mit jeder Minute ein bisschen mehr. Sie stellt ihre Tasse ab und verschränkt die Arme, dann räuspert sie sich wieder.

„Ich denke, du solltest ihr den Wind aus den Segeln nehmen und einfach kurz und knapp mitteilen, dass das aktuell so für dich kein Zustand ist. Sollte sie aber weiterhin ein Problem damit haben, dass du Dinge tust, die dich happy machen, du sie nicht länger in deiner Nähe wirst aushalten können. Was meinst du?"

Ich finde, das ist ein gelungener Ansatz und halte stillschweigend meine Tasse zu einem imaginären Toast in die Luft.

„So mache ich das! Was hältst du davon, wenn wir Silke nun Silke sein lassen und uns lieber mal ein bisschen über dich unterhalten, was du so machst und woher du kommst?"

Als Bine gegangen ist und es langsam dunkel wird, erreicht mich eine Nachricht von Raoul. Endlich!

„Hi Mam, mir geht es gut. Coole Leute hier, macht Fun. Alles klar bei dir?"

Ich lächle versonnen. Prima, dass er sich mal von sich aus meldet! Ich habe mich bewusst zusammengerissen, ihm nicht dreimal am Tag eine Nachricht zu schicken. Ich tippe.

„Hallo Sohn. Das freut mich! Bei mir ist alles gut! Ich habe eine neue Bekanntschaft mit einer netten Dame gemacht und alten Kram gekauft. :-) Lieb, dass du fragst! Hab' noch Spaß und pass' auf dich auf!!!"

Ich starre auf mein Display, bis er es gelesen hat. Er schreibt ... Wow! Er muss mich ein bisschen vermissen, ich bekomme sogar noch eine Antwort!

„Cool, Mam, freut mich für dich. Dann bis übermorgen. :-* "

Jetzt schmelze ich schon beinahe und seufze, belasse es aber bei:

„Danke. Bis übermorgen. Ich freue mich! :-* "

Ich werde mir ein Schaumbad einlassen und ein wenig entspannen, um den Tag ausklingen zu lassen, der – wie ich überrascht bemerke –, doch nicht voller Katastrophen war.

Kerzen! Ich brauche unbedingt Kerzen am Wannenrand! Und ein Glas Rotwein.

Und ein Buch. Das sieht immer so kuschelig aus in Filmen, so mache ich das jetzt auch mal! Oh, Rotwein ... Tja, ich habe gar keinen da. Ein Eierlikör liegt im Kühlschrank, das war es auch schon an alkoholischer Auswahl. Na gut, dann eben ein Gläschen Eierlikör.

Aber der ist ja so schnell weg!? Lieber mal ein

größeres Gläschen eingießen, also mehr ein *Glas*. Teelichter sind keine im Haus. Verflixt! Ich habe nur noch Stabkerzen.

Früher wäre ich zu Silke und hätte gefragt, ob sie das mir jeweils Fehlende dahat, aber das entfällt. Lieber stelle ich mir einen Kandelaber an die Wanne, das geht schon.

So, nun das Buch!

Während das Wasser in die Wanne läuft und ich mir meine Sachen zusammensuche, sichte ich die Lektüre, die ich noch nicht gelesen habe und stoße dabei auf ein Buch mit dem tiefsinnigen Titel ‚Die Baroness'. Ich weiß nicht, wann ich den Schmöker wo und warum mitgenommen habe, aber ich lese auf der Rückseite, dass es sich um eine junge Adlige handelt, die frei sein und als Zirkusartistin mit den Schaustellern, die es ihr in ihrem Dorf so angetan haben, in die weite Welt ziehen möchte. Selbstredend möchte das niemand sonst, außer ihr, ihre Eltern schon mal gar nicht. Das ist genau das richtige Buch! Ich fühle mich der Protagonistin auf sympathische Weise verbunden.

So, dann nur noch ein Badetuch bereitlegen und ab ins warme Schaumbad! Leider übersehe ich beim Einstieg den Kandelaber am Wannenrand, den ich mit einer ausholenden Armbewegung gen Duschvorhang stoße, den er auch sofort in Brand steckt.

Das wiederum erschreckt mich dermaßen, dass ich das Bein ruckartig wieder aus der Wanne ziehe, was zu rudernden Versuchen führt, nicht völlig das Gleichgewicht zu verlieren.

Dabei schleudere ich das Glas Eierlikör torpedoartig gegen den Spiegel, an dem das dicke Gesöff gemächlich herabgleitet.

Als ich mich endlich gefangen habe, fällt meine Wahl der schnellen Schadensbegrenzung auf den jetzt doch heftiger brennenden Vorhang, den ich, von lautstarken Flüchen begleitet, an einer Stelle von der Stange zu reißen versuche, wo er noch *nicht* in Flammen steht. Die Ringe sind guter Qualität, sie halten! Die Stange kommt im Kompletten herunter und schlägt mir einseitig gegen den Kopf.

„Aua, verdammt! Scheiße, scheiße, scheiße!!!"

Aber der Vorhang ist endlich unten und kann in der Wanne gelöscht werden. Puh! Irgendwas Warmes läuft mir die Schläfe runter. Ich wische mit dem linken Handrücken, während ich mit der rechten Hand die Klobürste erhasche und den Vorhang damit eintauche. Endlich scheint das Feuer aus, das Drama abgewandt, da vernehme ich ein schrecklich schrilles Geräusch, das bei Öffnen der Badezimmertür sodann *richtig* laut wird. Der Feuermelder! Meine Güte, eine Reihenschaltung nicht enden wollender Katastrophen! Dabei wollte ich doch nur ein Entspannungsbad nehmen! Ich habe zwar keine Ahnung, wie man das kreischende Teil an der Flurdecke wieder zum Schweigen bekommen soll, weil ich dem Installateur damals nicht zugehört habe, als er es erklärt hat, aber nach wenigen Sekunden auf dem Stuhl und ein bisschen Draufschlagen ist es endlich still! Ich bin völlig geschafft. Erst mal hinsetzen. Kaum sitze ich, klopft es laut an meine Wohnungstür.

„Lara? Lara, ist alles gut? Machst du bitte mal auf?“

Silke! Mir bleibt aber auch nichts erspart gerade. Ich öffne, im selben Moment schreit Silke. Wieso *schreit* Silke?

„Oh, mein Gott, Lara, was machst du denn bloß!? Was ist passiert?“

Noch ehe ich den Gedanken zu Ende bringen kann, wieso sie eigentlich bis zu sich hoch gehört haben will, dass bei mir der Feuermelder schrillt, registriere ich, wohin sie bei mir sieht und sehe auch mal nach. Auf mein T-Shirt, meine Hand, auf mein Bein. Oh! Ich muss lachen. Silke *nicht*.

„Ich komme rein!“, fährt sie mich barsch an, schiebt mich an die Seite und steht nun in meinem Flur.

„Ich will jetzt wissen, was mit dir *los* ist! Sofort! Sieh dich mal an! Was hast du angestellt? Einen antiken Ofen anfeuern wollen?“

Sie schnaubt. Ich schließe die Tür und schnaube auch.

„Ach, natürlich, daher weht der Wind! Du machst dir keine Sorgen um mein Wohlbefinden! Du suchst Beweise dafür, wie richtig du damit gelegen hast, dass ich am Überschnappen bin, ja!?“

Ich stemme meine Hände in die Hüften und sehe sie herausfordernd an. Jetzt ist der Zeitpunkt der

Klärung also gekommen, und *ich* stehe da in einem eilig angezogenen String, einem T-Shirt, mit einer vermutlich blutverschmierten Schläfe und einem Bein, an dem ein grüner Rand vom Badezusatz ‚Curly Apple' trocknet. Warum auch immer jemand meint, es müsse ‚gelockte Äpfel' geben. Die Frisur sitzt wahrscheinlich auch nicht wirklich vorteilhaft, Ruß an meinen Armen tut sein Übriges. Ich muss schon wieder lachen. Ich sehe echt aus wie eine Verrückte, die eben der Apokalypse entkommen ist. Silke scheint nicht sonderlich amüsiert zu sein. Bei näherem Hinsehen sieht sie eigentlich auch aus wie eine Verrückte, vielleicht nicht ganz so derangiert wie ich. Ich spüre, wie sich ein Lachflash Bahn zu brechen droht, und versuche, ihn zu unterdrücken, weil mir mein Verstand noch sagt, dass sie sich verarscht vorkommen und darüber reichlich wütend werden wird. Aber es lässt sich nichts machen, ich sterbe sonst! Angesichts der Bilder in meinem Kopf über eben Abgelaufenes, beuge ich mich vor und lache laut drauflos, dass die Tränen nur so laufen.

Am Rande bekomme ich mit, wie Silke an mir vorbeizischt und die Tür geräuschvoll ins Schloss wirft. Gott sei Dank von außen!

XVII.

Während ich in meiner Blumen-Bettwäsche liege und darüber nachdenke, was mir der mit Eierlikör verklebte Spiegel später über meinen wahren Zustand preisgegeben hat, kichere ich immer noch vor mich hin. Ich sah doch ein wenig schlimmer aus, als ich angenommen hatte. Allerdings erwies sich die Wunde an der Schläfe als zwar recht tief, aber klein und wirkte nur aufgrund Wischens mit der feuchten Hand wie eine Maske aus einem Psycho-Thriller. Der Vorhang war natürlich nicht mehr zu retten. Die Tübchen und Dosen auf meiner Ablage habe ich aber geputzt, ehe ich mich an die Wanne machte, um wenigstens noch zu duschen. Den restlichen Eierlikör gab es dann eben aus der Flasche zum Buch und im Bett. Auch ganz nett! Bald tut der Abend zusammen mit dem Alkohol sein Werk. Ich schlafe friedlich ein, ohne noch mal über Silke nachzudenken.

. . .

Am nächsten Morgen sitze ich bei Ei, Käse und etwas Gemüse auf einem großen Brotbrett im Schoß in meinem alten Chesterfield-Sessel und lese online die Nachrichten, da fällt sie mir erstmals wieder ein ...

Die Freundin, die sie einst zu sein schien. Ich glaube, ich brauche keine Menschen, die mir meine Freuden vermiesen wollen – obwohl es für mich keinen erklärbaren Grund gibt, was an ihnen derart abnormal sein soll. Ich brauche auch keine Menschen, die in (m)eine Katastrophe trampeln, um mir begleitend Vorwürfe an den Kopf zu werfen. Ich bin sauer. Geradezu außer mir! Was glaubt sie denn, wer sie ist!?

Ich glaube, Bine hat recht. Silke hat selbst gar keine richtigen Freuden! Wenn ich es mir genau überlege, dann hat sie auch nie wirklich Spaß an etwas und genießt auch nichts aus vollem Herzen.

Ich denke da an einen Kurztrip mit ihr und wie inspirierend ich die Umgebung fand, wie lecker das Essen, gemütlich das Bett, toll das Bad, erstaunlich die Angebote an regionalen Natur- und Bio-Produkten ... Ich erblühte in kürzester Zeit!

An einem Abend, wir schlenderten nach dem Essen durch den Park hinter der Hotelanlage, entdeckte ich einen beleuchteten Springbrunnen. Ein Bänkchen etwas abseits lud ein, eine Zigarette zu schmauchen. Silke, die Nichtraucherin ist, wollte ich verführen, den Anblick und die Stille zu genießen ...

„Schau mal, ist das nicht bezaubernd!?“, fragte ich.

„Du willst doch nur eine rauchen!“

Mir fiel damals gar nicht auf, dass Silke maximal zu einem ‚ja, ist ganz okay‘ imstande war, wenn sie nicht sogar offensichtlich die Nase rümpfte oder mit den Schultern zuckte.

Wieso ist mir das denn nicht auf die Nerven gegangen?

Oder *ist* es mir auf die Nerven gegangen? Bin ich zu nachsichtig?

Falls ja, dann ist jedenfalls Schluss damit! Keines Blickes werde ich sie mehr würdigen! Ich habe zu der ganzen Angelegenheit rein gar nichts mehr zu sagen! Ich werde aufräumen und mich anziehen, um bei dem grandiosen Wetter am Fluss spazieren zu gehen, Silke vergessen und mich später der weiteren Gestaltung meiner Wohnung widmen. Schließlich fällt *mir* genug ein, das ich tun kann.

Der Fluss trägt im Moment viel Wasser vom täglichen Regen. Leider finden das auch die Mücken toll. Die Zigarette, die ich genüsslich auf einem Bänkchen rauchen wollte, hilft da auch nicht viel. Ich wedle und klatsche am laufenden Band.

„Kein Mückenspray dabei?“

Verwundert drehe ich mich um und sehe zu einem breit grinsenden Mann auf, etwa mein Alter, nicht unattraktiv, aber wohl auch im Bilde darüber, habe ich den Eindruck.

„Sieht nicht so aus, nein“, antworte ich.

Ich sehe wieder auf den Fluss und drehe dem Fremden den Rücken zu.

„Rauchen ist ungesund“, sagt er.

„Sonst noch was? Haben Sie keine eigenen Angelegenheiten, um die Sie sich kümmern möchten?“

Jetzt setzt sich der Mann auch noch neben mich und breitet die Arme genussvoll auf der Lehne aus, sodass ich automatisch abrücke, um seinen linken nicht in meinem Rücken zu haben. Wie frech!

„Doch, schon, aber im Moment habe ich mehr Interesse an *Ihren* Angelegenheiten. Und an Ihren grünen Augen.“

Er sieht mich an und grinst wieder.

„Ah so. Und ich werde da wohl gar nicht gefragt!?“

„Ich heiße Frederik. Und Sie?“

Obwohl er meine Reaktion ignoriert, antworte ich automatisch:

„Lara.“

„Interessant! Etwa nach der Hauptfigur in ‚Doktor Schiwago‘?“

„Richtig. Ich bin erstaunt, dass Sie den Film kennen.“

„Ich frage jetzt mal nicht, wieso Sie erstaunt sind. Ich habe sogar das Buch gelesen! Allerdings war jene Lara – *Larissa* – blond, nicht schwarzhaarig.“

Okay, das beeindruckt mich ungewollt, denn das Buch habe nicht mal *ich* gelesen. Seit meiner Ausbildung und gefühlt hundert Steuerwälzern, schrecken mich Bücher mit einer gewissen Dicke ein wenig ab. Natürlich will ich mir keine Blöße geben und antworte deshalb schlicht nichts. Frederik findet wohl, dass das kein Grund ist, sich von weiteren Versuchen der Konversation mit mir abbringen zu lassen, und fängt an, von seinem letzten Urlaub in die Bretagne zu berichten.

Ich finde es fast ein wenig unheimlich, da ich selbst schon lange in die Bretagne wollte, es aber bislang noch nicht geschafft habe oder an andere Orte gereist bin, weil es aus verschiedenen Gründen nie gepasst hat. Na ja, um ehrlich zu sein, habe ich mich beim letzten Mal auf einem Buchungsportal schlicht in ein Haus verliebt, von dem ich *dachte*, es läge in der Bretagne, weil ich verpasst hatte, dass ich mich – aufgrund permanent neu auftauchender Fotos – vom Bretagne-Portal ganz woanders hingeklickt hatte. Am Ende gefiel mir die mir unbekannte Region aber dermaßen, dass ich buchte ... weswegen ich dann *auch* wieder nicht in der Bretagne war.

Jedenfalls erzählt Frederik gerade in schwärmendem Ton von der Üppigkeit der Flora und Fauna, den vielen bunten Märkten und dem Meer. Ich bin froh, dass er nicht auch noch von Brocante-Angeboten anfängt, damit ich keinen Drang entwickle, den Kameramann irgendeiner Show im Gebüsch zu suchen, die Leute auf den Arm nimmt. Ich schaue möglichst desinteressiert in die andere Richtung und male dabei mit dem Fuß Kreise in den Kiesel, als ich glaube, den Mann mit dem Hund, dem Opa-Haus und dem Lavendel gesehen zu haben. Direkt setze ich mich aufrechter hin und recke meinen Hals, um über die leichte Erhebung des Weges mehr sehen zu können.

„Alles gut? Haben Sie etwas Ungewöhnliches gesehen?"

Den Mann neben mir habe ich total ausgeblendet.

„Äh ... Wie? Ähm, nein. Ich dachte nur, ich hätte jemanden gesehen, den ich kenne", antworte ich zerstreut.

„Verstehe. Sie sind verheiratet und haben Angst, erwischt zu werden mit einem gutaussehenden Mann, der belesen ist und Humor hat!"

„Und dem es an Selbstbewusstsein wohl so gar nicht mangelt ... Ich bin nicht verheiratet, auch wenn Sie das eigentlich nichts angeht! Und ich verabschiede mich hiermit!"

Aus einem Impuls heraus möchte ich nicht, dass der Mann mit dem Hund mich neben diesem eingebildeten Gockel sitzen sieht, auch wenn ich ihn im Moment nicht wieder erblicken konnte. Also stehe ich auf und laufe in die Richtung, in die ich ihn gehen sah.

„Ich begleite Sie gerne noch ein Stück", bietet Frederik an.

Auch das noch!

„Das ist wirklich nicht nötig", versuche ich ihn abzuwimmeln.

„Ich mache es aber gerne!"

Ich überlege noch, ob ich ein wenig forscher auf alleiniges Weitergehen bestehen soll, da höre ich von der Parkplatzseite plötzlich aufgeregtes Bellen, das sich rasch nähert. Der Hund. Öh ... der Hund galoppiert auf mich zu, die Ohren springen nur so auf und ab, er wedelt kräftig mit dem Schwanz und scheint mit diesem Gefühlsausbruch auch noch *mich* zu meinen! Kurz vor mir bremst er leicht ab, ehe er sich auf die Hinterläufe stellt und mir aus dem Stand das Gesicht ableckt.

„Sie scheinen den Hund zu kennen!? Zumindest scheint er *Sie* zu kennen“, labert mich der Gockel weiter zu.

Ich bin leicht überfordert, da rettet mich von weiter her der mahnende Ruf:

„Aus, Edward!“

Zumindest weiß ich jetzt, wie der Hund heißt. Frederik verzieht das Gesicht.

„Edward! Was ein bescheuerter Name für einen Hund. Wahrscheinlich ‚Eddy‘, wenn er sich benimmt. Was er aber gerade nicht tut.“

Mich animiert das irgendwie, das Tier zu verteidigen, wobei mir nicht bewusst ist, dass ich indirekt den Namensgeber verteidige.

„Ich finde den Namen gut, er passt doch zu ihm!“, sage ich.

Und da naht er, der Besitzer von Edward ... Ich bin zwar perplex, aber ich freue mich wirklich, ihn wiederzusehen. Seltsam.

„Oh, so ein Zufall!“, sagt er.

Frederik verzieht wieder das Gesicht. Ich lächle.

„Hallo.“ Mehr fällt mir nicht ein.

Der Mann sieht Frederik an. Frederik reagiert nicht.

„Tom“, sagt der andere. Er streckt ihm die Hand entgegen.

„Ah ja.“

Immerhin gibt er ihm ebenfalls die Hand, und ich weiß jetzt, wie der Mann heißt.

„Lara“, höre ich mich stumpfsinnigerweise sagen, was ich sofort bereue. Und wie befürchtet, sieht Frederik sich sofort im Vorteil.

„Ach!? Ihr kennt euch also gar nicht so richtig?“, hakt er nach.

Ich weiß spontan keine wirklich geistreiche Antwort und blicke zu Tom. Tom sieht mich an, dann Frederik.

„Nicht so richtig, nein. Aber das lässt sich ja vielleicht noch ändern“, antwortet er.

Ich lächle ihn wieder an. Frederik lächelt nicht.

„Ja, aber eben nur vielleicht! Wir wollten dann auch weiter, noch ein wenig spazieren gehen“, sagt Frederik.

Tom nickt. Ich nicke nicht. Das geht zu weit!

„Davon weiß ich aber so gar nichts und mit Verlaub ... Ich gehe nun alleine, und zwar zu meinem Auto! Ich möchte noch mit meinem Sohn telefonieren, der ist zum ersten Mal länger von zu Hause weg in einem Camp“, sage ich protestierend.

Beide sehen mich an. Edward grunzt und legt sich

hin. Vermutlich geht ihm das ganze Theater auf die Nerven und er möchte lieber einem Stock nachrennen. Ich kann ihn verstehen! Eigentlich möchte ich aktuell auch lieber einem Stock nachrennen. Niemand sagt mehr etwas, also verabschiede ich mich.

„Na, dann. Angenehmen Tag noch, die Herren! Edward, es hat mich gefreut."

Edward springt wieder auf die Füße und steckt mir seine Nase in den Schritt.

„Edward!" Tom grinst verschämt. „Entschuldigung, Lara!"

Ich nicke ebenso verschämt und wende mich zum Gehen, als Frederik mich am Oberarm festhält.

„Ich komme mit dir zum Auto! Du kannst mir noch erzählen, wie alt dein Sohn ist und wie lange er noch auswärts ist! Ich mag Kinder."

Tom schnaubt verächtlich. Ich schüttle nur mit dem Kopf und mache meinen Arm los.

„Nein, wirklich nicht, danke! Und ich wüsste nicht, dass ich Ihnen das *Du* angeboten hätte! Wiedersehen!"

Strammen Schrittes steche ich auf mein Auto zu. Niemand folgt. Lediglich ein leises ‚Wuff' hallt mir nach. Mit Herzklopfen mache ich mich aus dem Staub. Was war *das* denn!!??

„Hi Mam", höre ich die geliebte Stimme meines Sohnes, der zu vereinbarter Uhrzeit angerufen hat.

„Hallo Schatz! Alles gut?"

„Ja, alles super! Wir sind die meiste Zeit unterwegs. Heute waren wir auf so 'nem Berg. Ich war als Erster oben“, berichtet er.

„Cool! Und, war schön da oben?“

„Geht. 'N Berg halt.“ Diese Antwort ist typisch!

„Verstehe. Und das Essen, geht's?“, animiere ich ihn zu mehr.

„Ja, wir grillen fast jeden Tag und morgens gibt es Haferflocken, damit wir früh loskönnen, sonst dauert es zu lange. Übermorgen bin ich ja wieder da, dann kannst du mir vielleicht Nudeln machen. Das wär' schon wieder mal was!“

Ich grinse. „Klar, gerne. Das mache ich. Ich freue mich dolle auf dich!“

„Jo. Ich mich auch. Ich geh' dann mal wieder zurück zu den anderen Leuten!“

„Alles klar. Bis dann!“

„Bis dann, Mam!“

Ich werde wohl noch ewig brauchen, bis ich mich an die zunehmende Eigenständigkeit meines Sprösslings gewöhnt habe ...

XVIII.

Da mich solche Momente immer ein wenig beklemmen, greife ich mittlerweile standardmäßig zum *Krisenmanagement*.

Das Wort habe ich übrigens aus den Sitzungen bei einer Psychologin, mit der ich mich damit auseinandersetzen wollte, welche einzelnen Puzzleteile insgesamt zu meinem Zusammenbruch geführt haben. Meistens kommen dabei ziemlich gute Ergebnisse rum, besonders, wenn ich mir dabei Rockmusik um die Ohren haue. Ich entscheide mich für die Staffelei und packe einen meiner Malkartons aus. Bislang habe ich in Öl gemalt, aber seit Kurzem probiere ich mich an Aquarellfarben, weil ich das Bedürfnis habe, auch zartere Werke zu schaffen. Blumenbilder zum Beispiel. Manche sind ganz nett. Zumindest kommen sie recht gut an bei den wenigen, denen ich sie zeige.

Ich bin vorsichtig damit, wem ich etwas zeige, um

nicht das Gefühl haben zu müssen, jemand unterstelle mir Aufmerksamkeitsgeheische.

Meistens ist mir übermäßige Beachtung eher unangenehm. Wahrscheinlich bin ich zurückhaltender geworden, aber ich fühle mich gut damit.

Ich sitze da und sehe den leeren Hintergrund an, aber mir will nichts einfallen.

Mein Kopf ist bei der Szene vorhin. Tom. Edward. Als ich an Frederik denke, ärgere ich mich ein bisschen. Aber witzig ist es auch auf eine Weise. Ich tauche den Pinsel in die grüne Farbe und beginne damit, eine angedeutete Wiese zu malen. Aus meinen Kopfhörern dröhnt der Sänger meiner Lieblingsband mit seiner Traurigkeit über Oberflächlichkeit in dieser Welt.

Wie eine Besessene male ich den Fluss, drei Gestalten. Und einen Hund. Ob es mir leidtun sollte, dass ich den Mann, also Tom, einfach so habe stehen lassen? Ich bin mir nicht sicher, ob es noch einen *dritten* Zufall geben wird. Was ein Unsinn! *Natürlich* bin ich mir nicht sicher, sonst könnte es sich nicht um einen *Zufall* handeln! Nachdenklich reibe ich mir die Nase – was ich oft tue, wenn ich grüble.

Allerdings habe ich nach dem Reiben das Gefühl, etwas Neues befindet sich in meinem Gesicht. Angestrengt schiele ich darauf und wische mit der anderen Hand in der Region um die Nase herum, als es draußen auf der Straße wie bekloppt hupt. Erschrocken fahre ich zusammen, als das Lied gerade zu Ende ist und dieses nervige Geräusch zu mir durchdringt. Ob da was passiert ist? Eilig stehe ich auf, um zum Fenster zu rennen. Leider bin ich mal wieder neugieriger als vorsichtig, sodass ich im Hochschnellen an einem kleinen Abplatzer des alten Stuhls hängen bleibe, ihn mitsamt darauf stehender Staffelei ein Stück hinter mir herziehe und mich im Wegstolpern das Glas mit dem Öko-Pinselreiniger von hinten anfällt, als ich endlich in der Gardine lande, an der ich mein Gleichgewicht wiedergewinnen kann. Blöderweise ist das Fenster offen. Ich kann mich nicht rechtzeitig genug aufrichten und so verabschiedet sich der mehrarmige Kerzenleuchter von der Fensterbank. Aua! Oh Gott, wo ist er hin!? Bitte kein Feuer mehr ... Jetzt bin ich *völlig* durcheinander, ich schaue vor mir auf den Boden und zerre hektisch die Gardine hin und her, um zu sehen, ob der Kandelaber nach drinnen gefallen ist. Jetzt bleibt auch noch die Florentiner-Spitze an meinem Ohr kleben. Ich verstehe überhaupt nicht, wieso!? Unten schreit plötzlich eine Frau, jemand sei wohl nicht mehr ganz bei Trost und solle weggeschlossen werden! Ich rapple mich wieder auf und stecke den Kopf weit aus dem Fenster, um nach unten auf den Gehweg sehen zu können, da setzt das nervende Hupen wieder ein. Was ist denn nur los da draußen!? Eine Frau sieht zu mir nach oben.

„Sind Sie die Irre, die ihren Kerzenleuchter eben aus dem Fenster geworfen hat?"

Meinen ... Ach du Scheiße!

„*Ich*??? Also BITTE, ja!!! Sie spinnen wohl!“

Schnell ziehe ich mich wieder zurück und befühle mein Ohr, an dem immer noch ein Stück Gardine festgewachsen scheint. Gewachsen ... Wachs ... Oh! Ich ziehe die Gardine ab, ducke mich weg und flutsche auf allen vieren durch die Pinselsoße ins Nebenzimmer, das als Ess- und Arbeitszimmer dient. Das Licht lasse ich besser aus. Vorsichtig tauche ich wieder auf und spähe aus dem Fenster. Die Frau kann mich so nicht sehen, aber ich kann leider auch nicht ausmachen, woher das Hupen gekommen sein könnte, das, wie mir schien, sofort wieder ertönte, als ich im erleuchteten Fenster auftauchte. Kann ich mir natürlich auch eingebildet haben. Ich wage mich ein wenig weiter aus der Hocke, da schrillt die Türklingel unvermittelt in meine Spannung! Ich erschrecke dermaßen, dass ich sofort wieder zurück in Deckung gehe. Bestimmt ist das die Frau, die mich für die Werferin des Kerzenständers hält. *Oh Gott!!!* Ich *bin* die Werferin des Kerzenständers!!! Natürlich nicht absichtlich. Aber vielleicht habe ich sie verletzt!? Also mein antiker Leuchter tat es ...!? Moment! Wie kann sie denn wissen, wo sie klingeln muss? Ich bin irritiert. Es schrillt wieder, diesmal noch länger. Ich habe das Gefühl, ich werde gleich ein bisschen hysterisch, schließlich wollte ich eben noch ein Bild malen und mich entspannen. Ich weiß nicht, wie man unter solchen Umständen einem ordentlichen Krisenmanagement nachgehen soll. So geht das nicht! Das Klingeln hat aufgehört. Dafür hupt es jetzt wieder. Nun brüllt ein Mann, scheinbar aus dem Haus gegenüber, der Huper solle zu hupen aufhören, sonst setze es was! Die Frauenstimme schreit:

„Sind in dieser Straße eigentlich alle komplett verrückt!? Haben Sie das eben gesehen mit dem Kerzenständer?"

Die Männerstimme antwortet:

„Was interessiert mich Ihr *Kerzenständer*!?"

Ein Fenster wird zugeknallt. Die Frau ist also noch da. Ich knabbere an meinem Fingernagel und reibe mir die Stirn. Die Nase ist immer noch nicht völlig befreit vom nicht dorthin gehörenden Material. Auf der Stirn hat sich eine beachtliche Beule gebildet. Ich stöhne. Am besten wird sein, ich krabble zurück ins Wohnzimmer, mache das Licht aus – Kerzen muss ich ja keine mehr auspusten –, beseitige im Dunkeln grob die Unfallergebnisse, damit die Kater nicht die Pinselbrühe auflecken, und begebe mich unauffällig über das Bad zum Bett!

Ich bin gerade dabei, die beim Malen immer neben mir stehende Küchenrolle vom Tischchen zu angeln, da klingelt es *wieder*. Also jetzt langt's aber! Das grenzt ja an Terror! Und was habe ich schon so unglaublich Schlimmes angestellt, dass ich mich nicht mal mehr traue, die Tür zu öffnen!? Nichts! Ich stehe auf, straffe meine Kleidung, fahre mir durch die geringfügig unflexiblen langen Haare, in denen wohl ein Film aus herumgespritztem Öko-Reiniger hängt und gehe zur Gegensprechanlage.

„Kann ich helfen beim Daumen-vom-Knopf-Nehmen, Sie Ausgeburt eines Draufdrück-Teufels!!!???"

Schweigen. Aber es schrillt auch nicht wieder.

„Hallo?"

Ein leises Klopfen an meiner Wohnungstür lässt mich schreiend den Hörer fallen.

„Alles in Ordnung da drin bei Ihnen? Ich bin es. Frederik."

Sofort reiße ich die Tür auf, noch ehe ich kapiere, was los ist.

„Was!? SIE?"

Gerade noch mit einem breiten Grinsen ausgestattet, erstirbt meinem Gegenüber dieses augenblicklich.

Mit offenem Mund und geweiteten Augen starrt er mich von oben bis unten an. Gut, das dauert nur zwei Sekunden, ich bin ja ziemlich klein, aber zur Sammlung *meiner* Beherrschung trägt das umso weniger bei. Ich blitze vorsichtshalber zurück, was ich nicht für passend genug halte, weswegen ich das Ganze zu unterstreichen versuche, indem ich meine linke Hand in die Taille lege. Ich kann nicht fassen, dass dieser Mann in meiner Tür steht. Leider merke ich widerwillig, dass sich in die latente Angst, er könnte ein irrer Stalker werden, ein wenig Beeindrucken mischt. Wie hat er herausgefunden, wo ich wohne? Frederik entspannt sich ein wenig und sieht nun etwas verlegen aus. Ich rühre mich nicht von der Stelle. Schließlich ist es selbsterklärend, dass ich erwarte, dass *er* spricht.

Anscheinend ist ihm dies auch klar, er sieht sich im dunklen Hausflur um, als warte er auf die Souffleuse für seinen Text. Ich räuspere mich, um ein wenig nachzuhelfen. Schließlich verliere ich die Geduld. War ja klar ...

„Sie haben wohl nicht mehr alle Tassen im Schrank, was!? Waren *Sie* das etwa, der da draußen ein Hupkonzert veranstaltet und die ganze Nachbarschaft in Aufruhr versetzt hat!? Was fällt Ihnen eigentlich ein? Und woher wissen Sie überhaupt, wo ich wohne!? Sind Sie mir etwa gefolgt!? So richtig krank haben Sie mir nachgestellt, wie!? Ich sollte wohl die Polizei rufen, bevor Sie mir auch noch ...“

„Ich habe *dir* vor einigen Wochen eine Pizza geliefert.“

„Hä!?“

„Eine Pizza.“

Jemand möge mich in Luft auflösen. Oder besser noch, *ihn* in Luft auflösen. Meine Erinnerung ist sofort bei der Pizza für Raoul, die ich bestellt habe, weil ich es wegen eines Klempner-Termins nicht mehr schaffte, einzukaufen. Ich hielt den Telefonhörer zwischen Ohr und Schulter und speiste den Lieferanten nebenbei mit einigen Gesten wortlos ab. Frederik! Da ich mein Gesicht nicht völlig verlieren will und weil es schließlich immer noch eine Unverschämtheit ist, rumzuhupen und penetrant zu sein, sage ich nur:

„Aha. Und der Rest?“

„Welcher Rest?“

„Das Hupen! Das furchtbar aufdringliche Klingeln!“

„Gehupt hab’ ich nicht. Nur geklingelt. Kann ich vielleicht reinkommen und dir bei irgendwas behilflich sein?“

„Behilflich? Du ... Äh ... Sie kommen hier zu vorgerückter Stunde an, belästigen mich ungebeten und fragen mich dann, ob Sie mir bei etwas *behilflich* sein können!? Sagen Sie mal, haben Sie was an der Schüssel!? Sehe ich irgendwie hilfsbedürftig aus?“

Wütend recke ich das Kinn vor, mit meiner nicht vorhandenen Körperhöhe kann ich schwerlich Eindruck machen. Ich glaube es kaum, aber jetzt grinst der Typ auch noch dämlich.

„Entschuldige! Oder wenn du eben darauf bestehst, dann entschuldigen *Sie*. Im Moment sehen Sie aus, als ob es da drin Dinge geben könnte, bei denen ein Mann Sinn macht.“

Ich bin verwirrt. Meint er das anzüglich?

Oh je, das *Kleid*, das eher ein Fähnchen ist und das ich nur noch trage, wenn niemand es sieht.

Aber nein, er sieht mir ständig ins Gesicht und auf irgendetwas in Höhe meines Ohrs.

„Was ist?“

Er grinst noch mehr.

„Ich sage nichts! Jedenfalls nicht ohne meinen Anwalt. Am besten wird sein, Sie gehen kurz rein und schauen in den Spiegel. Ich kann hier warten.“

„Sie müssen hier nicht warten, Sie können gerne

gehen! Und sie können noch viel mehr *sehr* gerne auch bleiben, wohin sie gehen! Gute Nacht!“

Erzürnt schließe ich die Tür und riegle zweimal ab. Ich horche noch kurz und höre, wie sich Schritte entfernen. Er geht. Immerhin! Alles andere hätte mich ernsthaft beunruhigt.

Ich glaube, ich gönne mir jetzt doch noch eine Zigarette auf meinem Balkon. Ich würde so ja kein Auge zu tun können!

Vorher schalte ich das Flurlicht ein und sehe in den Spiegel über der antiken Kommode.

Vielleicht ist es doch mehr ein *den Spiegel ansehen*, als ein *hineinsehen*, er ist blind und dermaßen alt, dass er über die vielen Jahre grandios korrodiert ist.

Ich nehme es als Zeichen, vielleicht lieber gar nicht wissen zu wollen, wie ich aussehe. Ich kann es mir in etwa vorstellen und das reicht mir völlig im Moment. Dieser unmögliche Mann! Ich bin ja ganz durcheinander, statt entspannt vom Malen! Ich knipse das Licht im Flur wieder aus und gehe im Halbdunkel zur Anrichte, um mir eine Zigarette zu holen und mich auf den Balkon zu setzen.

Ich liebe meinen Außenbereich, auch wenn er immer noch nicht fertig ist und überall Zeug herumsteht, das längst wegsollte (oder *irgendwohin*, nur nicht auf den Balkon).

Die Sitzecke, die eigentlich nur improvisiert

gedacht war, hat sich zu meinem Lieblingsplätzchen gemausert.

An die rechte Seite habe ich eine kleine Polsterbank gestellt und sie mit einem Plaid im urbanen Stil verdeckt. Zumindest glaube ich, dass es *urbaner* Stil ist. Vielleicht ist es auch ein Teppich, der mal in einem Indianerzelt lag. Mir müssen die Dinge einfach gefallen.

Die beiden zur Bank gehörigen Sessel stehen gegenüber, damit ich dort meine Beine hochlegen kann. Eigentlich wollte ich sie längst weiß sprühen, wozu es noch nicht kam. Das braune Polyrattan mochte ich aber auch nicht mehr sehen, darum hängen, der Einfachheit halber, weiße Leintücher darüber. Ein paar quietschgrüne Kissen runden das Gesamtbild ab.

Auf der linken Seite der Tür steht eine alte Blumenbank.

Ganz hinten ruht eine alte Werkbank mit abblätterndem Lack, auf dem sich diverse verrostete Eimer und Schüsseln tummeln, in denen ich Lavendel und bunte Blumen eingepflanzt habe.

Ich liebe es, abends eine Kerze an diesem Ort anzuzünden, innezuhalten, berührende Bilder von Orten und Einrichtungen im Internet anzusehen ... Oder an meinem Buch zu schreiben.

Augenblicklich starre ich wohl eher untätig vor mich hin. Irgendwie hatte ich mir das anders ausgemalt mit dem ‚neuen Leben ...

Wo kommen denn auf einmal all diese aufgeregten

Menschen her, die mich zum Ansprechpartner ihrer Unruhe machen wollen? Sagenhaft ...

Ich hab' mal gelesen, dass *eigene* Veränderung das komplette Drumherum ändern kann oder höchstwahrscheinlich sogar *wird*.

Von einer Vielzahl aufgeregter Menschen stand dort nichts, jedenfalls kann ich mich nicht daran erinnern. Mein Herz klopft angesichts der Geschehnisse immer noch heftig. Zugegebenermaßen, ich bin ein bisschen versucht, die Anstrengungen Frederiks für süß zu befinden. Aber eben auch nur ein *bisschen*. Ich meine, sie können genauso gut vollkommen psycho sein oder die ersten Vorboten, die mich warnen sollen, wie sich der Kerl insgesamt verhalten würde. Vereinnahmend womöglich – *beobachtend*, um es positiv zu formulieren.

Nicht auszudenken!

Schließlich habe ich mir vorgenommen, nicht mehr naiv und zu gutgläubig auf Menschen zuzugehen, sondern genau hinzusehen, aufzupassen und zwischen den Zeilen zu lesen. Was soll mir infolgedessen also ein Mann sagen, der wegen einer früheren Pizza-Lieferung an meiner privaten Adresse auftaucht, nachdem er sich am Fluss neben mich auf eine Bank setzte ...!?!

Der Fluss ... Oha! Wie kam er denn auf den? Ist er mir *nachgefahren*? Der Gedanke ist beklemmend. Eigentlich sagt mir mein Gefühl, dass er wirklich zufällig da war, schließlich können Menschen am selben Ort zur selben Zeit sein, das passiert. Allerdings war sein Benehmen Tom gegenüber schon unverschämt, logischerweise hat er kein Recht auf Besitzansprüche, womit ich abermals bei meinem Gefühl ankomme, dass dieser Frederik dazu neigt, besitzergreifend zu sein. Jetzt ärgere ich mich ein wenig, dass ich mir über diesen Heini so viele Gedanken mache. Das wird sowieso zu nichts führen. Ich werde wohl oder übel auf der Hut sein müssen, wie es weitergeht mit ihm, *wenn* es denn weitergeht. Jetzt wäre es schöner, wenn ich Silke anrufen und mit ihr gemeinsam darüber nachdenken könnte, ob ein Verhalten, wie das von Frederik, für normal befunden werden kann. Aber dabei geht es mehr um Bedauern von Vergangenem als um ein echtes Vermissen. Vergesellschaftung ‚als Mittel zum Zweck' ist auch noch nie mein Ding gewesen, ebenso wenig wie die nicht erfüllenden Beziehungen, die man führt, nur um nicht *alleine* zu sein. Also entfällt ein Anruf bei Silke. Die Sache ist leider vorbei, jedenfalls für mich. Dafür hat sie ausreichend Sorge getragen. Vielleicht sollte ich meine Mutter anrufen, aber die macht sich am Ende auch nur übertrieben viele Gedanken. Außerdem ist es dafür schon zu spät am Tag.

Mit Bine bin ich noch nicht lange genug bekannt, als dass ich sie um diese Uhrzeit mit der unglaublichen Story von eben zutexten wollte, also trinke ich meinen Wein eben alleine. Langsam beruhigt sich mein Geist wieder und die Gedanken schweifen in allerhand Richtungen ab. Ich frage mich selbst, warum ich Bekanntschaften zu Männern fast konsequent aus dem Weg zu gehen versuche, wie nun beispielsweise bei Tom, der eigentlich echt sympathisch ist. Tierlieb ist er auch. Im Grunde kenne ich die Antwort.

In den Jahren der ominösen Gelenkentzündungen gab es ‚Partner'. Keiner schien auch nur annähernd zu verstehen, wie es mir ging. Ich bin mir nicht mal sicher, ob es sie interessiert hat. Ich glaube, keinen wirklich. In dieser Zeit lernte ich, dass ich im Prinzip vollkommen auf mich alleine gestellt war.

Als die Entzündungen in kürzeren Abständen auftraten und teils derart starke Schmerzen nach sich zogen, dass ich manchmal heulte vor Elend, zehrten sich meine Kräfte mit jeder neuen Episode allmählich auf. Die Phasen der akuten Zustände wurden immer länger, die Abstände zur nächsten Periode kürzer, sodass ich am Ende drei Monate litt und nur noch fünf bis sechs Wochen frei von Schmerzen war. Der einzige Arzt, der sich wirklich engagiert zeigte, die Gründe für meine Krankheit herauszufinden, verstarb mitten in der Suche nach dem Mysterium. Es tat mir nicht um meiner selbst willen leid. Er war ein guter Mensch. Aber nun stand ich wieder allein da.

Ich werde den Moment niemals vergessen, wie ich auf meinem billigen Drehstuhl in den Bildschirm meines veralteten Standrechners sah und auf eine Ayurveda-Seite stieß. Dort wimmelte es nur so von Menschen mit ähnlichen Symptomen. Viele gaben Tipps und erzählten von ihrem langen Weg, der sie hierhergeführt hatte.

Ich schrieb wie besessen Namen von unbekannten indi-

schen Kräutern und Pasten auf, notierte mir ihre Wirkung und machte augenblicklich einen Test zur Typisierung nach Dosha – was den Elementen entspricht, nach denen die indische Gesundheitslehre unterscheidet. Ich war das Feuer. Fasziniert las ich, dass Feuer brennt und immer wieder entzündet und dann darüber, wie es gelöscht wird. Ich bestellte mir Unmengen an Kräutern, Ölen, Salben, Presslingen und das Equipment für die Herstellung mancher, speziell zuzubereitender Sude. Ich begann damit, mir allabendlich einen widerlich bitteren Tee aus Blättern des indischen Ölbaums zu kochen, den ich über Nacht kühl stellte. Jeden Morgen köchelte ich mir mein empfohlenes Süßobst zum Frühstück und trank den Tee, der mir helfen sollte.

Ich lernte, wie man Milch und Butter klärt und wie man Gemüse richtig zubereitet, sodass es bekömmlich wird. Es ging mir innerhalb weniger Monate um ein Vielfaches besser.

Die Phasen der Entzündungen kamen in größeren Abständen, die chemiefreien Tabletten gegen Schmerzen halfen mir wunderbar durch die Zeiten.

Mein Hautbild verbesserte sich zunehmend und ich konnte langsam, aber stetig, eine Steigerung meiner Leistungsfähigkeit spüren. Binnen zweier Jahre traten die Entzündungen weniger auf. Manchmal dauerten sie keine drei Wochen mehr. Ab und an klangen die ankündigenden Schmerzen sogar ab, bevor der Zustand akut wurde. Ich fühlte mich immer besser und eines Tages – es waren schon acht Monate vergangen, in denen ich nicht einmal einen entzündeten kleinen Finger gehabt hatte – erklärte ich mich nach zehn Jahren Odyssee selbst als geheilt.

Ich kann mich heute an keinen einzigen Moment erin-

nern, in dem ich bewusst von einem Mann unterstützt worden wäre. Wo mein Gesamtprogramm ohnehin schon wenig Raum und kaum ungebundene Kräfte ließ, eine Beziehung aufzubauen, war ich augenscheinlich eine insgesamt solch fehllaufende Angelegenheit, dass ich mehr und mehr blockte und mauerte, weil ich mich selbst nicht mehr leiden konnte und als Zumutung empfand. Es gab Tage, da dachte ich, ich würde im Rollstuhl enden. Wer brauchte eine solche Frau in seinem Leben?

XIX.

Mittlerweile ist es dunkel geworden. Noch immer sitze ich auf meinem Balkon und denke darüber nach, dass all dies so unwirklich lange her erscheint und eigentlich keine Rolle mehr spielt. Aber es hat sich tief eingebrannt. Ich glaube, es sind diese Situationen im Leben, in denen man Charaktere wirklich kennenlernt. In denen man sieht, wie sich Menschen immer mehr zurückziehen mit ihrem Unvermögen, die Geschichte mitzutragen. Ob es so ist, weil sie es ‚irgendwann nicht mehr hören können' oder sie hilflos sind, da du nicht mehr bei allem mitmachen kannst und willst ... Das ist am Ende eigentlich egal.

Ich habe Raoul also *im wahrsten Sinne des Wortes* alleine großgezogen.

Ich schmunzle automatisch, wenn ich an ihn denke. Natürlich ist auch *er* nicht immer nur der Knuffel, der mir ausschließlich Spaß bereitet. Aber ich sage mit aller Überzeugung, dass er ein prima Mensch ist, der später allen Widerständen wird standhalten können.

Jedenfalls beschließe ich für den Moment, dass ich einfach alleine bleiben und mich derzeit nicht auf die Möglichkeit einlassen möchte, all das noch mal zu erleben und auszuhalten.

Der Trennungsschmerz von Justus sitzt tief. Ich bin zwar über ihn hinweg, aber die Kraft und der Glaube ... Da hängt es noch. Es hat mich unglaublich viel Überwindung gekostet, mich zu öffnen und mich einzulassen.

Beim Blick auf die Uhr sehe ich, dass es noch nicht allzu spät ist. Andererseits haben mich die Erlebnisse und die Gedanken derartig erschöpft, dass ich bereit bin, ins Bett zu gehen. Gerade erhebe ich mich, als jemand anruft.

„Mama? Seit wann rufst du denn zu so später Stunde noch an!?"

„Ich war bis eben unterwegs und die vorherigen Abende konnte ich nicht reden. Dein Stiefvater hatte Frühschicht."

„Ah ..."

Mir schwant schon, was sie will. Schließlich steht immer noch im Raum, dass Silke bei ihr angerufen haben will.

„Weswegen ich anrufe ...

Du, was ist denn bei *euch* los, Silke und dir? Die klang völlig aufgelöst, sprach von falschen Einflüssen und Hippie-Leben und was nicht sonst noch!?!"

„Tat sie das? So, so. Ich frag' mich viel eher, was mit *Silke* los ist! Ich sammle seit einiger Zeit alte Dinge, ich erwähnte es bereits kurz, und fühle mich damit außerordentlich gut. Was Silke speziell damit für ein Problem hat, kann ich dir nicht sagen. Sie macht mir Vorwürfe und führt sich auf wie ein Vormund. Sie keift und stellt mich hin, als wäre ich nicht mehr ganz richtig im Kopf", sage ich.

„Das kam mir auch so vor. Ich habe mich dazu auch gar nicht groß geäußert und mir das Ganze einfach mal angehört. Ist sie denn eifersüchtig?", fragt meine Mutter.

„Möglich ... Ich glaube, sie fühlte sich zurückgesetzt, was vollkommener Blödsinn ist. Sie will einfach unglaublich viel Raum einnehmen, und ich brauche meine Zeit und meine Sachen für mich!"

„Das steht dir auch *zu*! Aber sonst war nichts und alles ist in Ordnung?"

„Bestens! Ich frage mich allerdings, woher *Nelda* meine E-Mail-Adresse hat. Die hat mir nämlich geschrieben. Angeblich machen sich alle *Sorgen*!", führe ich aus.

„*Bitte*? Das kann ich mir jetzt aber nicht erklären! Ich habe beim sonntäglichen Kaffeeklatsch lediglich von Silkes seltsamer Nummer berichtet und ausdrücklich betont, dass *ich* gar kein Problem sehe in deinem Neustart!"

„Dann hat sie die Adresse vermutlich aus dem Netz. War auf der *Geschäftlichen*. Okay, Mam. Dann gehen wir mal schlafen, hm!?"

„Ich rufe die Tage noch mal an."

„Mach das! Danke, Mama! Schlaf gut."

„Nichts zu danken. Du auch. Kuss."

„Kuss."

Irgendwas stimmt nicht. Ich fühle mich überhaupt nicht wohl. Ich schlafe nicht mehr, bin aber auch nicht richtig wach. Ich nehme unterschwellig wahr, dass mein Gesicht nass zu sein scheint, aber ich weiß nicht, weshalb. Ich fahre mit meinem Rad durch einen Tunnel und meine Oma schreit von hinten, dass mein Licht nicht funktioniert. Also bleibe ich stehen. Oma kommt, beidseitig kleine Schritte jenseits ihrer Achse machend, angetippelt und besieht sich meinen Trafo.

„Scheiß Trafo!"

Okay, wenn Oma sagt, dass dem so ist, dann ist das so, das lernt man recht früh bei ihr.

„Und jetzt, Oma?"

Oma untersucht ihre Tasche, die sie aus dem Körbchen auf dem Gepäckträger geangelt hat und fördert daraus eine Nagelfeile zutage, mit der sie Schräubchen aus ihrem zweiten mobilen Licht am Fahrradlenker löst. Sie schimpft wie ein Kesselflicker. Man hört am besten weg. Ich bleibe geduldig in meiner Stellung, ebenfalls beide Beine am Boden, das Rad dazwischen. Oma schraubt ab und bei mir an. Neben uns plätschert das Bächlein, das durch unsere Stadt läuft, irgendwo quaken Frösche. Endlich ist Oma fertig.

„So, das war's, wir können weiter. Ab nach Hause!"

Ich schrecke auf und sitze aufrecht in meinem Bett. Ich sehe in die Dunkelheit und sage leise:

„Oma."

Meine Oma ist nicht da.

Ein wenig gerädert sehe ich auf die Uhr und stelle fest, dass es definitiv nicht gut wäre, noch einmal einzuschlafen. Da ich mich augenblicklich daran erinnere, dass ich Raoul heute vom Bahnhof abholen kann, bin ich einigermaßen fit. Das bewirken vermutlich die Endorphine. Mein Körper allerdings möchte meinem Gefühl noch nicht folgen. Kein Wunder, er ist schließlich auch nicht mehr der Jüngste.

Wenn doch nur jemand intravenös Kaffee verabreichen könnte ...

Es nützt alles nichts. Beim Aussteigen aus dem übergroßen Futon trete ich in irgendetwas und unterdrücke mit Mühe einen Schrei. Man will ja rücksichtsvoll sein und laut Hausordnung wird vor acht Uhr kein Krach veranstaltet! Leider kann ich nicht sehen, um was es sich handelt. Ich finde meine Brille nicht und eine Nachttischlampe habe ich – in Ermangelung eines Nachttisches – ebenfalls nicht. Gerade erreiche ich hüpfend das Badezimmer, da sehe ich aus dem Augenwinkel, wie sich ein Brief unter der Wohnungstür in den Flur schiebt.

Türklingeln, E-Mails, Anrufe, Briefe ... Ich bin

mächtig gefragt derzeit ... Meine Schmerzen ignorierend, bin ich mit zwei schnellen Schritten an der Tür und reiße sie auf.

Zu meiner Verblüffung dreht nicht Silke sich erschrocken um, sondern Frederik.

„Du!?“

„Lara, bitte, ich ... Bitte lies einfach den Brief, okay!?“

Eilig steuert er die Treppe an und verschwindet.

Ich nehme das Kuvert mit ins Badezimmer und setze mich auf den Wannenrand. Der Brief ist in klarer und ordentlicher Schrift handgeschrieben.

„Liebe Lara,

ich kann mir vorstellen, welchen Eindruck ich bei Dir hinterlassen haben muss. Ich wünschte, ich könnte die Zeit zurückdrehen und mich Dir anders zeigen. Dafür ist es wohl zu spät. Oder?

Vermutlich fragst Du Dich sowieso, warum ich immer wieder auftauche, obwohl ich Dir nur eine Pizza geliefert habe!? Ich will Dir nur sagen, dass ich so was nicht öfter mache und Dir auch nicht an den Fluss gefolgt bin. Es war reiner Zufall, über den ich mich allerdings aufrichtig gefreut habe.

Solltest Du mir die Chance geben wollen, zusammen einen Kaffee zu trinken und sich ein bisschen kennenzulernen, melde Dich, bitte!“

. . .

Unter dem Text hat er eine Telefonnummer notiert. Ich falte das Blatt wieder zusammen und lege es weg, um mich zu duschen. Nichts in mir kommt einem Verlangen gleich, mich bei Frederik zu melden. Obwohl ich unwillig eingestehen muss, dass mir seine Hartnäckigkeit ein wenig imponiert. Während ich über die Momente mit ihm nachdenke, geht eine Message auf meinem Smartphone ein. Ich hoffe, das hat nichts Schlimmes zu verheißen! Früh am Morgen schreiben eigentlich nur wenige Leute Nachrichten.

Schnell greife ich mir mein Badetuch vom Haken hinter der Wanne und trockne mir die Hände, um nach dem Gerät zu angeln, das ich auf der Waschmaschine gegenüber abgelegt habe, falls Raoul sich meldet.

Die Nachricht stammt von einer Bekannten, die ich über meine Gruppe kennengelernt habe. Zufällig wohnt sie ganz in der Nähe.

„Morgen Lara. Ich wollte Dir nur sagen, dass ich mir erlaubt habe, Deine Frida Kahlo, die Du auf Deinem Profil gezeigt hast, einer Bekannten zu schicken. Sei mir nicht böse ... Sie will mehr von Dir sehen und sich ggf. mit Dir treffen, um über eine Ausstellung in ihrer Galerie mit Dir zu reden. Liebe Grüße, Hanna“

Ungläubig glotze ich auf den Touchscreen in meiner Hand. Jemand will meine *Bilder* sehen? Wegen *meiner*

Frida? Aufgeregt lege ich das Smartphone wieder weg, dusche fertig, zwirble mir vornübergebeugt einen Handtuchturban auf den Kopf und trockne mich ab.

„Wahnsinn!“, entfährt es mir. Ich spule mein Badprogramm ab wie ein aufgezogener Affe mit klatschenden Becken in der Hand, nur dass ich nicht klatsche, sondern creme, schminke und mich eilig anziehe. Etwas Zeit bleibt mir noch, ehe ich Raoul vor meiner Arbeitszeit vom Bahnhof abhole. Mit unruhigen Fingern tippe ich eine Nachricht an Hanna.

„Hallo Hanna. Ich bin mehr als überrascht ... Nicht nur, weil Du offensichtlich der Meinung warst, jemand muss meine Bilder sehen, sondern dass sie noch weitere Leute sehen wollen. Und nein, ich bin Dir nicht böse. Kann ich Dich heute Abend anrufen?“

Hanna antwortet sofort. Wahrscheinlich hatte sie befürchtet, dass ich sauer bin.

„Puh! Da bin ich erleichtert! Ja, gerne. Ich bin ab 18 Uhr erreichbar.“

Für einige Minuten stehe ich da wie paralysiert, ehe *wahrhaftig* zu mir durchdringt, was ich eben gelesen habe. Sofort werde ich in eine ekstatische Stimmung katapultiert, in der ich aus der Tür zum Auto schwebe, um meinen Sohn in Empfang zu nehmen.

Ich sehe ihn mit seinem Schlendergang schon von Weitem. Schon wieder scheint er gewachsen zu sein in der kurzen Zeit. Langsam verschwinden die kindlichen Züge, das Kinn und die Wangenpartie werden breiter. Als er mich sieht, huscht ein kaum merkliches Grinsen über sein Gesicht. Ich strenge mich an, nicht breit strahlend ‚Huhu‘ zu rufen.

Ich wäre augenblicklich disqualifiziert für mindestens *Wochen*, die ich mir anhören dürfte, wo ich mich wie unter keinen Umständen verhalten darf. Unterwegs erzählt mein Sohn wie ein Wasserfall. Also muss er viel Spaß gehabt haben, was mich enorm freut. Zu Hause angekommen, laden wir erst mal sein Gepäck ab und umarmen uns, dann fahre ich zu meiner Arbeitsstelle.

Leider kann ich mir nicht freinehmen. Es gibt zu viel zu tun, das auf mich wartet. Ich will meine Kunden nicht verärgern und ich lege Wert auf Zuverlässigkeit, schließlich ernähre ich uns von meiner Tätigkeit. Allerdings hat Raoul mir glaubhaft versichert, er lege sich erst mal hin, so müde sei er.

Am frühen Abend belegen wir zusammen eine Pizza, für die ich im Vorfeld alles eingekauft habe. Auch das animiert meinen Sohn immer wieder, von sich zu berichten.

„Ich hab’ jetzt ’ne Freundin. Sie heißt Anneli und wohnt gar nicht weit von uns weg.“

„Aha!? Anneli. So, so. Hm... Was ist mit *Knutschfleck-Paula*?“

Ich grinse. Raoul grinst auch und verzittert seinen Salami-Part etwas nervös auf die Soße.

„Das war doch nichts! Weißt du, sie, also Anneli, ist anders als die anderen. Sie hat Humor! Und einen knackigen Arsch."

„Raoul!"

Jetzt lachen wir, nicht zuletzt, weil mir alle Paprikastreifen aus der Hand gefallen sind und nun kreuz und quer auf einer Stelle liegen. Mit einer Gabel versuche ich, sie wieder aufzufischen und zu verteilen.

„Wie habt ihr euch denn kennengelernt?"

„Sie ist über Hugos Schuhe gestolpert und auf mich drauf gefallen."

Ein wenig perplex verteile ich weiter meine Paprikastreifen.

„In eurem *Zimmer*?"

„Natürlich *nicht*! Am Strand, Mama!"

Raoul prustet auf die Pizza. Ich schaue ihn gespielt mahnend an.

„Boah! Von der Stelle esse *ich* aber nicht mehr!"

Mittlerweile sind wir völlig ausgelassen und schmeißen eigentlich mehr alles auf die Pizza, als dass wir es liebevoll verteilen.

„Komm, wir schieben sie mal in den Ofen und machen uns ein Bier und 'ne Cola auf. Das musst du mir genauer berichten!"

„Da gibt es nicht viel zu berichten. Sie ist gestolpert und fiel auf meine Beine. Ich hab' geguckt – sie sah gut aus und lachte süß –, also hab' ich gesagt, da sie ja nun schon *da* ist, kann sie auch bleiben!"

Wir bekommen fast keine Luft mehr vor Lachen. Herrlich!

Nachdem wir uns beruhigt haben, erzähle ich Raoul von Hannas Nachricht, jemand wolle meine Bilder sehen. Mein Sohn ist nicht gerade für Gefühlsausbrüche bekannt, weswegen ich nicht allzu viel Begeisterung erwarte. Zu meiner Überraschung reagiert er nahezu euphorisch.

„Das ist mal ein Ding! Glückwunsch! Da bin ich echt mal gespannt. Am Ende wirst du noch voll bekannt oder so. Aber sei mir nicht böse, ich geh jetzt mal in mein Zimmer und ruf paar Freunde an, chill' bissel und so. Vorhin hab' ich erst mal 'ne Runde gepennt ..."

„Ja, klar. Kein Problem."

Wir räumen zusammen ab und das Pubertier trollt sich in seine Höhle. Ihm direkt mit dem Ausräumen von Taschen und anderen Aufgaben kommen zu wollen, kaum, dass er da ist, spare ich aus. Es kippt nur unnötig die Stimmung. Man verkeilt sich in kleinere Kämpfchen um jede Minute, die es eher oder später erledigt sein soll. Also nehme ich mir mein Smartphone und rufe Hanna an, weil ich keine Festnetznummer von ihr habe. Falls sie ein Festnetz *hat*. Beim dritten Klingeln geht sie ran.

„Lara! Klasse, dass du dich meldest. Kannst du morgen mit deinen Bildern zu mir kommen? Cosima von Wald-Wettersbach wäre noch bis zum späten Abend in der Stadt, bevor sie einige Tage verreist."

„Ist das die Dame mit der Galerie?"

„Genau. Eigentlich mehreren Galer*IEN*. Nicht alle

gehören ihr, aber sie hat jede Menge interessanter Kontakte."

„Wow! Und sie will *wirklich* Bilder von *mir* sehen? Wegen Frida?"

„Ich habe ihr zugegebenermaßen noch zwei andere Bilder gezeigt, aber gestaunt hat sie wegen Frida. Findest du das so ungewöhnlich? Sie ist fantastisch, Lara!"

Mir fehlen die Worte. *Fantastisch*? Ich kichere verlegen.

Wenn ich daran zurückdenke, wie lange ich mit diesem Gemälde gehadert, es verflucht und beschimpft habe ...

Ich tue mich schwer, mir vorzustellen, dass eine fremde Frau nach vermutlich unzähligen Werken, die sie zu Gesicht bekam, auch nur angehoben wird wegen meiner Frida.

„Lara?", holt Hanna mich aus meinen Gedanken.

„Ja, ich bin noch da. Tja, ich verstehe es zwar nicht so ganz ... Aber klar, ich komme gerne! Ich bringe mit, was ich so habe. Vieles ist ja verschenkt."

„Prima!"

Wir machen etwas für den späten Nachmittag aus und ich bedanke mich bei Hanna, ehe wir uns freudig verabschieden. Von meinem Sessel unter dem Fenster aus betrachte ich nachdenklich das Bild, das ich gerade auf der großen Staffelei in Arbeit habe. Es zeigt den Blick von einer Anhöhe durch eine kleine Gasse mit alten Häuschen zum See hinunter. Es gibt Kopfsteinpflaster, Blumen an den Hauswänden und im Hintergrund eine Abendsonne. Ich will mich gerade daran machen, meine Pinselmappe und meine Farben zu holen, als es aus der Höhle ruft:

„Maaamaaaaa ... Gibt es noch Nachtisch?“

Muuuooorrrhhh ...

Tags darauf bin ich wie beflügelt. Zwar kann ich mir nach wie vor so gar nicht vorstellen, dass Frau von Wald-Wettersbach angesichts meiner Bilder zerfließen wird, aber alleine die Tatsache, dass überhaupt jemand mehr von meinem Kram sehen möchte, reicht schon für ein wenig Stolz im Herzen. Die Kleinigkeiten machen es aus ...

Außerdem habe ich Jahrzehnte kein einziges Bild hervorgebracht. Im Gegenteil. Ich wusste bis vor Kurzem ja nicht einmal, ob ich überhaupt würde malen *können.* Schließlich stammten die bisherigen Stücke aus meiner Kindheit und Jugend und fanden nicht gerade fanatische Fans unter meinen Familienmitgliedern. Außerhalb meiner Verwandtschaft hatten nur zwei Menschen Blicke auf meine Malereien werfen dürfen. Leider war einer davon *Mister Unright.*

Mit Lob wurde nicht gerade um sich geworfen. Genau genommen wurde eher beleidigt. Subtil natürlich. Beim Gedanken daran lächle ich milde, während ich mein Auto auf den Firmenparkplatz steuere. Ich habe Frieden gemacht mit meiner Vergangenheit. Auch mit *ihm*.

Fast ist es so, als musste all das erst geschehen.

Wenn es genug wehtut…

Der Tag im Büro plätschert zunächst unspektakulär dahin. Ich habe mehr als genug zu tun und tue, was ich kann. Es nützt mir nichts, permanent das Gefühl zu haben, ich müsste noch mehr schaffen an einem Tag als es ein Normalmaß eben erlaubt.

Gegen späten Mittag steckt plötzlich ein fremder Mann seinen Kopf durch meine geöffnete Brandschutztür.

„Frau Koch?“

„Guten Tag erst mal! Das ist hier zwar kein Eingang, aber nein, ich bin nicht Frau Koch.“

“Sie sind *nicht* die Frau Koch!?“

„Nein, bin ich nicht und ich werde auch nicht zu Frau Koch, wenn Sie mich das *noch mal* fragen.“

„Und wer ist dann Frau Koch, verdammt!?“

„Nun, das weiß ich leider nicht! Anzunehmen, dass es davon jede Menge gibt, aber es soll vermutlich eine *bestimmte* Frau Koch sein. Wir haben jedenfalls keine solche zur Verfügung.“

Der Mann scheint nicht weiter zu wissen, jedenfalls rührt er sich nicht mehr.

„Kann ich sonst noch was für Sie tun oder hilft es Ihnen, Ihren Kopf weiterhin in mein Büro zu halten?

Ich muss nämlich zugeben, *mich* irritiert es so ein bisschen neben meiner Arbeit."

„Sind Sie gereizt?"

„Nein, ich bin *nicht* gereizt. Aber ich kann Ihnen so gar nicht helfen. Ich weiß nicht mal, wer Sie überhaupt sind und woher Sie kamen. Ich weiß nur, hier steht ein wildfremder Mann, der seinen Kopf weiterhin in mein Büro hält, obwohl ich nicht die Gesuchte bin und sie auch nicht anliefern kann. Es ist demzufolge vielleicht naheliegend, dass ich darauf warte, dass Sie gehen. Oder?"

„Dann geh ich eben! Was eine Zicke!"

Maulend schlurft der Mann davon.

Die Zahlungen sind erledigt, die Ablage ist gemacht. Weiter gibt es nichts, das nicht morgen getan werden könnte, also packe ich um 17 Uhr pünktlich meine Sachen zusammen, schließe meine Brandschutztür ab, fahre die Rechner runter, verlasse mein Zimmer und verabschiede alle aus der Bürogemeinschaft. Das mache ich immer, auch wenn es nicht jeder so hält. Wenn man sich jeden Tag sieht, kann man sich doch auch mit Freundlichkeit und Respekt begegnen, finde ich.

Unterwegs fährt mir ein anscheinend ziemlich unentspannter Herr auf, der wild gestikulierend vor sich hin schreit. Da ich ihn nicht hören kann und sich sein Gefuchtel auch nicht auf mich überträgt, checke ich seelenruhig meinen Tacho und stelle fest, dass ich knapp über Vorschrift fahre. Also habe ich kein Problem verursacht. Ich stelle mein Radio etwas lauter und fahre gemütlich weiter meine siebzig Sachen.

Der Mann steht kurz vor einem Anfall, fällt immer wieder ein Stück zurück und drückt dann wieder aufs Gas, um mir nahezu in den Kofferraum zu fahren. Mittlerweile gibt er auch tolle Lichtzeichen am helllichten Tag. Dass er mir anzeigen möchte, dass ich Schwierigkeiten mit meinem Wagen habe, schließe ich aufgrund des jetzt von ihm gezeigten Mittelfingers aus. Das ist weltweit kein stilles Zeichen für ‚ich will helfen'.

Ich denke, ich sollte ihm ein wenig Freundlichkeit entgegenbringen und mal aus dem Fenster winken, vielleicht hebt es seine Stimmung an. Nein, eindeutig *nicht*. Jetzt hupt er wild. Ich nehme an, er würde gerne an mir vorbeiziehen. Leider reiht sich auf der Gegenfahrbahn Auto an Auto, das macht das Unterfangen aussichtslos. Die Frage ist, was er denn nur von mir erwartet? Soll ich jetzt beschleunigen? Und wenn ja, um wie viel denn? Mit müden zehn Kilometern pro Stunde mehr wird er schließlich nicht glücklicher, vermute ich. Also müssen wir nun mit der Situation klarkommen, bis die Fahrbahn nach einigen weiteren Kilometern vor einer Ampel kurzzeitig zweispurig wird. Angekommen, zieht er prompt links an mir vorbei und schreit durchs rechte Seitenfenster Unverständliches zu mir rüber. Ich winke abermals freundlich und lächle ihn verständnisvoll an. Als es grün wird, rast er mit quietschenden Reifen davon.

Bevor ich bei Hanna klingle, rufe ich kurz Raoul an, um zu hören, ob alles okay ist und ihm zu erklären, wie er sich die vorbereitete Lasagne warm machen soll.

Dann ist es soweit.

Hanna führt mich durch Flur und Wohnzimmer in ihren kleinen liebevoll gestalteten Garten. Entsprechend unserer gemeinsamen Leidenschaft für alte Dinge fallen mir sofort die Details ihrer Dekoration ins Auge. Da sich außer uns noch niemand weiter auf der Terrasse befindet, nehme ich mir die wenige Zeit, um alles zu bewundern. Hanna hat sich eine alte Sitzbank aufgearbeitet, die sie in einem freundlichen Mint gestrichen hat. Drapiert mit einigen Kissen und einer selbst gemachten Auflage in Pastellfarben steht sie unter einer Pergola, an der wilder Wein rankt. Ein paar runde Papierlampions hängen von der Decke herab.

Vor der Bank stehen vier auf Tischhöhe zurechtgesägte Baumstämme, auf denen Kerzengläser und Kaffeegeschirr angerichtet sind. Daneben gibt es einen schmiedeeisernen Stuhl mit Schnörkeln. Am Rande der Terrassendielen zum Rasen hin stehen jede Menge Gefäße unterschiedlichster Art, in die Hanna Lavendel gepflanzt hat. *Geliebter Lavendel.*

Gerade will ich sehen, was das daneben für eine

herrliche Pflanze in einer aufgeschnittenen alten Zinkgießkanne sein mag, da hören wir Hannas Mann herannahen, der sich, dem Vernehmen nach, mit einer Dame unterhält.

Cosima von Wald-Wettersbach! Ich versteife ein wenig, versuche aber, möglichst souverän zu wirken.

„Frau Schmidt, nehme ich an!?"

Frau von Wald-Wettersbach macht einen sympathischen Eindruck. Sie reicht mir eine feste Hand, das finde ich positiv. Bestimmt hatte jeder schon mal eine Begegnung mit jener Sorte Mensch, die nur kurz eine schlaffe Hand reicht!? Einfach ein angenehm mittelfester Händedruck, das muss was Gutes heißen!

Ich lächle. Cosima von Wald-Wettersbach lächelt auch.

„Hanna, meine Liebe! Lass dich drücken!", wendet sie sich meiner Bekannten zu.

Nachdem Hannas Mann wahrgenommen hat, dass nun alles seine Ordnung hat, entfernt er sich still zurück ins Haus.

Wir Damen nehmen auf einen Wink Hannas hin Platz. Ich sitze neben ihr auf der Bank, da sich die Galeristin einen der Stühle geschnappt hat und ich so unauffällig an Hanna andocken kann, um mich zu beruhigen.

„Wie nett du es dir hier gemacht hast! Wirklich verwunschen ... Märchenhaft! Ein Kunstwerk, meine Liebe."

Urgh! ‚Meine Liebe'. Hoffentlich kommt das nicht am laufenden Band. Wir plaudern ein wenig über dies und das, woher Gefäße und der Stoff stammen, da kommt Cosima von Wald-Wettersbach auf den Punkt.

„So, Frau Schmidt. Wie unsere liebe Hanna mir erzählte, malen Sie. Was ich auf den Fotos gesehen habe, mag keinem Monet entsprechen, sicher auch keinem van Gogh, allerdings sind deren Stile untereinander ja auch nicht vergleichbar und doch waren sie beide Meister der Kunst.“

Sie wiehert ein lautes Lachen und entblößt dabei unsagbar viel Zahnfleisch mit verstörend langen Zähnen. Hanna greift schnell zu ihrer Brulot – einer antiken Bistrotasse –, um einen Schluck zu nehmen. Auch sie wirkt etwas irritiert.

„Ich würde mir einige Ihrer Werke gerne live ansehen, wenn möglich. Haben Sie uns etwas davon mitgebracht?“

„Ja, natürlich.“

Ich greife neben mich und hole meine Mappe hervor, die ich an die Sitzbank gelehnt hatte, um sie ihr zu reichen.

„Wollen Sie mir die Werke nicht *einzeln* heranreichen und mir etwas zu ihnen erzählen?“

Komische Frage. Wenn ich das *gewollt* hätte, hätte ich es ja so gemacht.

Aber gut, ich sehe schon, Frau von Wald-Wettersbach gibt den Ton an und weiß, wie der Hase läuft. Das ist kein Problem für mich. Ich öffne also meine Mappe und hole eins meiner Blumenbilder heraus.

„Das sind Blumen. Ich habe sie gemalt, weil ich Blumen liebe.“

Hanna, die wieder an ihrem Kaffee geschlürft hat, verschluckt sich und verfällt in einen Hustenanfall. Ich kann nur hoffen, dass die Galeristin sich nicht provoziert fühlt. Ich will sie überhaupt nicht verärgern, aber Herrschaftszeiten, es *sind* nun mal Blumen und es bleiben Blumen. Und warum malt man wohl Blumen!?!?

Ich habe keine Lust darauf, mir geschwollen einen abzuquetschen, wie ich denn nun wohl dazu kam, ausgerechnet *Blumen* zu malen ... Auf keinen Fall werde ich katzbuckeln!

Es kommt, was kommen muss. Mein Gegenüber zieht eine Augenbraue hoch und macht ein Schnütchen, aus dem es leise zischt.

„Das Bild ist ansprechend. Was haben Sie noch?"

Als Nächstes hole ich das Porträt einer alten Frau im Stil des Neunzehnten Jahrhunderts hervor. Düstere Farben. Das Gesicht ist von Arbeit und Sorgen gezeichnet. Sie trägt ein schwarzes Kopftuch, der Mund steht leicht offen und ihre Augen wirken müde, wenn auch wach. Dazu fällt mir schon mehr ein.

„Dieses Bild soll das Leben einer armen und einfachen Arbeiterfrau repräsentieren", erkläre ich.

„Wie kamen Sie darauf? Wieso eine *arme* und alte Frau?"

„Wieso nicht? Die Welt besteht nicht nur aus Reichtum und Schönheit. Gerade deswegen sollte man darüber nicht hinwegsehen, finde ich."

„Interessant. Was gibt es sonst?", fragt die Galeristin.

Ich überlege, ob ich ihr den Druck meiner Frida geben soll, entscheide mich dann aber für das Bildnis eines offenen Fensters, aus dem der Blick in einen Garten fällt, in dem es vor Lavendel nur so wimmelt. Ich hoffe, irgendwann *mein* Garten.

„Ich habe dieses Fenster gemalt, weil ich mir vorgestellt habe, dass ich eines Morgens nach dem Aufstehen aus diesem in einen ähnlichen Garten sehen werde."

„Warum sehen Sie bisher nicht in einen solchen Garten?"

Allmählich geht mir die Fragerei auf den Keks! Ich will meine Bilder nicht feilbieten!

Hanna tritt mir leicht gegen den Fuß, um mich zur Antwort zu animieren. Innerlich grummle ich, aber ihr zuliebe sage ich:

„Das Leben ließ es nicht zu, aber das ist nicht tragisch. Es ist noch nicht zu Ende. Und wenn es irgendwann zu Ende sein sollte und ich nicht in diesen Garten gesehen habe, habe ich mir mit Sicherheit ausreichend Ersatzmomente geschaffen, in denen ich auf Reisen war, in die ich mir jene Gärten und Ausblicke buchte."

Hanna streicht mir kaum merklich über die Hand, die neben ihr auf der Bank ruht.

„Zeigen Sie mir Frida Kahlo."

„Ich habe lediglich eine Kopie von ihr. Ich malte sie, um sie für einen guten Zweck zu stiften. Am Ende ging sie aber an eine Frau, die sofort für sie brannte, sogar, als sie noch aussah wie von einem kleinen Kind gemalt. Ich erfuhr, dass es einer ihrer größten Träume war, eine handgemalte Frida ihr Eigen nennen zu dürfen. Ich wollte ihr diesen Wunsch erfüllen."

„Stehen Sie ihr nahe?"

„Ja und nein. Nicht in Form eines persönlichen Kennens. Sie ist besonders und ich mag sie. Aber ich wusste, ich würde ihr diesen Wunsch erfüllen können, und was kostete es mich da schon, außer Zeit, die ich gerne investieren wollte. Schließlich gehört das Malen zu einer meiner Leidenschaften und Frida Kahlo ist unzweifelhaft eine ungemein interessante Persönlichkeit."

„Gewesen."

„Bitte?"

„Sie ist tot."

Hanna steht unvermittelt auf und *ruft* geradezu in die Situation, sie werde *nun mal den Kuchen holen gehen.* Ich hasse Kuchen, aber dafür kann Hanna ja nichts. Außerdem bin ich auf Low-Carb, seit mir nach meiner Bauchwandbruch-Operation rückseitig befremdliche Quarktaschen oberhalb der Gürtellinie wuchsen, die ich nicht wollte.

„Zeigen Sie sie mir!"

„Bitte? Die Quarktaschen?"

„Quarktaschen? Welche Quarktaschen? Ach, Hanna hat *Quarktaschen* gemacht? Köstlich."

Im gleichen Augenblick taucht Hanna mit einer Donauwelle in der Tür auf.

„Ich dachte, es gibt Quarktaschen?“

„Quarktaschen? Wieso Quarktaschen? Mögt ihr keine Donauwelle?“

Ich versuche, die Situation zu retten und räuspere mich lautstark, während ich mich eilig erhebe, um von Hanna das Tablett entgegenzunehmen. Leider verfange ich mich beim Aufstehen mit meinem neuen Strickkleid an einem abstehenden Teil der Sitzbank – übliche Begleiterscheinung alter Holzmöbel. Breitbeinig strauchle ich über einen der Baumstämme gen zweiten Eisenstuhl an der Wand, auf dem ich wegen fehlender Luft unter meinem Kleid wie ein ohnmächtiger Pinguin lande. Hinter mir fällt etwas klirrend zu Boden, untermalt von hysterischen Ausrufen der Galeristin.

„Oh, mein Gott, meine *Gute*! Ist alles in Ordnung mit Ihnen? Lassen Sie sich aufhelfen!“

Ungelenk zerrt Cosima von Wald-Wettersbach an mir herum, während ich noch herauszufinden versuche, ob ich zuerst den Baumstamm zwischen meinen Waden loswerden muss, ehe ich meine linke Wange von der Wand spachtle, oder ob ich eher die Knie anziehe, um mich aufzurappeln, und den Schaden hinter mir damit womöglich noch größer mache. Aus meinem rechten Augenwinkel nehme ich Hanna wahr, die immer noch mit der Donauwelle in der Tür steht. Das Ganze ist bei aller Schmach und trotz aufkommenden Schmerzes so dermaßen komisch, dass ich erst mal lachen muss. Manchmal frage ich mich, wie ich überhaupt noch an *einem Stück* durch mein Leben komme.

„Lara, du Arme!!"

Hanna stellt das Tablett auf den Boden und greift mir von vorne unter die Achseln, um mir Stabilität zu geben, damit ich mich hochhieven kann. Von hinten zieht immer noch wenig hilfreich die Galeristin. Wenn sie so weiter macht, reißt sie mir das neue Kleid mit einem lauten ‚Ratsch' im Ganzen vom Leib und ich stehe in Unterwäsche da. Traumhafter Termin! Endlich schaffen wir es mit vereinten Kräften und ohne weitere Schäden, mich auf meine Beine zu stellen. Ich bin erleichtert. Cosima von Wald-Wettersbach wirft sich in ihren Stuhl und stöhnt was von ‚furchtbaren Vorkommnissen', während Hanna starr vor Schreck auf meine linke Gesichtshälfte schielt. Sie versucht zu bedeuten, dass sich dort ein Unheil befindet und ich ins Hausinnere soll, um ... äh ... zu *wischen*?

Ich nicke und mache mich davon, ohne Ahnung, wo sich das Bad befindet. In der Hoffnung, es möge eine beschriftete Tür geben oder Hannas Mann auftauchen, irre ich eine Weile durch den Flur hinter dem Wohnzimmer, ehe eins von Hannas Kindern aus einer Tür kommt, hinter der ich ein Waschbecken ausmache.

„Oh ... wie siehst *du* denn aus? Hast du dich geprügelt?"

„Geprü... ähm, nein. So schlimm, ja? Ist da das Bad?"

„Ja. Du blutest."

Das Mädchen schaut mich noch mal an und verschwindet über die Treppe hinauf ins Obergeschoss. Kinder.

Beim Blick in den Spiegel offenbart sich ein interessantes Muster aus blutunterlaufenen Schlieren, die sich vom Augenwinkel bis runter zu meinem Kieferknochen ziehen. Mein Ausschnitt hängt schief, der Büstenhalter blitzt einseitig hervor. Meine Frisur, die vor meinem Unfall aus einem manierlichen Dutt bestand, steht in alle Himmelsrichtungen vom Kopf. Ich versuche die Angelegenheit mit Wasser einigermaßen zu glätten und zu beheben, straffe alles, was desolat erscheint, und gehe zurück zu den beiden Frauen, obwohl mir mehr danach ist, wortlos das Haus zu verlassen. Das war wohl nichts mit dem verheißungsvollen Termin!

„Da sind Sie ja wieder, Liebes! Mein Gott, Sie müssen vollkommen durcheinander sein. Wie schrecklich! Sollen wir einen Notarzt rufen?"

„Das ist wirklich nicht nötig, danke."

Hanna, die zwischenzeitlich schon mal den Kuchen verteilt hat, folglich also nicht *ganz* so hysterisch scheint, seufzt leicht vor sich hin.

„Haste Scheiße am Schuh, haste Scheiße am Schuh!"

Mich haut es fast von der Bank, auf der ich zwischenzeitlich wieder Platz genommen habe. Eine solche Entgleisung vor ihrer leicht steifen Bekannten hätte ich ihr niemals zugetraut. Cosima von Wald-

Wettersbach scheint zu überlegen, ob sie zustimmen, lachen, weinen oder schreiend davonrennen soll.

Kurz herrscht betretenes Schweigen, da fällt mir die Mappe wieder ein, in der sich der Druck von Frida Kahlo befindet. Da ich mir keine großen Hoffnungen mehr darauf mache, dass ich irgendwie punkten konnte, und sowieso nichts zu verlieren habe, ziehe ich das Bild heraus und strecke es meinem Gegenüber entgegen.

„Hier. Frida!"

Frau von Wald-Wettersbach stellt ihre Tasse ab, ohne das Bild eines Blickes zu würdigen, wirft ihr halblanges blondiertes Haar in den Nacken, zieht ihre dreireihige Perlenkette über der Chiffonbluse glatt und setzt ihrem sonnengegerbten Gesicht einen geschäftsmäßigen Ausdruck auf.

Ich schätze, sie ist erst Anfang fünfzig. Sie hat eine sehr schlanke und sportliche Figur in betonender Kleidung. Die enorme Überdosis an ewiger Bräunung allerdings hat ihr keinen großen Gefallen getan. Endlich zückt sie eine faltenreiche Hand mit allerhand Gold an den Fingern und greift nach dem Druck. Hanna holt tief Luft, ich greife mir aus Höflichkeit mein Stück Donauwelle.

„Das sollten Sie lassen", bemerkt Frau von Wald-Wettersbach.

„Wie meinen?", frage ich ungläubig.

„Den Kuchen. Eventuell sollten Sie verzichten!? Es ist nur gut gemeint. Aber wenn Sie demnächst eine

Vernissage auskleiden möchten, sollten Sie mehr auf Ihr Gewicht achten."

Mir schwillt innerhalb Sekunden der Kamm!

Am liebsten würde ich der Ollen meinen Kuchen um ihre spitze Silikonnase schmieren, bremse mich aber gerade noch so. Hanna stiert angestrengt auf ihr Stück Kuchen. Sie scheint zu überlegen, ob *sie* ihren noch essen darf. Die Galeristin betrachtet derweil immer noch Frida und ist kein bisschen aus der Ruhe. Ich entscheide spontan, dass ich mir eine solche Frechheit nicht bieten lassen muss und die Zeiten, in denen ich andere Menschen mein Äußeres beurteilen ließ, vorbei sind.

„Hören sie, *Teuerste*, es kann und will nicht jede so mager sein wie Sie. Das ist manchmal anatomisch auch überhaupt nicht machbar, es sei denn, man lässt sich allerhand absaugen und wegschneiden. Beides entfällt in meinem Fall! Ich *hatte* und *habe* schon immer mehr eine Sanduhren-Figur als eine *Size Zero* und damit bin ich mittlerweile völlig d'accord, was schwierig genug zu erarbeiten war. Okay?"

Neben mir grunzt es leise, vor mir sieht eine verdatterte Galeristin auf.

„Es war nur gut gemeint, wie gesagt. Auf Fotos und auf Bildschirmen wirken die Proportionen größer. Sofern *Sie* das nicht stört!? Fakt ist, Sie haben offenbar überhört, dass ich von *Vernissagen* sprach. Ich mag Ihr Temperament, solange Sie es nur im kleinen stillen Kreis an den Tag legen und mir nicht vor großem Publikum ausrasten. Das wäre eine Tragödie. Künstler sind alle verrückt! Dagegen erscheinen *Sie* regelrecht normal. Jedenfalls bis jetzt."

Mir steht der Mund offen. Ich muss sagen, mit dieser Reaktion habe ich nicht gerechnet. Hanna offensichtlich auch nicht. Sie entspannt sich definitiv aus einem inneren Krampf heraus in ihr Rückenpolster zurück.

Da ich diese schulmeisterliche Art immer noch nicht leiden und mir nicht den Wind aus den Segeln nehmen lassen mag, sage ich zunächst lieber mal nichts. Ich weiß nicht wirklich, ob ich mich auf ihr Gerede von Vernissagen einlassen soll.

„So. Gut, das also war nun Frida. Haben Sie uns noch etwas mitgebracht oder wollen wir weitere Werke schaffen und diese nach Fertigstellung sichten? Das hier ist bislang noch zu dünn. Ich würde Sie aber für weitere Bilder beauftragen mögen. Allerdings müssten diese bis nächsten Monat fertig sein. Sieben Stück wären gut. Noch besser wäre, Sie würden sich auf die bildliche Darstellung von Gebäuden und Personen konzentrieren. Nichts gegen Ihre Blumen! Sie sind durchaus nett anzusehen, aber leider nichts für die Art Interessenten, die ich für Sie anzuwerben gedenke."

Cosima von Wald-Wettersbach wirkt außerordentlich zufrieden mit sich und ihrer Rede. Sie lehnt sich mit wohlwollender Mimik zurück, verschränkt die Arme und scheint zu denken: „Lasset die Spiele beginnen!"

Sieben Bilder in einem Monat! Eine aufgelöste Reaktion wird sie nicht bekommen. Sie testet und beobachtet mich. Soll sie! Es ist ihr vermutlich nicht klar, dass ich meine Würde weder als zerbröselt ansehe, weil ich eben den verunfallten Pinguin gegeben habe, noch, dass ich mir je was von meinen Kritzeleien versprochen habe. Die positiven Reaktionen, die ich erhielt, überraschten mich völlig und erfreuten mich schlicht.

„Sieben Bilder in einem Monat. Seelenlos was auf Leinwände schmieren und neben der Arbeit bis in die Nachtstunden im miesen Licht malen, dann Pinsel auswaschen und alles wegräumen und so ..."

„Sie wollen doch Geld verdienen mit Ihren Bildern!?"

„Will ich das? Wer sagt das? Hanna? Ich glaube nicht."

„Sie wollen *kein* Geld verdienen, obwohl Sie das Malen lieben und Ihnen das Talent in die Wiege gelegt wurde?"

Oh, ich habe Talent ....!?

„Ich soll also annehmen, *Sie* wollen aber gar kein Geld mit *mir* verdienen?"

Jetzt lächeln wir uns an, beide wissend, welche Art des Lächelns das ist. Das Spiel *hat* begonnen.

XX.

„Sie sind ein bockiges Mädchen. Ich mag das", versucht mich die Galeristin zu bezirzen.

„Ich bin kein *bockiges Mädchen!* Das war ich mal. Ich bin eine stolze Frau von vierzig Jahren, Mutter eines fantastischen Sohnes und selbstständige Buchhalterin", stelle ich klar.

Hanna sieht aus, als hätte sie Karten beim Ping-Pong. Sie sieht hin, dann her ... Hoffentlich hat sie kein Schleudertrauma, bis das hier ein Ende findet!

„Sie sind klug, nicht unattraktiv und interessant auf eine eigene Weise. Ich bin Geschäftsfrau und möchte Sie *nutzen*, nicht *ausnutzen*. Selbstredend muss ich mir davon was versprechen können, mich mit Ihnen zu befassen. Auch ich habe nicht unendlich viel Zeit zur Verfügung."

Hm ... Chapeau! Keine schlechte Ansage und in ihrer Ehrlichkeit und Klarheit fast schon wieder sympathisch. Damit kann ich arbeiten.

Ich gebe meine Kampfhaltung auf, auch Hanna zuliebe, und nippe am Kaffee.

„Tja, nun gut. Ein Stück weit fühle ich mich durchaus geehrt, das will ich nicht bestreiten. Aber auf sieben Bilder in einem Monat kann ich mich schlicht nicht einlassen, weil ich jeden Druck von mir halte und fürchte, das nimmt dann kein Ende mehr mit der Fließbandproduktion."

„Natürlich kann ich Ihnen nicht versprechen, dass ich nicht immer mal wieder Anforderungen stelle. Aber gewisse Dinge kann man schließlich in Verträgen festhalten und somit vermeiden."

Verträge. Pfui, Teufel! Da ist es wieder, dieses *Unwort*. Eigentlich vertraue ich mittlerweile meistens meinem Bauch. Er hatte in der Vergangenheit einfach viel zu oft Vorahnungen, die sich im Nachhinein als Tatsachen entpuppten. Hier allerdings will ich nun keine schnelle Entscheidung treffen.

„Ich würde gerne eine Nacht darüber schlafen, Frau von Wald-Wettersbach."

So verbleiben wir dann auch. Die Galeristin gibt mir ihre Visitenkarte und erbittet meinen Anruf am nächsten Abend, verabschiedet sich erstaunlich schnell und verlässt damit unsere spezielle Kaffeerunde.

Nachdem sie die Galeristin hinausbegleitet hat, taucht Hanna in der Terrassentür auf und sieht mich an, als wolle sie sagen, ich hätte schon ein bisschen weniger auftragen können. Wenigstens lächelt sie dabei.

„Jaaa, schon gut. Ich weiß. Aber auf einen derart strangen Termin war ich einfach nicht vorbereitet. Du hättest vielleicht zumindest ihren Stock im Arsch erwähnen können. Aber danke trotzdem! War ja lieb gemeint."

Jetzt lachen wir beide gelöst, froh, dass wir es hinter uns haben. Wir plaudern noch ein wenig, lassen alles Revue passieren und verabschieden uns schließlich, um die Zubereitung des Abendessens für den jeweiligen Nachwuchs anzustreben.

Nach der kurzen Fahrt nach Hause steige ich – immer noch leicht geflasht – aus meinem Auto und schließe wie ferngesteuert die Haustür auf. Kaum im Haus, um den Briefkasten zu inspizieren, höre ich Schritte treppab nahen. Ich weiß sofort, wer gleich vor mir stehen wird. Mir ist so überhaupt nicht nach Silkes Versuchen, durch ständiges Auftauchen Aufmerksamkeit zu provozieren. Ich habe ihr einfach nichts mitzuteilen, egal, wie oft ich eine innerliche Abfrage danach starte. Genau genommen ist das Kapitel für mich inzwischen sogar abgeschlossen. Ich nehme die Tagespost aus dem Kasten, verschließe ihn und gehe mit einem ‚Hallo' grüßend an Silke vorbei hinauf. Ohne eine Antwort stapft sie Richtung Haustür und wirft diese heftig zu. Schön, dass wir jetzt beide im selben Haus wohnen!

. . .

„Hey Mam, da lag ein Brief im Flur hinter der Tür. Glaub, der ist von Justus."

Raoul steht in gewohnter Aufmachung – Shorts, oberkörperfrei und mit seinen neuen Monster-Kopfhörern um den Hals – vor mir und zeigt auf die Retro-Kommode hinter sich.

„Von ..."

„Denk schon. Ist zumindest seine Schrift. Gibt's was zu essen?"

Ich stöhne, eigentlich mehr wegen des Briefes.

„Gleich. Lass mich doch bitte erst mal richtig nach Hause kommen."

Raoul verdreht die Augen und verschwindet wieder in seine Höhle. Ich stelle meine kleine bunte Handtasche ab, schnappe mir den Briefumschlag und setze mich mit ihm in die Küche. Mein Herz klopft etwas. Ich kann mir null vorstellen, was ausgerechnet der gefühlskalte Justus nach all der Zeit für einen Grund haben mag, mir zu schreiben.

„Hallo Lara!

Sicher wunderst Du Dich, dass ich Dir schreibe. Ich wollte Dir der Fairness halber mitteilen, dass ich eine Frau treffe. Solltest Du es von jemandem hören, möchte ich nicht, dass es Dich kalt erwischt. Wir standen uns mal nahe. Es ist mir ein Anliegen, Dich respektvoll zu behandeln. Noch weiß ich nicht, ob mehr aus der Sache wird, aber ich kann es auch nicht ausschließen. Justus“

Mir wird schlecht. Obwohl mir seine Einbildung, unsere Geschichte habe noch gefühlte hundert Jahre Präsenz in meinem Herzen und in meinen Gedanken, nicht fremd ist, dachte ich immerhin doch, dass sein letzter Versuch, Aufmerksamkeit zu erheischen, auch der *letzte* war. Langsam kommt mir der Verdacht, er braucht es irgendwie, nachzutreten. Zumindest *meint* er wohl, er tritt nach. Vor nicht allzu langer Zeit hätte dieser Brief seine Wirkung nicht verfehlt. Ich wäre ob dieser Unverschämtheit vermutlich explodiert. Ein Schwall unfreundlicher Mitteilungen wäre die Folge gewesen. Ich kann schimpfen wie ein Rohrspatz.

Ich atme tief durch, stehe auf, lege den Brief beiseite und schalte die Kaffeemaschine an. Für einen Moment brechen die Erinnerungen über mich herein.

Der Tag in Paris, als ich so gerne ein Schloss mit unseren Initialen gehabt hätte für die Stelle mit all den anderen Zeugen romantischer Kurz- oder Langzeitlieben.... Wie Justus mich auf mein geäußertes Bedauern, keines zu haben, mit einem desinteressierten ‚Hm‘ weiterzog. All die abgesagten oder verschobenen Telefonate, die es in seiner Wahrnehmung nicht gegeben hatte und aus denen ganz im Gegenteil später wurde: ‚Man hätte mal besser mehr geredet als geschrieben‘.

Es dauerte lange, bis ich ein Muster entdecken

konnte und erkannte, wie subtil und zerstörerisch es war in dem Bestreben, nur nicht zu viel Nähe und Verantwortung entstehen zu lassen.

Ich verharre immer noch vor meiner Kaffeemaschine, die mittlerweile anzeigt, einsatzbereit zu sein, und fühle mich auf einmal unheimlich müde und erschöpft. An meinem Küchenfenster läuft langsam ein einzelner Regentropfen hinab. Wie symbolisch und passend ...

Wenigstens habe ich mich beruhigt, auch wenn mein Herz ein wenig schwer geworden ist ...

Obwohl es mir nach wie vor unfassbar erscheint, dass Justus nun doch wieder in mein Leben platzt, um sich ins Bild zu bringen, hege ich zumindest keinen Groll mehr. Es brauchte Zeit, bis ich einsah, dass *das* nichts mit jener Form Liebe zu tun haben konnte – *durfte* – die ich als die einzig *wahre* für mich fühlte.

Eine Liebe, die nachsieht, die begehrt und die nahezu *alles* möglich macht, was man füreinander schaffen möchte. Natürlich nicht bis zur Selbstaufgabe!

Aber das war die Krux in unserer unglücklichen Verbindung. Justus war derjenige, der Selbstaufgabe erwartete; der sich allein wichtig nahm.

Er verlangte, dass alles, was *er* brauchte und wollte, für mich ebenso wichtig war, während ihm überhaupt nichts wichtig schien, das *mir* etwas bedeutete.

Zumindest empfand ich es so. Ich *musste* mich entlieben, mir blieb keine Wahl.

Mein Selbsterhaltungstrieb ist seit des Kollateralschadens ausgeprägt genug, mich nicht mehr aufzuopfern und selbst zu kasteien. Ein langer Weg, um zu verstehen, dass ich manche Dinge nicht werde ändern können, ganz egal, was auch immer ich tue ...

Diesmal ist mir nicht mal danach, mich jemand anderem gegenüber zu äußern, wie unsäglich ich diesen Brief finde, der einzig dem Zwecke dient, dass Justus sich selbst wieder mal unglaublich fair und großartig vorkommt.

„Dieser *Fickfrosch* soll mir doch die Socken aufblasen!"

„Was!?"

Erschrocken fahre ich herum. Raoul steht grinsend in der Küchentür und sieht mich an.

„Flick-Bosch ... Äh, fusionierte Firma ... Bosch ist jetzt mit Flick zusammen ..."

„Mutter, ich bin ein bisschen zu alt für so was! Das läuft nicht mehr wie in Venedig damals, von wegen *Casanova* und so. Alles gut, auch Mütter fluchen mal!"

Ich gebe meinen kläglichen Versuch auf, Raoul weiterhin überzeugen zu wollen, dass ich ein mich ausschließlich blumig ausdrückender Mensch mit makellosem Vorbildcharakter bin und grinse nun auch.

„Venedig ...!!!", pruste ich hervor.

Raoul lacht laut auf und verkrümelt sich wieder.

Wahrscheinlich wollte er einfach nur nachsehen, ob alles in Ordnung ist mit mir.

Damals fuhren wir mit einem äußerst lustigen Gondoliere, auf den ich aus reiner Intuition zugegangen war. Ich glaubte, er könnte mir einen fairen Preis für eine längere Tour anbieten und mir gleichzeitig womöglich meine Frage beantworten, so denn ich sie einigermaßen verständlich rüberzubringen in der Lage wäre.

„Excuse me, please. Do you speak English?"

„A little."

„Okay. Is it possible to drive only over the grand canal?"

„Grand canal ... Canal Grande? You will drive only over Canal Grande. With the Gondola!!? Hahahahahahaaa ... hm ... NO!"

Es wurde mir schnell klar, dass der gute Mann mich für eine vollkommen bekloppte Weltfremde halten musste, sodass ich tunlichst zusah, dass meine offensichtlich peinliche Frage eliminiert wurde, indem ich die Konditionen für eine große Tour aushandelte. Dann eben durch die kleinen Kanalarme zwischen Häusern hindurch. Wir waren eine Weile unterwegs, da tönte mein lustiger Gondoliere plötzlich unvermittelt hinter mir und Raoul:

„On the left you see the house of Casanova! You know Casanova? The sex machine ..."

Raoul, damals zehn Jahre alt, sah augenblicklich interessiert auf. Ich fiel fast vom Sitzbrett und blitzte den Spaßvogel mit einem vielsagenden Blick auf meinen Spross an, der wiederum schnell im Satz verstummte und mit geweiteten Augen in die Gegend schaute, um ein krummes Liedchen anzustimmen, das einem fast die Schuhe auszog.

„Was hat er gesagt, Mama?"

„Ja, also … Er hat gesagt, dass da Casanova wohnte. Der hatte in seinem Keller immer sechs Maschinen stehen. Zum Abpumpen. Hier ist ja oft Hochwasser und so."

„Ach so."

Natürlich klärte ich das arme Kind einige Jahre später dann noch über diese Geschichte auf. Na ja, mehr unfreiwillig, weil sie Casanova in der Schule besprachen und ich ihm die Schmach ersparen wollte, womöglich zum Besten zu geben, Casanova hätte zum Abpumpen des Hochwassers sechs Maschinen im Keller gehabt.

Ich muss automatisch wieder lachen.

Raoul hat manchmal ein fantastisches Talent, zum richtigen Zeitpunkt da zu sein und mit vermeintlich wenig genau das Richtige zu geben. Es geht mir wieder gut. Mein Blick fällt auf den Brief, den ich in Hunderte Fetzen reiße und entsorge, wohin er gehört. In den Müll!

Eigenartigerweise muss ich an Tom denken, diesen sympathisch-normal erscheinenden Tom. Ich glaube, ich würde ihn gerne anrufen. Leider habe ich – eigenverschuldet – seine Nummer nicht, also entfällt das. Ich nehme auch nicht an, dass es zielführend sein könnte, an den Fluss zu fahren und zu hoffen, dass er ausgerechnet heute um diese Zeit dort ist. Mittlerweile ist die Kaffeemaschine wieder aus, sodass ich abermals den Knopf zum Aufheizen drücke, ehe ich Bines Nummer wähle. Nach kurzem Klingeln geht sie mit fröhlicher Stimmlage an den Apparat.

„Hey Lara! Alles klar? Ich wollte dich auch anrufen! Is' ja witzig."

Ich schildere Bine kurz, wie mein Tag mit Frau von Wald-Wettersbach und dem Brief von Justus bisher verlaufen ist, da stoppt sie mich in meinem Redefluss.

„Weißte was, Süße? Ich schnappe mir hier 'ne Weinflasche aus meinem Regal und komm vorbei! Was meinste?"

„Großartig! Danke, Bine!"

„Nicht dafür. Bis gleich!"

In mir breitet sich eine wohlige Wärme aus. Nach all den zwischenmenschlichen Enttäuschungen, per bloßem Zufall, eine solch empathische Person gefunden zu haben, ist ein großes Glück!

Schrägerweise an genau jenem Tag, als ich Silke verlor. Oder aufgab. Oder wie auch immer. Eine innere Stimme sagt mir, dass mich Bine nicht enttäuschen wird, obwohl wir uns noch nicht lange kennen.

Ich klopfe bei Raoul an, um ihm zu sagen, dass ich noch Besuch bekomme und er bitte nicht in Unterhosen in die Szene tanzen soll. Ob er es zur Kenntnis genommen hat, weiß ich danach zwar nicht, dafür aber, dass er sich die nächste Mahlzeit vorstellen kann. Meine Mitteilung, dass er heute wohl auch mal überlebt, wenn er sich ein paar Toasts macht, kommt erwartungsgemäß nicht so gut bei ihm an.

Eilig räume ich noch einige Dinge weg, befreie die Bezüge meiner gemütlichen Sitzkissen mit der Fusselrolle von Katzenhaaren und zünde vorsichtshalber lieber *Teelichter* an. Da klingelt es auch schon. Erfreut öffne ich, hinter mir taucht Raoul auf – in Unterhosen –, vor mir steht Silke.

Urgh! Jetzt schrillt es *wieder*. Diesmal wohl unten.

Ich betätige den Türöffner und starre Silke an. Silke starrt Raoul an. Raoul macht einen Schritt zurück und knallt seine Tür zu.

Am Treppenabsatz taucht Bine auf, die laut ‚Heeellllooo' ruft, ehe sie die Situation halbwegs umreißen kann.

„Oh, ich störe wohl einen *tolle-neue-beste-Freundinnen-Abend*, ja!?"

„Samma, Silke, geht's noch!?"

Mehr fällt mir augenblicklich nicht ein. Dafür Bine, die jetzt neben Silke steht.

„Tja, weißt du, es geht mich ja nichts an, aber eigentlich ist das in der Tat so, denn würde sich Lara bei dir mal normal geben können, wie sie sein mag oder wie sie *ist*, wärst vermutlich *du* statt meiner hier. Also mach'n Abflug, Schnecke! Falls das auch in *deinem* Interesse ist, Lara!?"

„Ja, das ist es! Ich habe nicht vor, meinen Ausquatsch-Abend gegen einen Probleme-Abend einzutauschen, weil es Madame gerade wieder mal braucht. *Ich* brauch's NICHT!"

„Dann ist doch alles geklärt. Tschüss, Silke!"

Bine quetscht sich an der zur Salzsäule erstarrten Silke vorbei in meine Wohnung und schließt die Tür hinter sich. Wir sind wohl beide etwas schockiert über uns, so wie wir uns beide ansehen, ehe wir uns eilig in mein Wohnzimmer machen, weil sich Lachanfälle anbahnen ...

Als die halbe Flasche Wein getilgt und das weiterhin nach Futter greinende Pubertier zu einem dauerhaften Störfaktor geworden ist, beschließen wir, den Lieferservice kommen zu lassen, um eine – den Nachwuchs ruhigstellende – Riesenpizza zu ordern. Da Bine die Bestellung übernimmt, während ich mal eben zur Toilette muss, öffne ich kurz darauf arglos die Tür, um Frederiks Stimme wahrzunehmen.

„Du!", sage ich, die ich raschen Schrittes neben Bine auftauche.

„Du hast doch bei uns bestellt!?", erwidert er beleidigt.

„Nein, das war meine Freundin."

„Ist was verkehrt?", fragt Bine, die nun auch aufgetaucht ist.

„Nein, aber das ist der Typ ..."

„*Typ!* Ah, verstehe! Ich bin wahrscheinlich mittlerweile zum Freak des Monats erklärt, was!?"

Bine mustert Frederik aufmerksam.

„Das habe ich richtig gut hinbekommen, scheint mir ... Magst du nicht reinkommen? Dann können wir vielleicht Licht ins nebulöse Dunkel deines befremdlichen Tuns bringen!?“

„Ich muss Pizza ausliefern!“

Ich sehe von einem zur anderen und weiß nicht, was ich sagen soll. Hinter uns geht die Tür auf. Raoul steht wieder in Unterhosen und mit Kopfhörern in der Szene. Ich bin mir nicht sicher, ob die Natur mich nicht demnächst aushebelt und irgendwo eine Hirnwindung abknallt, sodass ich danach nur noch vor- und zurückschaukeln kann ...

„Ey, sorry Leute, wenn ich kurz stör’! Aber kann ich vielleicht mal meine Pizza haben!? Die kann ja nix dafür, für was auch immer, oder!?“

Frederik sieht aus, als hätte er noch nie zuvor einen männlichen Teenager gesehen, streckt aber zwischen Bine und mir die Pizza in Richtung Raoul, der drei Schritte nach vorne tut, ihm den Karton entreißt und sich schnell aus dem Staub macht. Ich tue es ihm nach und schnappe mir die Rechnung, die Frederik in der anderen Hand hält. Bine drückt ihm eilig einen passenden Schein in die Hand und sagt: „Stimmt so! Stressfreien Abend noch!“

Ich schließe die Tür. Wieder sehen wir uns an und brechen in schallendes Gelächter aus, keinerlei Rücksicht darauf nehmend, ob Frederik noch vor meiner Tür steht oder nicht.

„War das der Typ, der am Fluss aufgetaucht ist und von ‚Doktor Schiwago‘ schwadronierte?“

„Ja. Genau *der*.“

„Schnucklig *aussehen* tut er ja ... Aber nützt uns jetzt auch wenig.“

Wir sehen uns einen Moment an und lachen dann wieder ausgelassen.

Am Morgen fühle ich mich, als wäre ein Lastwagen über mich gefahren. Im Tran hoffe ich noch, ich möge nur verpeilt haben, den Wecker zu deaktivieren, stelle aber – mangels Brille – mit unscharfem Blick auf mein Smartphone fest, dass ich aufstehen muss.

Es ist weder Samstag noch Sonntag, und Raoul muss zur Schule.

Mühsam quäle ich mich aus den Federn, ziehe erst mal das Ladegerät vom Handy und eiere gen Bad.

‚Das Bad‘ ist auch so ’ne Sache, da eigentlich eher eine minimalistische Nasszelle ohne Fenster. Ich sehe reichlich übel aus. Am besten klatsche ich mir eine Feuchtigkeitsmaske ins Gesicht. Mehr kann ich da heute nicht tun.

„Raoul, Schatz! Aufstehen!“

Ein verschlafenes Murren ist zu vernehmen, also hat wenigstens mein Sohn ausreichend Schlaf abbekommen, sonst wäre er nicht so leicht zu wecken.

Während ich in der Küche sein Toastbrot schmiere, kommt Walter an und reibt sich an meinem Bein, der er sich als hungrig zum Ausdruck bringen möchte, was er sicherheitshalber mit einem lauten ‚Miau‘ untermalt.

„Gleich, Walter, gleich gibt es Fressi.“

Beim Wort ‚Fressi' sieht der Kater aufmerksam zu mir auf, macht einen Buckel und rennt mit aufgeplustertem Schwanz davon. Leicht perplex schmiere ich das Brot fertig, bis mir aufgeht, dass ich eine giftgrüne Maske im Gesicht habe.

„Aua! Mann, Walter, was ist denn mit dir los!?"

Anscheinend ist das Tier auf seiner Flucht irgendwo mit Raoul kollidiert, der nun in der Küche auftaucht.

„Ach, jetzt verstehe ich, warum der's so eilig hatte ... Vergiss bloß nicht, die abzuwaschen, bevor du aus dem Haus gehst, Mam! Danke fürs Frühstück."

Schnell nimmt mein Sohn sich Brot und Tee und verschwindet, noch ehe ich ihm sagen kann, dass ich eigentlich lieber mit ihm am Küchentisch sitzen würde. Seufzend lasse ich mich mit meiner Tasse Kaffee alleine nieder und bedauere einen kurzen Moment, dass die Zeiten gemeinsamer Essen auf ein Minimum zusammengeschrumpft sind.

In den Online-Nachrichten, die ich zu meiner Zerstreuung lese, ist die Rede davon, dass die Stadt in Sachen Kinder- und Jugendpsychiatrie aufrüstet und die Klinikplätze ausbaut. Darauf sind alle sehr stolz, wird berichtet. Zum wiederholten Mal frage ich mich, warum sich nicht lieber damit befasst wird, junge Menschen nicht zu früh unter allzu großen Druck zu stellen und sie – so gut es möglich ist – in ihrer Individualität zu unterstützen, anstatt sich zu wundern, dass manche Seele an den Anforderungen und der aufgezwungenen Gleichförmigkeit zerbricht. Warum finden Familien kaum funktionelle Rahmenbedingungen vor, die es ermöglichen, mehr für die eigenen Kinder zu tun? Ist die Alternative, sie *fremden* Menschen zur Erziehung zu überlassen, denen wiederum die finanziellen Mittel und die Kapazitäten fehlen, um wenigstens ein ausgereiftes Bildungsangebot stellen und Projekte anbieten zu können?

Raoul beispielsweise war ein lebendiges Kind.

Im Kindergarten kümmerten sich ausschließlich weibliche Erzieherinnen um ihn, teilweise waren sie sehr jung. Schnell fielen Worte wie ‚ADHS' und ‚psychologische Unterstützung'.

Für in meinen Augen ein völlig normales Kind, das eben ein *Junge* ist.

Jungs an sich verhalten sich nun mal nicht wie Mädchen. Auch ihre Anlagen und Begabungen sind vollkommen anders.

Da ich als Jugendliche selbst erfahren musste, wie in der Gesellschaft mit Andersartigkeit umgegangen wird und wie eng der Raum sein kann, den es für Dinge gibt, die jenseits blanker Kongruenz aufkommen, habe ich mich immer für Raouls Interessen einzusetzen versucht.

XXI.

Gerade dudelt wieder Musik aus dem Radio, da will Raoul sich verabschieden. „Warte, ich komme mit zur Tür!“

„Okay, aber guck nicht raus mit deiner Maske!“

„Ja, ja.“

Kaum habe ich die Tür geöffnet, weicht Raoul zurück in den Wohnungsflur.

„Da steht Polizei!“

„Wo steht Polizei?“

„Gegenüber! Die lesen das Klingelschild, schnell, mach zu!“

Perplex schließe ich die Tür.

„Hast du was angestellt?“

„Nein! Ich hab’ nix gemacht, ich schwöre!“

„Na, vielleicht wollen sie ja ...“

Im gleichen Augenblick läutet es. Eindeutig stehen die beiden Beamten, bestehend aus Mann und Frau, nun genau vor *meiner* Tür.

„Mach nicht auf!“

„Ich kann doch nicht *nicht* aufmachen, die hören doch, dass wer da ist. Außerdem haben wir nichts angestellt, oder!?“

„Nein, aber deine Maske!“

„Ja, ich bin nun auch nicht gerade erbaut über sie, aber da müssen wir jetzt eben durch! Mir ist das wohl noch am unangenehmsten, schließlich ist sie in *meinem* Gesicht!“

Raoul verstummt und tritt zurück, während ich öffne. Vor mir stehen zwei voll ausgerüstete Beamte in schusssicheren Westen mitsamt Waffen in den Halftern. Mein Herz klopft etwas schneller.

„Ja, bitte!?“, frage ich.

„Frau Lara Schmidt?“

„Um was geht es?“

„Wir müssen uns leider erst vergewissern, ob Sie die Gesuchte sind!“

„Die Gesuchte? Wer sollte mich denn *suchen*?“

Meine Stimme klingt ein wenig schrill, aber ich bin froh, dass niemand meine Aufmachung kommentiert.

„Das können wir Ihnen erst sagen, wenn Sie uns bestätigen, dass Sie diejenige sind“, antwortet der männliche Beamte.

„Nun gut. Ich habe nichts zu verstecken. Also ja, ich heiße Lara Schmidt!“

„Wir müssen Ihnen die traurige Mitteilung machen, dass man Ihren Vater leblos aufgefunden hat.“

Raoul bekommt einen Hustenanfall.

„*Opa* ist tot???“, krächzt er.

„Nein, Schatz. Mein *leiblicher* Vater!“

Erleichtert greift sich das arme Kind an die Brust, ehe es sich an mir vorbei hinausschiebt und mit einem knappen ‚muss zur Schule‘ davonmacht. Die Beamten sehen ihm leicht irritiert nach, ich schaue nicht minder verdattert.

„Was soll das heißen, Sie haben ihn *leblos gefunden*? Wieso denn *gefunden*? Und wo lag er überhaupt? Sind Sie denn sicher, dass Sie von *meinem* Vater sprechen?“

„War Ihr Vater Egon Konstantin Schmidt, geboren zehnter März neunzehnhundertsechsundvierzig?“

„Tja, das war er wohl.“

„Es tut uns sehr leid. Ihr Vater verstarb in einem Hotel, und da man ihn niemandem zuordnen konnte, wurden wir um Amtshilfe gebeten. Sie müssten sich morgen bitte beim Standesbeamten melden. Hier ist seine Nummer. Nochmals unser aufrichtiges Beileid, trotzdem einen einigermaßen guten Tag für Sie. Wiedersehen, Frau Schmidt.“

„Ähm ... danke. Wiedersehen.“

Wie in Trance schließe ich die Tür und wanke zurück in die Küche. Jahrzehntelang habe ich nichts von meinem Vater gehört oder gesehen, und nun sitze ich auf meinem alten Stuhl und wurde *zugeordnet*.

Wieso ausgerechnet *ich,* und wieso wurde er in einem *Hotel* gefunden? Ich verstehe gar nichts und bin aufgewühlt. Eindeutig handelt es sich bei der ganzen Sache um den Ironie-Kracher des Jahres!

Erst mal den Standesbeamten anrufen und erforschen, was es mit dieser Sache auf sich hat!

Nach unzähligen Versuchen, jemanden zu erreichen, bin ich noch wütender. Ich will Antworten und bekomme keine. Man wirft mir meinen toten Vater vor die Füße und geht. Was soll das denn? Aufgebracht tigere ich durch die Wohnung und schimpfe vor mich hin. Schließlich versuche ich, Zeit totzuschlagen, und spüle mir die Maske vom Gesicht, um es noch mal unter der mir gegebenen Nummer zu versuchen. Wieder nichts. *Hotel*, sagten die Beamten.

Vielleicht komme ich ja so voran. Ich brauche alle Infos, die ich bekommen kann! Ich glaube nicht, dass mein Herr *Vater* Erquickliches für mich und meine beiden Halbgeschwister Tonja und Valentin hinterlassen hat.

„Polizeirevier Ost?"

„Guten Tag, mein Name ist Schmidt, Lara Schmidt. Ihre Kollegen waren soeben bei mir und überbrachten mir die Nachricht über einen toten Vater, der in einem Hotel verblichen sein soll. Könnten Sie mir bitte weiterhelfen mit der Frage, in welchem Hotel das gewesen sein soll?"

„Mein Beileid! Wie ist denn der Name des Verstorbenen?"

„Egon Konstantin Schmidt. Schmidt mit *dt*."

„Augenblick, bitte."

Gefühlt unendlich lange tönt eine nervend kratzige Melodie durch den Hörer, ehe sich der Beamte wieder meldet.

„Frau Schmidt?“, meldet sich der Polizist zurück. „Ich habe ihn. Das war das Hotel ‚Zur Goldenen Traube‘ in Kleinfassbaum an der Enz. Dort war er auch gemeldet.“

„Hä? Gemeldet???“

Meine Stimme überschlägt sich fast, ich schreie schon nahezu. Der arme Beamte ...

„Mehr kann ich Ihnen leider nicht sagen. Tut mir leid.“

„Nein, schon gut. Sie haben mir wirklich geholfen. Besten Dank!“

„Nochmals mein Beileid!“

„Danke! Auf Wiederhören.“

„Alles Gute!“

Eilig tippe ich den Namen mit Ort in die Suche meines Browsers. Jetzt taucht eine Website zu dem Hotel auf, die ich sofort aufrufe. Das Hotel sieht aus wie ein in die Jahre gekommenes Mehrfamilienhaus. Die Zimmer sind einfach gehalten. Unter ‚Kontakt‘ finde ich eine Telefonnummer und den Namen der Inhaberin, die nach dem fünften Klingeln auch selbst an den Apparat geht.

„Guten Tag, mein Name ist Lara Schmidt. Ich habe eine etwas ungewöhnliche Anfrage, erschrecken Sie bitte nicht! Ist bei Ihnen vor Kurzem ein Herr verstorben?“

„Haaach, Sie müssen den Egon meinen! Das war so traaagisch mit dem Egon. Sind Sie sein Kind?“

Ach du meine Güte! Sie wirkt wirklich betroffen und ausnehmend erleichtert, die ganze Geschichte loswerden zu können. Ich bin mir nicht sicher, ob ich sie hören möchte.

Aber es bleibt mir nichts anderes übrig. Ich muss wissen, womit ich es zu tun bekomme.

„Eins davon, ja. Also, dann stimmt das? Der Mann ... äh ... mein *Vater* ist in ihrem Hotel gestorben?"

„Jaaa, meine Liebe, es ist so schrecklich! Leider war ich selbst nicht vor Ort wegen eines Familienbesuchs, aber das Zimmermädchen fand ihn in seinem Zimmer und dachte, er schläft und dann ..."

„Entschuldigung, wann war das denn, bitte? Gestern?", frage ich.

„Gestern??? Aber nein, das war vor etwa einer Woche. Hat man Sie denn nicht benachrichtigt? Ihr Herr Vater wollte sich doch bei seinen Kindern melden!? Das hat er mir selbst erzählt!"

Himmel hilf! Blitzschnell zieht vor meinem inneren Auge die Vision des vor meiner Tür stehenden Vaters vorbei, dem ich selbige direkt wieder vor der Nase zuschlage. Na ja, vielleicht hätte ich sie auch *nicht* direkt wieder zugemacht, auch wenn ich mit seinem Kommen sicher nicht viel anzufangen gewusst hätte und mit ihm selbst gleich gar nicht.

„Kindchen, sind Sie noch da?"

„Ja, ich bin noch da. Ich verstehe nicht, wieso mein Vater in einem *Hotel* gelebt hat!? Wie konnte er sich das überhaupt leisten? Meiner Kenntnis nach hat er sein einstiges Vermögen komplett verprasst!?"

„Ach, das ist so traurig. Er hatte so viel Pech und krank war er auch. Jedenfalls hat er das immer erzählt, aber dann hat die Polizei gar keine Medikamente bei ihm gefunden ... Das ist schon seltsam. Wissen Sie, wir haben ihm aus Mitleid ein Zimmer überlassen und das Amt hat ihm da geholfen ...“

Mir wird ganz anders. Langsam drückt mein Kopf unangenehm und meine Hände zittern. Hat er also bis zum Schluss die Gutmütigkeit anderer Menschen benutzt, um irgendwie Vorteile für sich zu erschleichen? Mit einer erfundenen Erkrankung?

„Wollen Sie denn vorbeikommen und seine Sachen holen? Er hatte ganz viele Ordner. Die sind noch alle in seinem Zimmer“, bietet die nette Dame an.

„Sehr lieb gemeint sicher, aber ich fasse davon nichts an. Ich glaube kaum, dass ich das tun sollte. Ich muss mich erst mal schlaumachen, was es zu unternehmen gilt. Aber vielen Dank für Ihre Informationen.“

„Gut, Kindchen. Wenn Sie kommen wollen, melden Sie sich einfach wieder.“

„Danke! Einen schönen Tag für Sie.“

„Für Sie auch! Es tut mir sehr leid. Alles Gute!“

Nun weiß ich immerhin, dass ich einen Vater hatte, der im Hotel lebte, und sehe mich bestätigt, dass er es geschafft hat, alles zu verlieren, was er einst besaß. Ein Traum! Die ganze Pracht ist derzeit also *mir* zugeordnet.

Nach einem weiteren Kaffee wähle ich abermals die Nummer des Standesbeamten. Diesmal geht er endlich ans Telefon. Er muss mich ziemlich ungeduldig erwartet haben, während ich nicht mal von seiner Existenz wusste, so überschlägt er sich vor Erleichterung über meinen Anruf.

„Frau Schmidt! Ich bin so froh, Sie gefunden zu haben!"

„Sie werden eventuell verstehen, wenn ich sage, dass das zunächst nicht auf Gegenseitigkeit beruht, was Sie bitte nicht persönlich nehmen müssen!?"

„Oh ... Ich nehme demzufolge an, Sie standen dem Toten nicht sehr nahe?", fragt er.

„So ist es."

„Das tut mir leid."

„Danke, aber das muss es nicht. Ich hatte schon lange keinerlei Veranlassung mehr, mich wegen dieses Mannes zu grämen. Aber nun habe ich wohl eine Zuständigkeit erhalten, wenn ich das richtig sehe."

„Leider ja. Würden Sie sich bitte bei Herrn Gutmann melden!? Das ist der Bestatter. Er wartet dringend auf jemanden, der ihm die Bestattung Ihres Vaters beauftragt."

„Ach, beauftragen darf ich auch noch was!? Ich nehme an, *zahlen* darf ich das auch?"

„Tut mir sehr leid! Ich gebe Ihnen die Nummer von Herrn Gutmann ..."

Gegen Mittag habe ich unzählige Telefonate geführt und bereits einen Termin beim Bestatter, als Raoul aus der Schule wiederkehrt. Wie es für unausgegorene

Teenager typisch ist, sieht er meine Aufmachung – die sich seit dem Morgen wenig verändert hat –, zieht die richtigen Schlüsse daraus, dass ich nicht mal aus dem Haus kam, und drückt sich knapp grüßend ohne Umweg in sein Zimmer, um emotional bloß nicht mit eventuellen Katastrophen in Berührung zu kommen. Ich bin bedient!

Ich denke an meinen jüngeren Halbbruder und daran, dass man *ihn* vielleicht auch auf *diese* Weise informieren könnte. Plötzlich rücken Frau von Wald-Wettersbach, Tom, Justus, Silke und alle alltäglichen Dinge in den Hintergrund. Die Vergangenheit steht vor mir und verlangt, gesehen zu werden, ohne gerufen worden zu sein.

„Raoul?", rufe ich.

„Was gibt's?"

„Ich habe vorhin komische Neuigkeiten erhalten, wie du ja eigentlich mitbekommen haben dürftest! Ich muss mal eben eine Stunde zum Fluss. Im Ofen ist eine Pastete."

Gut, dass ich in meiner Verwirrung wenigstens *das* noch hinbekommen habe.

„Ist gut. Nimm dein Handy mit!", antwortet Raoul.

Bis auf Weiteres scheint mein Sohn nicht zu wissen, wie er auf das Ableben eines ihm unbekannten Mannes reagieren soll, auch wenn es sich dabei um meinen Vater handelt.

„Mach ich! Bis gleich!"

. . .

Auf dem Weg durchs Treppenhaus begegnet mir Herr Pöppel, der widerliche ältere Herr, der vermutlich in immer demselben Unterhemd unterwegs ist. Neugierig sieht er mich aus seinen kleinen Schweinsäuglein an, wie ich ihm entgegenkomme in meinem desolaten Gemütszustand. Er bleibt zwei Stufen unter mir stehen und macht sich ein wenig breiter, als er ist, um mich berühren zu können. Wie immer! Normalerweise fallen mir Taktiken ein, die den Versuch unterbinden oder ich lasse es über mich ergehen, schüttele mich kurz vor Ekel und tue so, als hätte ich nichts bemerkt. Aber heute ist alles anders ...

Abrupt bremse ich ab und blitze den dicken schwitzenden Mann wütend an.

Herr Pöppel wirkt etwas verunsichert. Sein schmieriges Grinsen erstirbt augenblicklich. Er weicht allerdings keinen Zentimeter von der Stelle. Stattdessen starrt er auf meine Beine, die er gut im Blick hat. Ich merke, wie meine Gefühlslage Herrschaft über mich ergreift, und höre mich wie eine Fremde selbst lospoltern:

„Herr *Pöppel*, sehen Sie alles gut, ja!? Gefällt Ihnen, was Sie sehen? Ist Ihnen eigentlich bewusst, dass Sie mich anstarren und warten, bis Sie ihre haarigen Arme an mich pressen können, oder machen Sie das wie aus einem unterbewussten Zwang heraus? Ist Ihnen egal, wie widerlich diese Momente für *mich* sind, oder bilden Sie sich gar ein, es handle sich dabei um einen *beiderseitig* als ganz wunderbar empfundenen Moment? Haben Sie sich je gefragt, ob Sie unter Umständen

Chancen in der Damenwelt haben *könnten*, wenn Sie sich nicht immer nur im halbdunklen Treppenhaus rumdrückten, Ihr Erscheinungsbild vielleicht etwas verbesserten und an Ihrer *Körperpflege* arbeiteten? Also, was ist, Herr *Pöppel*!?"

Ich habe einen Lauf. Ich raste förmlich aus, aber es ist mir egal, und ich bin im Recht! Schweinsauge starrt mich verdattert an, zumindest dieses Mal oberhalb meines Dekolletés. Wortlos tritt er zur Seite und macht mir Platz.

„Dann haben wir das ja für die Zukunft geklärt!", zische ich und flüchte.

XXII.

Draußen am Fluss sitze ich unter einem Baum und beobachte, wie sich die Wasseroberfläche leicht kräuselt, was einer über der Szene fliegenden Möwe wohl entgegenkommt, so oft wie sie ins kühle Nass vorstößt. Ein träge wirkender Erpel beobachtet zwei weibliche Enten, die schnatternd in seine Richtung schwimmen. Ein Kahn zieht vorüber. Ich genieße die Ruhe und den Frieden der Einfachheit. Erschöpft wegen jüngster Ereignisse, die sich nur so zu überschlagen scheinen, schließe ich für einen Moment die Augen und lehne mich zurück an den Baumstamm. Die Nähe zu alledem an diesem Ort lässt mich etwas entspannen, als ich von einiger Entfernung eine tiefe Männerstimme rufen höre.

„Edward, komm sofort zurück!"

Tom! Es *muss* Toms Stimme gewesen sein!

Augenblicklich öffne ich meine Augen wieder. Ich werde nervös und versuche herauszufinden, woher das gekommen sein mag. Gerade will ich mich aufrichten, da steuert das mir mittlerweile gut bekannte Tier, hinter einer leichten Anhöhe hervorkommend, auch schon auf mich zu. Mit springenden Ohren und aus dem Mundwinkel hüpfender Zunge kommt Edward angelaufen.

Freudig stehe ich auf und erwarte ihn mit ausgestreckten Händen, da ich schon weiß, dass er mich anspringen wird und wir – ohne meine für alles gewappnete Körperhaltung – vermutlich zu Boden gehen werden. Jetzt ist auch Tom zu sehen, der allerdings nicht ganz so erfreut aussieht, was mich irgendwie im gleichen Moment trifft, wie die Erkenntnis, dass Edward zwischenzeitlich an mir vorbeigezogen ist.

Ich stehe mit ausgebreiteten Armen da und komme mir vor wie eine Vollidiotin, als ich mich umdrehe und sehe, dass Edward eine fein gekleidete Blondine in etwa meinem Alter begrüßt, die lachend von anderer Seite auf die beiden zugeht.

Eilig raffe ich meine kleine rosa Decke zusammen, schnappe meinen Kram und will gerade zu meinem Auto, als ich von hinten einen heftigen Stoß in den Rücken bekomme und der Länge nach zu Boden falle.

Noch ehe ich begreife, was geschehen ist, schreit Tom entsetzt Edwards Namen, lacht sich die Blondine schier kaputt und bekomme ich beim Mich-Aufrappeln herzhaft das Gesicht abgeschleckt.

„*Conni*, bitte!!! Muss das sein!?! Hilf mir mit Lara und hör' mit dem Gelächter auf!"

„Lara, ist alles in Ordnung?“

„Du kennst sie?“, fragt die Blonde.

Ungelenk machen sich Hände an mir zu schaffen, die an mir ziehen, obwohl ich eigentlich schon fast wieder stehe. Aufgerichtet halten mich Tom und die Blondine noch immer unter den Achseln fest, die Frau mustert mich auch noch offen. Wütend rudere ich mich aus der unfreiwilligen Umklammerung und klaube meine Sachen wieder auf. Edward legt den Kopf schief und sieht schuldbewusst aus. Die Frau tritt einen Schritt zurück und hebt die Handinnenflächen nach außen, wie um zu signalisieren, dass sie keinen Ärger möchte.

„Lara ...“

„Nicht, Tom! Alles in Ordnung! Ich möchte jetzt einfach nur gehen!“

Mit Tränen in den Augen stürze ich gen Parkplatz.

Ich will nur weg! Peinlicher als das eben kann es ja gar nicht mehr ablaufen! Ich *blöde Kuh!* Was habe ich denn auch gedacht, nachdem ich mit meinen ganzen bunten Geschehnissen derart befasst war, dass ich es nicht mal schaffte, wirklich *nett* zu Tom zu sein!? Vermutlich haben wir uns über *Wochen* nicht gesehen. Ich weiß es nicht mal, so viel ist über mich hereingeströmt! Und *dass* wir uns überhaupt je wiedersehen würden, war nun auch nicht absehbar. Viel zu erwarten hatte Tom davon zumindest nicht, so wie ich mich gegeben habe.

An einer Ampel sehe ich in meinen Rückspiegel und stelle fest, dass mir Edward die Mascara in einem gleichmäßigen schwarzen Streifen über mein rechtes Auge bis zum Haaransatz geschleckt hat, wo sich Vogelscheiße in der Form eines Spitzdaches eingefunden hat, sodass das Ganze aussieht wie ein grotesker Pfeil. Aus meinen überlaufenden Augen schwimmt zur Krönung auch noch ein wenig Schwarz in die Furchen meiner mittlerweile schwimmreifenartigen Tränensäcke. Gerade nehme ich im Augenwinkel wahr, dass die Ampel umschaltet, als ein Auto an mir vorbeizieht, dass das Tempo drosselt und den Warnblinker anzeigt. Was soll *das*!? Zivilpolizei? Und wenn ja, was will sie von mir??? Fragen, ob ich die unter Naturschutz stehende Vogelkacke zurückbringen könnte oder vielleicht, ob ich vor den Beerdigungskosten meines toten Vaters türmen will???

Ärgerlich fahre ich an den Fahrbahnrand und stelle den Motor ab, um eilig ein Taschentuch zu suchen. So wollte ich eigentlich niemandem unterkommen! Natürlich finde ich kein Taschentuch. Dafür klopft es jetzt von links an meine Scheibe, weswegen ich vor Schreck - aus dem Handschuhfach auftauchend – an den Schaltknüppel remple. Nunmehr vollkommen in Rage, reiße ich die Autotür auf, die gegen einen Männerkörper schlägt, der vor Überraschung und Schmerz aufjault.

„Lara, verdammt! Was ist denn *los* mit dir!?"

Tom! Oh, mein Gott! Jetzt erst sehe ich, dass aus der Heckscheibe des Autos vor mir ein freundlich dreinblickender Edward herausschaut, der die Szene interessiert beäugt.

„Jesses, Jesses, äh ... *Tom*!“

„Ja, ich bin es! Was dachtest *du* denn!?“

Schmerzerfüllt reibt er sich die Beine, während ich hilflos dastehe und nicht weiß, was ich tun soll. Mit einem gequälten Lächeln richtet er sich schließlich auf und betrachtet mich. Wundervoll, ganz fantastisch! Ich weiß ja genau, wie ich aussehe. Ausnahmsweise mal ...

Wortlos dreht Tom sich weg und geht zurück zu seinem Auto. Eigentlich humpelt er mehr. Da ich seine Aktion als Konsequenz daraus verstehe, den Plan, eine Frau mit Ausscheidungen fliegenden Federviehs in den Haaren sprechen zu müssen, nicht länger verfolgen zu wollen, steige ich wieder in meinen Wagen und lehne mich ausgelaugt auf mein Lenkrad.

„Setz’ dich bitte aufrecht hin.“

Erstaunt sehe ich auf.

„Was willst du denn von mir? Sieh mich mal an! Bin ich nicht genug gedemütigt mit dem Vorfall am Fluss?“

„Das war doch wohl eindeutig meine Schuld! Schau mich an, bitte!“, beharrt er.

Verlegen drehe ich mein Gesicht in Toms Richtung, der ein Taschentuch aus einer kleinen Wasserflasche tränkt und mir vorsichtig die Stirn abwischt. Ich spüre seinen Atem, der angenehm nach Wassermelone und Pfefferminze riecht. Da ich nicht weiß, wie es um meinen bestellt ist, atme ich vorsichtshalber in kurzen Zügen von ihm weg. Schließlich ist schwer abzuschätzen, wie fünf Zigaretten in einer Stunde in Verbindung mit Adrenalinschüben und überstandenen Bauchlandungen in ihrer Gesamtkomposition riechen. Als Tom mit seinem Ergebnis zufrieden ist und ich mich gerade bedanken will, fährt hinter uns eine Polizeistreife an den Fahrbahnrand. Diesmal eine Echte.

„Auch das noch!“, seufze ich.

„Lass mich mal machen! Gib mir deine Adresse, bitte! Wenn es dir recht ist, reden wir nachher bei dir!? Ich will aber nicht aufdringlich sein ...“

Kurzentschlossen reiße ich ein Blatt aus meinem Taschenblock und kritzle eilig meine Adresse auf, die ich Tom reiche. Lächelnd steckt er sie in die Hosentasche seiner Jeans, ehe er den Beamten entgegentritt.

„Guten Tag, die Herrschaften. Gibt es ein Problem?“

„Nein, kein Problem! Die Dame hier war nur verunsichert, weil ein kleines rotes Lämpchen im Cockpit aufleuchtete. Ich konnte es zwischenzeitlich lösen. Sie wollte gerade weiterfahren, weil sie dringend zu ihrem Kind nach Hause muss.“

Bewundernd sehe ich Tom an, mir der Tatsache, meinen Sohn wirklich so *deutlich* ins Spiel gebracht zu haben, gar nicht richtig bewusst.

„Stimmt das, was der Herr sagt?“

„Ja, absolut. Ich müsste bitte nach Hause! Mein Sohn wartet sicher schon besorgt auf mich.“

„In Ordnung. Dann fahren Sie ihren Wagen bitte hier weg. *Sie* bleiben bitte noch einen Augenblick, ich bräuchte noch einige Angaben“, sagt der Beamte zu Tom.

Nachdem *der* sich zu mir umgedreht und mir zugezwinkert hat, nicke ich zustimmend, schließe meine Tür, schnalle mich an und fahre los.

Mein Herz klopft. Ich muss schnellstens etwas mit meinem Gesicht machen, Raoul ins Bild setzen und die im Wohnzimmer verstreuten Klamotten wegräumen. Nach all den Telefonaten zum Tod meines Vaters verließ mich schlichtweg die Kraft, sie aufzuräumen.

In der Wohnung angekommen, rase ich erst einmal an Raouls Tür vorbei in mein Schlafzimmer, bevor ich aus meiner Kleidung springe und mir ein Maxikleid aussuche, das ich mir überstreife, ehe ich ins Bad renne, um mein Gesicht und meine Haare in Augenschein zu nehmen.

Für eine Dusche bleibt keine Zeit. Ich belasse es bei einigen Flüchen, dem schnellen Nacharbeiten meines Make-ups und dem Auswaschen der Vogelexkremente aus dem Haaransatz. Ich will soeben ins Wohnzimmer, um die Kleider einzusammeln, da steht mein Sohn plötzlich hinter mir im Türrahmen und mustert mich neugierig.

„Ist was?"

„Wir bekommen gleich Besuch. Also mehr *ich*. Lange Geschichte! Aber ich erzähle sie dir, wenn er wieder weg ist."

„*Er*?"

„Ja, *er*. Bitte Raoul, mir ist dieses Gespräch wirklich wichtig. Mach jetzt keinen Stress! Ich bin ehrlich durch den Wind, seit ich weiß, dass mein Vater gestorben ist und ..."

„Ach sooo ... Und deswegen rennst du jetzt in einem Kleid mit Loch unter dem Busen rum und freust dich auf ein Date mit einem Typen, von dem ich nichts weiß? Na ja, muss ja nicht alles verstehen. Aber wenn ich noch ein Essen haben könnte, bevor ihr euch ..."

Noch ehe ich mich wieder mal über die temporär fehlende Empathie eines Teenagers wundern kann, klingelt es.

Ich stehe mit einem Berg Klamotten im Arm, meinem angesäuerten Sohn und darüber in Kenntnis gesetzt, dass ich in einem Kleid mit Underboob-Look stecke, verzweifelt vor der Couch und rühre mich nicht. Dafür rührt sich Raoul, der in coolem Gang zur Tür geht. Ich hetze ins Schlafzimmer, werfe die Klamotten aufs Bett und sehe mich nach einem Kleid ohne Loch um, da stehen sie beide da. Tom und mein Sohn. Pietät und Mitdenken ist beim Heranwachsenden momentan auch eher Mangelware.

„Dein Besuch! Hier ist sie. Meine *Mutter*! Dann mal viel Spaß, ne!?"

„Komme ich ungelegen?", fragt Tom.

„Ungelegen? Wieso *ungelegen*? Es war ja so verabredet, oder!?", sage ich.

Wir sehen uns an, dann abwechselnd auf mein Bett und das besagte Loch unter meiner Brust, dessen Existenz mir mehr als peinlich ist. Tom lacht, aber er tut es so herzerfrischend, dass ich mitlachen muss.

„Entschuldige, bitte! Geh doch gerne schon mal ins Wohnzimmer am Ende des Flurs und setz' dich! Ich bin gleich bei dir."

Als ich unter meinem Berg an aufeinandergehäuften Habseligkeiten endlich ein Kleid gefunden habe, das nicht allzu zerknittert ist, und ins Wohnzimmer gehe, sitzen dort Tom und Raoul in interessierter Haltung einander gegenüber und sind in ein Gespräch über Fußball vertieft. Unwillkürlich muss ich schmunzeln.

Mit einer solch positiven Wende nach der ersten Begegnung vorhin habe ich nicht gerechnet.

Tom nimmt mich wahr und lächelt kaum merklich, schenkt seine Aufmerksamkeit dann aber direkt wieder Raoul, was ich für genau die richtige Entscheidung befinde.

Ich bin beeindruckt über so viel Feingefühl und beschließe daher, mich in der Küche an die Zubereitung eines Abendessens zu machen.

Vielleicht können wir ja alle gemeinsam am Tisch sitzen und uns um einen natürlichen Ablauf bemühen, der weder meinem Sohn das Gefühl gibt, er wäre außen vor, noch Tom vermittelt, er wäre ein Eindringling. Möglicherweise wird sich Raoul, falls es ihm irgendwann genug mit uns sein sollte, von alleine zurückziehen, sodass wir noch ein wenig unter vier Augen sprechen können.

Ich wasche gerade den Salat, da stehen plötzlich beide hinter mir und beobachten mein Treiben.

„Na, ihr!? Was verschlägt euch aus eurer Unterhaltung zu mir in die Küche?“

Wie aus einem Munde antworten beide gleichzeitig:

„Hunger!“

„Wenn ihr wollt, deckt doch schon den Tisch, dann können wir bald loslegen, sobald die Pasta soweit ist!?“, schlage ich vor.

Sofort übernimmt Raoul die Rolle des Aufklärenden, zeigt Tom, wo sich unser Geschirr befindet und beide legen los. Nachdem ich die Schnellversion meiner Tomatensoße fertig habe, schütte ich die Spaghetti ab, hoble noch etwas Parmesan, rühre das Dressing zum Salat und fülle alles in ansehnliche Schüsseln und Schalen um. Wie auf Kommando sind beide Herren augenblicklich wieder in der Küche und holen alles ab, um eilig damit zu verschwinden.

Ich folge ihnen lachend und bin beeindruckt, wie ich die Essecke meines Wohnzimmers vorfinde.

Dort ist alles mit Sorgfalt gedeckt. Es gibt Servietten unter dem Besteck, eine Stumpenkerze im Glas und sogar die ‚guten‘ Wassergläser.

Anscheinend ist hier Freude im Spiel, was mich mehr als positiv überrascht. Ich habe die Blondine am Fluss schon fast wieder vergessen. Es muss etwas Harmloses mit ihr auf sich haben, sonst würde Tom sich wohl nicht so ins Zeug legen und unsere häusliche Situation fröhlich begleiten, als wäre er schon hundertmal hier gewesen. Oder irre ich mich?

Aber selbst Raoul scheint nicht mehr wissen zu

wollen, woher ich Tom kenne und wieso ich es für notwendig hielt, ihn ausgerechnet *heute* zu uns einzuladen. Das mag ich so an ihm. In *solchen* Dingen spürt er oftmals, was aktuell wichtig ist und was nicht, auch wenn etwas auf den ersten Blick kurios scheint und das, obwohl ihn seine Pubertät in Sachen Empathie derzeit etwas handicapt. Er gabelt sogar nebenher ins Grünzeug, als wäre es neuerdings sein Leibgericht geworden. Ich selbst fühle mich bemerkenswert wohl mit dieser unerwarteten Entwicklung, lehne mich entspannt in meinem Stuhl zurück und beobachte das nach wie vor angeregte Gespräch der beiden, die einander gegenübersitzen.

Von meinem Platz an der Stirnseite des Tisches aus, sehe ich im Hintergrund die Lichter der Straße durch die Fenster. Ich lehne mich zurück und lasse mich vom Moment verzaubern ...

Irgendwann hat Raoul fürs Erste dann aber doch genug gesagt und gehört. Er schlägt vor, der Tisch könne nun abgeräumt werden. Vermeintlich, weil er uns nicht weiter *stören* möchte, obwohl wir ihm *beide* versichern, dass das nicht der Fall sei.

Während wir gemeinsam alles in die Küche tragen, merkt auch Tom, dass es nicht ganz so uneigennützig vonseiten meines Sohnes ist, dass er sich verdrücken möchte, und dankt ihm für den unterhaltsamen Abend.

„Ich hoffe, wir sehen uns mal wieder! Hat mich wirklich gefreut, Raoul!"

„Klar, können wir doch! Ebenso! Also, dann ... *Tschüss* mal!"

Weg ist er.

Tom grinst.

„Prima Kerl!"

Ich werde etwas rot.

„Danke! Wobei du definitiv ein sehr feines Gefühl für die richtigen Reaktionen hast. Naturtalent?"

Nun ist es an Tom, leicht zu erröten.

„Die kleinen Geschwister."

„Verstehe."

Einen Augenblick lang sagen wir beide nichts mehr. Wir stehen einfach nur so nebeneinander und sehen uns verlegen an. Ich will ihn nicht nach der Blondine fragen. Wir wissen beide nicht recht, wie wir mit unserer Zweisamkeit fortfahren sollen. Doch plötzlich nimmt Tom mich an der Hand und zieht mich ins Wohnzimmer auf die Couch, wo er sich in kleinem Abstand zu mir niederlässt.

„Lara, bevor ich dich frage, was dich so aufzuwühlen scheint und wie es dir geht, möchte ich kurz klarstellen, dass mir der Ablauf mit meiner Schwester vorhin am Fluss unendlich leidtut. Es war mir mehr als peinlich. Zumal ich mich sehr gefreut habe, dich doch noch mal wiederzusehen. Ich habe es kaum noch zu hoffen gewagt."

Fast muss ich heulen vor Erleichterung. Seine *Schwester*.

Leider bin ich nicht sehr talentiert darin, meinen Gefühlen klaren Ausdruck zu verleihen. Aber Tom macht es mir leicht, indem er meine Hand auf der seinen und mein Lächeln als das versteht, was es sein soll. Der Ausdruck eines Gefühls von Verbundenheit.

Was folgt, ist ein Abend voller Erzählungen. Ich erfahre, wie es Tom weiter im Haus seines Opas ergangen ist und warum seine Geschwister ihn als absonderlich ansehen, weil er darin bisher nicht viel verändert oder modernisiert hat.

Ich berichte von den schrägen Abläufen mit Silke und schildere die völlig aus dem Ruder gelaufene Begegnung mit Cosima von Wald-Wettersbach mitsamt der Bauchlandung auf Hannas Terrasse.

„Ich bin ein bisschen vom Pech verfolgt, was würdevolle Auftritte ohne belustigende Komponenten angeht", resümiere ich lachend.

Nun lacht auch Tom, der bisher einen ernsten Eindruck zu bewahren versuchte, während er mir aufmerksam gefolgt ist. Beide nehmen wir noch einen Schluck des leichten Rotweines, bevor Tom sich plötzlich strafft, als sammle er für etwas Mut, und mich dann ernster ansieht.

„Es geht mich nichts an, aber ich muss dich das fragen. Ist Frederik ... Ich meine, gibt es da was, das ich wissen sollte? Er wirkte sehr besitzergreifend. Ich würde dich liebend gerne besser kennenlernen und möchte mich entsprechend wappnen, ob ich in Konkurrenz zu ihm stehe.“

Mir wird ganz warm. Gerade will ich Tom ausführlich erklären, wie ich ungebeten an Frederiks Bekanntschaft gekommen bin, da schrillt die Klingel und kurz darauf steht Raoul wieder bei uns im Zimmer.

„Mama, der Pizza-Heini von neulich ist wieder vor unserer Tür. Pizza hat er keine dabei.“

Tom und ich sehen uns einen Augenblick an.

„Frederik!“

„*Er*? Er kommt zu dir nach Hause!?“

„Ich wollte es dir eben erklären, Tom! Ich *habe* nichts mit Frederik. Er hat irgendwann eine Pizza geliefert und sich seitdem wohl in den Kopf gesetzt, mich kennenlernen zu müssen ...“

„Deswegen warst du mit ihm am Fluss, um ihm klarzumachen, dass *du* das *nicht* willst?“, fragt er.

Raoul sieht von mir zu Tom.

„Du warst mit dem Typen am *Fluss*?“, setzt Raoul nach. „Apropos, ich will ja nicht nerven, aber ihr hört schon, dass er immer wieder bimmelt?!“

„Ich war nicht *mit* ihm am Fluss. *Ich* war am Fluss und plötzlich war *er* da! Dass er mich erkannte, das habe ich doch selbst erst später erfahren!“, rechtfertige ich mich.

Raoul und Tom sehen sich fragend an, glauben mir aber wohl zumindest, dass ich mit Frederik nichts am Laufen habe.

„Gut“, sagt Tom. „Ist es dann in Ordnung, wenn *ich* die Tür öffne?“

„Wenn es dir nicht zu viel ist, von mir aus *gerne*.“ Ich zucke mit den Schultern und bekomme Kopfschmerzen.

Raoul nickt Tom anerkennend zu.

Wir laufen beide hinter ihm her und bleiben in einigem Abstand zur Tür stehen, bis er uns nochmals bestätigend zublinzelt und öffnet.

„Du? Äh ... Sie? Was tun *Sie* denn hier?“, fragt Frederik.

„Das könnte ich Sie fragen, mein Lieber. Soweit ich informiert wurde, war Ihre Bekanntschaft nicht unbedingt, sagen wir, *ersehnt*.“

Entsetzt sehen Raoul und ich einen Arm in Lederjacke in die Wohnung vorschnellen, dessen Hand an Toms Hemdkragen zieht.

„Sofort loslassen!“, schreie ich und dränge mich zwischen die beiden. Raoul, der ebenfalls nicht untätig sein will, stellt sich neben mich und versucht mich wegzuziehen. Tom wiederum reißt die Hand von seinem Kragen und ballt die Faust über unsere Köpfe hinweg zu Frederik. Und als ob das alles nicht schon reichte, taucht im Hintergrund Silke auf, die wohl eben nach Hause kommt und neugierig stehen bleibt.

„Aufregend, dein neues Leben, was!?“, blafft sie.

„Ja, blöde Kuh! Das freut dich jetzt, nicht!? Wundert mich nicht! Hau einfach ab!“, schnauze ich sie an.

Es schaudert mich mehr, Silke eine solch lange Zeit wahrlich als Freundin gesehen zu haben, als mir

Sorgen darüber zu machen, was sich aktuell vor meinen Augen abspielt. Mir wird das Alles zu viel!

„Wisst ihr was!? Ihr geht jetzt! *Alle*! Äh ... Raoul, du natürlich nicht!

Aber der Rest *geht* jetzt einfach, bitte! Entschuldigung, Tom ... Ich muss mich sortieren und zur Ruhe kommen! Ich hatte einen wirklich schlechten Start in den Tag heute. Gute Nacht!"

Ich schiebe den verdutzten Tom zu nicht minder verdutztem Frederik in den Hausflur und ignoriere Raoul, der auch eine Meinung haben will, nach bestem Wissen und Gewissen. Tom sieht mich an. Ich sehe Tom an. Nichts anderes ist wichtiger in diesem einen Moment, als dass ich weiß, er versteht es und wird wiederkommen.

Silke stapft lamentierend die Stufen rauf, Frederik steigt fluchend gleiche hinab. Es bleibt ein kurzer Moment, in dem ich Tom zuflüstere:

„Es hat *nichts* mit dir zu tun!!! Ich brauche Gewissheit, dass Grenzen akzeptiert werden, auch *meine*, dass ich sagen können darf, wann es mir über den Kopf wächst, bevor ich hässlich werde. Will sagen, du siehst sicher ein, dass ich das jetzt nicht so schnell umsetzen kann mit dem Klarkommen, während ihr euch die Visage poliert, Raoul alles mit ansieht und Silke ihre Kommentare dazu abgibt ...!? Das ist selbst *mir* zu viel! Das verkraften meine Nerven wahrlich nicht auch noch. Da ich jetzt gerade an mein Kind und *mich* denken muss, bleibt mir nur, euch *alle* rauszuwerfen.

Ich hoffe, ich kann es dir eines Tages erklären. Gute Nacht!"

Etwas gerädert angesichts der wenig erholsamen Nacht, steuere ich am darauffolgenden Morgen die Adresse des Bestatters an, bei dem sich mein Vater befinden soll. In meinem Kopf kreisen Hunderte Gedanken gleichzeitig, als ich mein Auto auf dem kleinen Parkplatz abstelle und zum Eingang gehe. Noch habe ich keine Ahnung, wie ich Tonja und Valentin ausfindig machen soll. Meine ältere Halbschwester finden zu *müssen*, ist ohnehin kein anhebender Gedanke.

„Das kann ja heiter werden mit der Büchse der Pandora", sage ich soeben laut, als die Tür direkt vor mir geöffnet wird und ein, milde dreinblickender, Herr mittleren Alters vor mir steht, der mich unaufdringlich über seinen Brillenrand hinweg mustert. Er ist groß gewachsen, schlank, hat ergrautes, aber volles Haar und trägt ein weißes Hemd zur schwarzen Bundfaltenhose.

„Oh, guten Tag."

„Frau Schmidt, nehme ich an?"

„Leider."

Er lächelt.

„Gutmann. Kommen Sie doch bitte herein."

Zögerlich folge ich ihm in helle Räume mit einem modernen Tisch und bequem wirkenden Sesseln aus hellem Leder. In der Ecke steht eine

Palme. Das alte Gebäude hat wunderschöne große Sprossenfenster. Eine Wasserkaraffe, die frisch gefüllt scheint, sowie zwei Gläser befinden sich in der Mitte des Tisches. An einem der Sitzplätze liegt eine schwarze Mappe.

„Das ist wohl mein Vater?“, frage ich und zeige auf die Mappe. „Entschuldigung, das war wahrscheinlich pietätlos. Ich bin nicht sehr gut darin, einen Hehl aus meinen derzeitigen Empfindungen zu machen.“

„Sie müssen sich nicht entschuldigen. Setzen wir uns doch erst einmal!?“

Ich wähle den Sitz gegenüber der Mappe und starre sie an.

„Keine Angst! Ich will doch nicht hoffen, dass es *wirklich* die Büchse der Pandora ist.“

Herr Gutmann lächelt.

„Sie haben es gehört. Ich kann schlecht schauspielern, tut mir leid.“

„Muss es nicht. Ich habe nicht *nur* Trauernde in meinem Beruf, wissen Sie. Ich fange jetzt einfach mal mit der Datenabfrage an, damit wir uns sicher sein können, dass wir es hier auch wirklich mit Ihrem Vater zu tun haben und Sie entspannen sich, so gut es geht.“

„In Ordnung, ich versuche es.“

Der angenehme Herr liest mir vor, wen er da bei sich hat, und sieht mich dann fragend an.

„Ja, das ist zweifelsohne mein Vater. Weiß man denn, an was er gestorben ist?“

„Nein, nicht wirklich, nur, dass er eines natürlichen Todes gestorben ist. Wenn Sie das genau wissen wollen, müssen Sie ..."

„Himmel, nein! Das muss nun wahrlich nicht sein. Ähm, danke aber ..."

Herr Gutmann lächelt.

„Wo liegt er eigentlich?", höre ich mich plötzlich fragen.

„In dem Nebengebäude in der Kühlung. Möchten Sie ihn sehen?"

Angesichts der schrägen Vorstellung, dass mein Vater in einem Kühlschrank liegt, starre ich stumm in die mir gezeigte Richtung gegen die Wand des Raumes, in dem wir uns befinden. Dort hängt ein Bild mit Ausblick auf ein Meer und einigen Farnen im Vordergrund. Ansprechender Rahmen, vermutlich Stuck. Ich weiß nicht, wann ich mich das letzte Mal derart nah im Umfeld meines Vaters aufgehalten habe, und schnaube.

„Ich habe diesen Mann zuletzt per Zufall vor vielen Jahren zu Gesicht bekommen, da war er schon nicht mehr in bestem Zustand, wissen Sie. Es fällt mir schwer, mir vorzustellen, dass der Derzeitige etwas besser gemacht hat. Die Dame aus dem Hotel, in dem er gefunden wurde, sagte mir, er lag *da* ja bereits nicht nur wenige Stunden. Wie lange liegt er denn *hier* bei Ihnen?"

„Fünf Tage. Und ich muss sagen, er sieht zwar ganz passabel aus, würde Ihnen aber unter den gegebenen Umständen auch nicht dazu raten, ihn anzusehen.

Hatte er denn noch weitere Kinder? Sie erwähnten am Telefon etwas dahingehend."

„Eine Tochter aus erster Ehe und einen Sohn aus der Liaison nach zweiter Ehe."

„Und Sie sind aus der ersten Ehe?"

„Nein, aus der zweiten."

Herr Gutmann macht sich Notizen. Er scheint nicht sonderlich beeindruckt ob dieser Melange an Figuren im Spiel.

„Wenn wir die Namen und Adressen haben, können Sie mit ihren Geschwistern klären, inwieweit die Zuständigkeiten aufgeteilt werden", schlägt Herr Gutmann vor.

„Ich befürchte, dass dies relativ schnell geklärt ist. Seine andere Tochter wird nichts damit zu tun haben und schon gar nichts *bezahlen* wollen und meinen kleinen Bruder zu finden, wird schwer. Aber ich werde es schaffen! Ich *muss* ihn auch finden, es ist nicht anzunehmen, dass mein Vater eine wünschenswerte Hinterlassenschaft für uns parat hält", sage ich.

„Hatte er Schulden?"

„Davon ist auszugehen. Die hatte er immer und immer wieder, egal, wie oft er seine Firmen schloss und mit neuen Geschäftsführer*innen* etwas Neues eröffnete."

Beim Wort Geschäftsführerinnen hake ich Anführungszeichen in die Luft, mein Gegenüber versteht, was ich meine. Ich bin verblüfft. Überhaupt scheint er alles ganz normal zu finden.

„Haben Sie solche Fälle wie mich öfter? Sie reagieren etwas überraschend für mich.“

Zwischen uns herrscht eine sehr entspannte Atmosphäre, sodass Herr Gutmann freimütig die Geschichte des Todes *seines* Vaters erzählt, zu dem er ebenfalls über Jahrzehnte keinerlei Kontakt pflegte. Eines Tages rief eine ihm nicht bekannte Tante an und erzählte ihm, dass es einen Unfall auf einem anderen Kontinent gegeben hätte, bei dem sein Vater umgekommen wäre und verlangte, dass er sich in ein Flugzeug setzte, um sich darum zu kümmern. Gebannt hänge ich an Herrn Gutmanns Lippen, während er erzählt. An einer Stelle, an der er sich in der glühenden Hitze Südamerikas durch die Behörden zu seinem toten Vater vorkämpft, verspüre ich augenblicklich Durst und greife nach einem der beiden Gläser, um es mit dem prickelnden Wasser aus der Karaffe zu füllen. Ich erfahre soeben, dass man Herrn Gutmann verweigern wollte, per Sichtung sichergehen zu können, dass es sich bei dem Verunfallten auch wirklich um seinen Vater handelte, als einer der Eiswürfel aus dem unachtsam überfüllten Glas gleitet und in einem Rinnsal auf den Erzähler zuschwimmt, der ihn nicht rechtzeitig erwischt und ihn aus seinem Schoß fischen muss. Ich erröte leicht und mache eine Grimasse. Ich glaube, ich gebe keine sehr gute Vorstellung einer Hinterbliebenen ab. Herr Gutmann lacht lediglich kurz auf, wickelt den Eiswürfel in eine Serviette und erzählt einfach weiter. Ich bin ihm sehr dankbar dafür und auch erfreut, da ich unbedingt wissen will, wie die Geschichte zu Ende ging.

Zum Schluss hat er sich derart lange mit den Menschen vor Ort sowie deren Bürokratismus und Sturheit herumschlagen müssen, dass er seinen Vater nicht mehr zu Gesicht bekam und ihn beerdigen ließ, ohne die absolute Gewissheit zu haben, dass er der war, der er sein sollte. Bevor seine ihm unbekannte Tante anrief, wusste er nicht mal, dass dieser Mann nach Südamerika ausgewandert war.

„Und Sie haben keine Angehörigen vor Ort getroffen? Niemanden, mit dem er sein Leben dort verbracht hat?“, frage ich.

„Nein, keine Lebensgefährtin, niemanden. Ich weiß bis heute nicht, was er dort überhaupt gemacht hat. Ich erfuhr seine Adresse und dass es sich um ein kleines Haus gehandelt haben soll. Ich unterschrieb Papiere, dass ich auf alles verzichten wolle, ließ mir das zurück in Deutschland alles bei der Botschaft übersetzen und attestieren, ging sicherheitshalber noch zu einem Notar und schlug ein mir unbekanntes Erbe aus. Und das war es dann.“

„Wow ... Danke, dass Sie mir das erzählt haben! Das ist insgesamt *noch* skurriler.“

„Sag ich doch! Geht es Ihnen jetzt ein wenig besser damit, die Dinge schlicht pragmatisch angehen zu müssen?“

„In der Tat!“

Wir lachen.

„Was mache ich denn jetzt mit dem Mann?“, frage ich ahnungslos.

„Ich nehme an, Sie bevorzugen eine günstige Form der Bestattung?“

„Unbedingt! Am besten die Allergünstigste unter den Günstigen. Was wäre das denn?“

„Nun, wir könnten ihn verbrennen und mit einer schmucklosen Standardurne in die Schweiz fahren und ihn in ein Feld streuen. Das wäre in der Tat die günstigste Form, wenn man Benzinkosten und Aufwand außer Acht lässt.“

„Ein durchaus reizvoller Gedanke, zumal er eine innige Beziehung zur Schweiz hatte ...“

„Ist das so?“, hakt der Bestatter nach.

„Oh ja, die Karriere als Betrüger begann mit dem Auffliegen seiner Nummernkonten in der Schweiz.“

Herr Gutmann lacht lauthals auf. Ein wenig makaber ist das Ganze ja schon. Kurz glimmt mein schlechtes Gewissen auf, aber dann fällt mir ein, was für ein Mensch mein Vater gewesen war und es geht wieder.

Nachdem die Variante mit der Schweiz aus Gründen meiner, trotz allem vorhandenen, Pietät entfallen muss, entscheide ich mich für die einfachste Form der Urnenbestattung und verbleibe mit meinem lustigen Bestatter, dass ich mich eilig an das Aufspüren meines jüngeren Halbbruders mache, um ihn zu informieren und natürlich, um in Erfahrung zu bringen, wie er am Ende zu unserem Vater stand.

„Wissen Sie, ich persönlich würde ihn wohl

einfach in das Loch stecken und die anonyme Variante wählen. Es ist schwer vorstellbar, dass sich jemand für ihn interessiert, jetzt, da er tot ist. Vorher werden es vermutlich auch nur noch seine Gläubiger gewesen sein. Aber ich möchte nicht damit leben müssen, dass ich diese Entscheidung getroffen habe, um später zu erfahren, dass Valentin ihn vielleicht gerne in seiner Nähe gehabt hätte. Ich glaube es nicht, aber ich würde ihn gerne finden und sie dann telefonisch unterrichten."

„So machen wir das, Frau Schmidt. Es wird mindestens fünf Tage in Anspruch nehmen, ihn zum Krematorium zu überführen und zurückzubekommen. Melden Sie sich einfach."

Zu Hause wartet bereits Raoul auf mich, dem zwischenzeitlich vermutlich ein Licht aufgegangen ist, dass ich mich mit dem Verblichenen werde befassen *müssen*, obgleich er fast nie Thema bei uns war. Ich bin erschöpft und will mich am liebsten erst mal hinlegen, bevor ich mich auf die Suche nach meinem jüngeren Bruder mache. Aber Raoul hat Gesprächsbedarf, das sehe ich schon an seiner Haltung, in der er auf dem Küchenstuhl sitzt und mich ansieht.

„Na? Was machst du hier in der Küche?", frage ich.

„Ich wollte eigentlich nur kurz etwas zu trinken holen, aber dann habe ich dich gehört und mich hingesetzt. Du willst doch bestimmt erzählen."

Wie süß.

„Nicht unbedingt. Es sei denn, es interessiert dich.“

„Joah.“

Also erzähle ich ihm möglichst authentisch, wie sich die Sache zugetragen hat. Bei der Frage, wieso mein Vater in einem Hotel verstorben ist, entfährt mir selbst ein bitterer Grunzer. Wie ich dank Herrn Gutmann nun im Bilde bin, der das sogenannte Hotel zufällig kennt, war es eher nur noch eine Absteige, die ihre Zeit als Hotel für Besucher des Enzkreises längst hinter sich hatte und vor sich hindümpelte, indem man Zimmer in Langzeitmiete an alle vergab, die sie brauchten. Zwischenzeitlich ist mir auch bekannt, dass die letzte Partnerin meines Vaters selbst nicht mehr lebte, das war dann wohl der endgültige Abstieg in die Armut für ihn. Bei der Erinnerung an unser einstiges Leben, als ich noch ein Kind war, das große Haus, den Lebemann, der seinen Sportsfreunden nur so die Runden schmiss, schüttle ich unwillkürlich den Kopf.

„Mam, alles klar?“

„Ja, mein Schatz, alles gut. Es ist nur so unwirklich, das Alles. Ausgerechnet *ich* soll mich nun um ihn kümmern, der er sich um *mich* noch am wenigsten von all seinen Kindern gekümmert hat. Schon ironisch. Was *er* wohl davon halten würde?“

„Er wird es dir nicht mehr mitteilen können, fürchte ich.“

Zum wiederholten Mal heute muss ich lachen. Raoul scheint erleichtert, wie ich seinen kessen Spruch aufnehme, und lacht ebenfalls.

„Was wird nun aus Tom?"

Ehrlich gesagt, ich weiß selbst nicht, was aus Tom wird, und sehe nachdenklich aus dem Fenster, während die Pad-Maschine aufheizt und zischende Laute von sich gibt. Ich kann mir nicht vorstellen, wie der doch *eigentlich* zauberhafte Beginn einer neuen Liebe hier ins Bild passen soll. Als ob es nicht reichte, wie eingespielt und viel einfacher das Leben hier ist ohne weiteren Protagonisten in meiner seltsamen Daily Soap, die ich mir Gedanken um Tom mache, muss mir nun auch noch ein toter Vater auf die Füße fallen, der seinen ganzen Rattenschwanz hinter sich herziehend einschleppt.

„Keine Ahnung, Raoul. Dass das hier zeitgleich abläuft in einer Phase, die ich eigentlich als Neuanfang empfunden habe, auf den ich neugierig war, ist gerade ein wenig zu viel des Guten. Ich glaube, bis sich das sortiert hat in mir, wird es Zeit brauchen, bevor ich irgendwas übers Knie breche, mit dem ich anschließend nicht zurechtkomme."

Er nickt.

„Aber schon schade. Netter Typ. Rufst du ihn an oder machst du gar nichts jetzt?"

„Darüber werde ich erst mal eine Nacht schlafen. Jetzt mache ich mir den Kaffee fertig und recherchiere dann, wo sich mein jüngerer Bruder befinden könnte."

„Okay. Ich bin dann mal wieder in meinem Zimmer. Essen machst du aber, oder?“

Ich schmunzle. Als ob ich schon mal vergessen hätte, die Essensfrage im Auge zu behalten.

„Klar“, sage ich zwinkernd.

Nach kurzer Überlegung schalte ich den Ofen ein, heute ist definitiv ein Tag, der es erfordert, den Nachwuchs einfach irgendwie abzufüttern, ohne sich dabei Gedanken über gesunde Ernährung zu machen. Die Wahl fällt auf eine für solche Fälle ideale Tiefkühlpizza. Den heißen Kaffee mit reichlich Milch versehend, drücke ich schon mal den AN-Knopf meines alten Notebooks, um mich auf die Suche nach Valentin zu begeben.

Ich habe meinen Bruder zuletzt gesehen, als er kaum zwölf Jahre alt war und die ganzen Wirren, die unser Vater veranstaltet hatte, dazu führten, dass wir uns nicht mehr treffen konnten.

Wie er wohl reagieren wird, wenn ich ihn kontaktiere? Vielleicht sollte ich ihn dazu aber erst mal finden. Gespannt tippe ich seinen Namen in das Suchfeld meines Browsers. Die meisten Ergebnisse sind mir bekannt, ich habe ihn über die Jahre hinweg immer wieder ‚gesucht‘, um wenigstens das Bisschen zu erfahren, was mir das World Wide Web über ihn ausspie. Seine Erfolge als Dartspieler werden angezeigt, der Verein, in dem er spielte. Zumindest ist er nicht ganz aus der Region weggezogen, wenigstens nicht bis vor einigen Jahren. Ich lese mir alles immer wieder und wieder durch, öffne Ergebnislisten und

Dateien, finde aber nichts, das mir weiterhelfen könnte. Frustriert tippe ich Raoul eine Nachricht ins Handy.

„Ich weiß nicht, wie ich ihn finden soll! Muss wohl bis morgen warten, wenn das Einwohnermeldeamt geöffnet hat ..."

Postwendend kommt eine Antwort.

„Versuch doch mal ohne Vornamen oder abgekürzt und nur Nachname!?"

Gute Idee! Schlagartig werden mir neue Suchergebnisse angezeigt und tatsächlich wird ein V. Ortann in der erweiterten Region mit einer Dissertation namens ‚ARGIS' in Verbindung gebracht, was wohl ein Akronym darstellt. Eine Dissertation. Wow! Das *muss* er sein! Er war schon als Kind unglaublich schlau. Eilig tippe ich abermals mit dem abgekürzten Vornamen, diesmal mit einem ‚Dr.' davor. Gebannt überfliege ich die Ergebnisse und entdecke genau diese Namen mit Titel in einer Universität, die sich etwa fünfzig Kilometer von mir in einer Kleinstadt befindet. Ich lese, dass mein Bruder in einer Art Kooperation mit einem Kollegen zu arbeiten scheint. Dieser andere Mann wird permanent mit meinem Bruder im Zusammenhang mitbenannt. Ich finde eine E-Mail-Adresse des vermutlichen Kompagnons.

Das ist es! Nervös öffne ich mein E-Mail-Programm, da steigt mir der befremdliche Geruch verbrannten Käses in die Nase. Mist! Ich habe heute Morgen den für den Abend vorbereiteten Schafskäse im Ofen geparkt, der nun wie ein rauchendes schwarzes Braunkohlebrikett aussehen dürfte. Ich reiße das Küchenfenster auf, bevor mir mit dem Öffnen der Ofentür der entgegenquellende Rauch gleich wieder Silke auf den Plan holt, weil der Feueralarm losschreit. Alarmiert packe ich das Geschirrtuch, ziehe die Ofenform aus der Luke und schmeiße sie ins Spülbecken, um sie abzulöschen. Hektisch fächle ich die Schwaden zum Fenster.

„Das war jetzt aber nicht mein Abendessen, oder?", fragt das wiedergekehrte Pubertier.

„Das war das *vergessene* Abendessen, das ich ohnehin durch eine Pizza für *dich* und ein Focaccia für *mich* zu ersetzen gedachte, nachdem mein Hirn anscheinend nicht mehr richtig arbeitet."

„Unschwer erkennbar." Er grinst. Ich grinse zwar auch, aber wohl mehr aus einem Reflex heraus.

„Musst du mich nun auch noch mit deinen lustigen Sprüchen beglücken? Hol lieber mal das Backpapier raus und bring mir die Pizza und das Focaccia aus der Kühltruhe her", sage ich.

„Meinst du nicht, du hast genug gewedelt? Was ist überhaupt ein *Fokatscha*?" Er beugt sich in die Truhe unter dem Kühlschrank und öffnet das erste von zwei Fächern.

„Nein, meine ich nicht, sonst würde ich es wohl nicht weiter tun. Willst *du* vielleicht eine hysterische Silke hier haben, die möglicherweise immer noch jeden Scheinanlass hernimmt, um ins Bild zu tanzen? Ich nicht! Und ein *F-o-c-a-c-c-i-a* ist ein ligurisches

Fladenbrot aus Hefeteig, das belegt wird vor dem Backen."

„Aha. Dann ist es wohl das hier!? Und was Silke angeht ... Nein, wedle bitte weiter."

„Genau."

„Machst du nicht Low-Carb?", zieht Raoul mich auf.

„Heute ist auch darauf geschi..., äh, ich meine *verzichtet.*"

„Geschissen ist okay, denke ich."

Wir grinsen uns wieder an.

Gerade will ich die Pizza auspacken und Raoul sich abwenden, als das Telefon klingelt. Mein Sohn nickt mir als Signal der Abmeldung zu und verzieht sich, während ich das mobile Telefon vom Küchentisch nehme, den Knopf zur Annahme drücke, mir den Hörer zwischen Ohr und Schulter klemme und die Pizza weiter auspacke.

„Schmidt?"

„Klose!"

Ich erstarre, die Pizza fällt mir aus der Hand und landet mit dem Belag nach unten auf dem Boden. Auch das noch! Nicht nur, dass das zweite Abendessen auf den Küchenfliesen klebt, ich habe völlig vergessen, Herrn Klose morgens Bescheid zu geben, dass ich den Einsatz bei ihm um einen Tag verschieben muss, weil mein Vater gestorben ist.

„Ich nehme an, Sie haben vergessen, dass Sie heute

erscheinen wollten, Frau Schmidt! Nehmen Sie es bitte nicht persönlich. Aber ich denke, dass ich ein solch unzuverlässiges Verhalten angesichts der Kürze unserer Zusammenarbeit nicht akzeptieren kann. Sollten Sie noch etwas in meinen Räumen haben, das es zu holen oder zu erledigen gilt, können Sie dies gerne tun. Ansonsten gehe ich davon aus, dass wir hier einen Cut machen!"

Die Härte der Worte prescht mir tief ins Gemüt, obwohl ich nicht das erste Mal erlebe, wie schnell man – ohne ein Wimpernzucken – von ‚der gewissen Sorte' Geschäftsmann abgesägt wird. Warum tut er das? Ist es eine Form der Abstrafung für das scheinbare Kranken der absoluten Funktionalität? Ohne Emotion, ohne Einräumen gewisser Eventualitäten? Wo bleibt ein Abmessen der bisher abgelieferten Ergebnisse oder von Zeit, die man zur Zufriedenheit und darüber hinaus Dinge getan hat?

In manchen Fällen kann man hier über verzweifelt versuchte Erklärungen vielleicht noch mal davonkommen. Aber das ist schlussendlich ein Bittstellertum mit Beigeschmack für mich, das maximal etwas in die Länge zieht, was *später* beim kleinsten ‚Vergehen' noch viel hässlicher enden kann.

Ich glaube nicht, dass Herr Klose da eine Ausnahme ist.

„Das ist bedauerlich", höre ich mich sagen. „Natürlich tut es mir wirklich leid, dass ich aufgrund einer besonderen Situation tatsächlich vergessen habe, Sie anzurufen, aber ..."

„Ich brauche keine Erklärungen von Ihnen! Meine Entscheidung steht fest!“

Ich balle meine Faust ...

„Ich wollte Ihnen auch gar nichts erklären, Herr Klose! Es gibt also nichts zum Nachtreten! Ich habe Ihre Worte zur Kenntnis genommen! Ich wollte lediglich aus eigenem Antrieb signalisieren, dass das kein normales Gebaren für mich ist, Sie *nicht* in Kenntnis gesetzt zu haben. Das gebietet mir der Anstand! Übrigens eine *sehr* feine Art, mich um diese Uhrzeit *privat* anzurufen! Und nein, ich habe nichts bei Ihnen zu erledigen, zu holen und auch nichts mehr zu suchen. Dann halten wir es so! Einen guten Abend Ihnen noch!“

Zitternd drücke ich Herrn Klose mitten in seiner Antwort weg und setze mich einen Moment.

Rasant drehen sich Hunderte Gedanken gleichzeitig in meinem Kopf. Die gallig schmeckende Angst um die Existenz will hochsteigen, mein Brustkorb hebt und senkt sich hyperaktiv, während der Atem flach wird und die Augen sich mit Tränen füllen.

Als ob ich nicht schon genug hätte! Nein, es findet sich noch eine Zugabe!

Aber ich breche darunter *nicht* mehr für *Tage* – oder Wochen – zusammen! Jetzt werde ich *wütend*. Wut hilft ungemein!

Nunmehr rasend vor Zorn stehe ich auf und trete mit Schmackes auf die am Boden liegende – mittlerweile halb aufgetaute – Pizza.

Dank der mittig noch ausreichend festen Konsistenz, spritzen die Tomaten und der Thunfisch wie Splitterbomben in alle Richtungen. Ein Zwiebelfetzen bleibt an meinem Gesicht kleben.

Postwendend kommt Raoul und sieht sich staunend um.

Erschöpft lasse ich mich auf den Hosenboden plumpsen. Raoul schnappt sich stumm die Küchenrolle und beginnt mit Wischen.

„Nicht dein Tag, Mam, hm?“

Ich könnte ihn knutschen …

Tags darauf bin ich früh dran, um noch die E-Mail an den vermeintlichen Kollegen meines vermeintlichen Bruders verfassen zu können, ehe ich mich zu einem meiner beiden verbliebenen Kleinkunden mache und mich mit der Frage befasse, wie ich den jetzigen Schaden beheben soll.

Ich wähle meine Worte mit Bedacht, indem ich dem Fremden ehrlich zu schildern versuche, was geschehen ist und warum ich unbedingt mit meinem Bruder reden muss – sofern er es denn ist.

Ich hinterlasse meinen Namen und meine Mobilnummer und mache mich ans Frühstück für Raoul, dem ich einen Zettel mit Erklärung hinlege und einen Wecker vor die Tür stelle, ehe ich in aller Herrgottsfrühe leise die Wohnung verlasse. Unterwegs herrscht wenig Verkehr. Kein Wunder um diese Zeit. Zu den Räumen des Kunden, den ich heute aufsuche, habe ich einen Schlüssel, sodass ich in Ruhe werde arbeiten können, was mir heute sicher hilft. Auf der Wiese neben einer Ampel hüpfen einige Hasen umher.

„Die haben es gut", sage ich zu mir selbst.

Versonnen beobachte ich das Treiben im Gras, bis mich eine schrecklich schrille Hupe daran erinnert, dass Ampeln auch mal *grün* werden.

„Arschloch!", schnauze ich.

„Hallo?"

Ich fahre fast gegen den Nebenmann auf der linken Spur, so zucke ich zusammen vor Schreck. Es dauert einen Moment, bis ich realisiere, dass meine Freisprechanlage mit ihrem ominösen Eigenleben offensichtlich einen Anruf entgegengenommen hat.

„Hallo?", frage ich vorsichtig zurück.

„Ist alles in Ordnung, meine Liebe? Hier ist Cosima von Wald-Wettersbach. Mit einem Arschloch kann ich nicht dienen!"

Es ertönt das wiehernde Lachen. Was will *die* Schreckschraube denn jetzt? Automatisch schaue ich auf die Uhr. Es ist gerade mal kurz nach sechs.

„Guten Morgen. Nein, das ist auch nicht notwendig, davon gibt es *so* schon genug. Nett, dass Sie helfen wollten. Was kann ich zu so früher Stunde für Sie tun?"

„Verstehe. Ich hoffe doch, es ist nicht *zu* früh? Wobei Sie ja schon unterwegs zu sein scheinen ... Eigentlich wollte ich natürlich abwarten, bis *Sie* sich melden! Nun allerdings kam der Teufel Zufall ins Spiel. Ich habe übermorgen Abend ein großes Event geplant, und da Egon Eggi zugesagt hat ..."

„*Wer?*“, frage ich.

„Sie kennen Egon Eggi nicht? *Den* Egon Eggi?“ Die Galeristin hört sich verblüfft an.

„Wenn ich *keinen* kenne, dann wohl auch nicht *den*!?“

Schweigen am anderen Ende. Werde wohl für dumm gehalten. Ein deutlich vernehmbares Räuspern ist zu hören. Vor mir bremst ein Autofahrer völlig grundlos stark ab.

„Aaaarschloch!!!“

„Frau Schmidt! Ich will doch hoffen, dass sich Ihre *leicht* gewöhnungsbedürftige Ausdrucksweise und Ihr Temperament auf den Verkehr beziehen! Egon Eggi ist ein derzeit sehr angesagter Schlagerbarde, der morgen einen Auftritt auf einer meiner Vernissagen haben wird.“

Ich soll wohl in frenetischen Applaus ausbrechen und eine La-Ola-Welle machen. Ein *Klampfenhorst* mit Koteletten. Meine Nerven, ich brech’ zusammen.

„Was habe ich damit zu tun, wenn ich fragen darf? Ich glaube, Sie verwechseln mich. Ich war die flusenhaarige Katastrophentante mit den Quarktaschen, die Donauwellen wurden“, antworte ich.

„Nein, ich verwechsle Sie *nicht*, meine Liebe!“.

Sie ist nicht nur humorresistent, sie nennt mich einfach weiterhin ‚meine Liebe‘, obwohl sie mich niemals als solche empfinden kann! Ausgeschlossen!

„Dann bin ich wohl einfach nur eingeladen, um mich mit einem Haufen *wichtiger* Leute auf einer Vernissage herumzudrücken, Champagner zu schlürfen und *Spaß* bei Eggi zu haben? Soll ich vielleicht noch zum Friseur vorher und mir einen Fummel kaufen, den ich mir nicht leisten kann?"

„Diese Uhrzeit scheint nicht die Ihre, meine Liebe! Um es auf den Punkt zu bringen ...

Nein, es geht vielmehr darum, dass ich mir Ihre Blumenbilder ganz wunderbar als Kulisse zu Egons Auftritt vorstellen könnte. Es wäre Ihnen *beiden* gedient damit. Egon verkörpert die Welt der Blumen, wissen Sie. Und Sie haben Blumen, diese aber keine *Welt*, in der sie zu Hause sind."

Ich fange gleich an zu flennen.

„Meine Blumen haben keine Welt, in der sie zu Hause sind", das ist gerade so *gar kein* Spruch, der gut bei mir ankommt. Ich habe auch keine Welt, in der ich zu Hause bin! Mein neues Leben findet kein Zuhause, mein Vater – der hätte mein *Zuhause* sein sollen – liegt in einem Tiefkühlfach und mein sprichwörtliches Zuhause ist zu einem Umschlagplatz für die Hottentotten geworden (inklusive Thunfisch-Fetzen an den Wandkacheln der Küche).

Demnächst galoppieren vermutlich noch die apokalyptischen Reiter durch mein Wohnzimmer.

„Lara?", holt mich Frau von Wald-Wettersbach zurück aus meinen Gedanken.

Oh, sie hat ihre Taktik geändert und kommt mir mit der Vertraulichkeitsmasche. Das kenne ich. ‚Nenne dein Gegenüber sanft und behutsam bei seinem Vornamen und es entsteht eine persönlichere Ebene'.

Außer natürlich, das Gegenüber hat dagegen eine ausgeprägte Aversion oder haut dir gleich aufs Maul. Dann nicht! Ich springe auf ihren Zug auf.

„Cosima?“

„Was halten Sie davon?“

„Weiß ich nicht. Ich kenne diesen Egon überhaupt nicht. Was, wenn es sich bei ihm um einen komplett peinlichen Typen mit Schlaghosen, Elvis-KOTZletten und Plastik-Sonnenblume am Mikrofon handelt? So einem *will* ich *meine* Blumen nicht in seine Welt hängen, da haben sie lieber keine! Werden es überleben! Sie sind nur gemalt!“

„Da ich mir schon dachte, dass Sie so denken würden, habe ich vorsorglich ein Abendessen mit Egon arrangiert. Heute um sieben Uhr im ‚Schmollinger‘. Passt das?“

Was soll's! Was habe ich auch zu verlieren? Schlimmer kann es ja kaum kommen. Obwohl man das eigentlich besser nicht denken sollte ...

Ich will meinen Prinzipien unter allen Umständen treu bleiben und daran glauben, dass man sich den neuen Dingen nie verschließen sollte, wie oft auch immer man dabei auf die Nase fällt.

„Gut, dann werde ich da sein. Aber ich verspreche nichts! Wenn das so ein Kasper ist, der auf Mallorca die Tische unsicher macht, bin ich raus. Deal?“

„Deal! Bis heute Abend!“, spricht's und legt einfach auf.

. . .

Seufzend biege ich in die Straße, in der mein Lieblingskunde seine kleine Firma untergebracht hat. Schon beim Anblick der Kirschbäume, die auf beiden Seiten der Fahrbahn in voller Blüte stehen, geht mir das Herz auf. Ich fühle mich gleich besser!

Die Räume liegen erwartungsgemäß im Dunklen. Ich bin also für noch mindestens zwei Stunden vollkommen ungestört. Ich hänge meine Handtasche an die Garderobe und schalte erst einmal die Kaffeemaschine an. Ein wahnsinnig tolles Stück, ein Espresso-Siebträger ganz aus Chrom, echt italienisch. Die Crema ist zum Dahinschmelzen ...

Der Duft betört mich direkt und setzt wider Erwarten einige Endorphine frei, denn ich erwische mich beim Summen.

Mit neuem Mut führe ich meine Gedanken bewusst zurück zu meiner lieb gewonnenen Angewohnheit, mich in Positivität üben zu wollen.

Ratgeber auf dem Markt, die von positivem *Denken* handeln, konnten mir so gar nichts geben. Nach dem Kollateralschaden besorgte ich mir eine Menge davon, um festzustellen, dass die darin befindlichen Tipps nicht halfen. Eines Abends – ich saß auf einer Schaumstoffmatte und lauschte den Klängen einer zu einem Buch gehörenden Musik – erwischte ich mich dabei, wie ich schunkelte und mit den Füßen wippte. Die Inhaltsangabe hatte aber in Aussicht gestellt, dass das Ergebnis sein könnte, in eine Art Dämmerschlaf zu gleiten. Davon war ich ziemlich weit entfernt! Irgendwann aber entdeckte ich einen

Artikel, der davon erzählte, dass das Leugnen *real* stattfindender negativer Erlebnisse – mitsamt Unterdrückung natürlich zugehöriger Emotionen – krank machen kann.

Ich habe diese These schlussendlich zu meinem Credo erkoren. Das war genau, was mir widerstrebte, wenn ich Sätze hörte, wie: „Du musst positiv denken!"

Oder: „Du musst dir einfach immer wieder sagen, dass ...!"

Als würde man sich ständig *selbst* wie einen Idioten behandeln, dem man nur das richtige Mantra einbeten müsse! Der Unterschied zwischen *Positivität* und positivem *Denken* ist vielleicht, dass das bewusste Lenken der Gedanken auf positive Erinnerungen und Erfahrungen dabei helfen kann, die aktuelle Situation nicht mehr als *ganz so* bedrohlich zu empfinden.

Für mein Empfinden ist die – eher auf psychologischer Ebene ablaufende – Form des ‚positiven Denkens' fast fließend im Übergang zum irre kichernden Baum-Umarmer, der so lange zwanghaft einen auf total happy machen soll, bis er irgendwelche Medikamente oder verbotene Substanzen nehmen muss, um es noch auszuhalten, wie glücklich er ist.

Ich rieche also erfreut an meinem Kaffee und erinnere mich dabei automatisch daran, wie ich den Besitzer der Siebträger-Granate das erste Mal traf. Wir musterten uns bei einem jener steifen Events, die mir bald so zuwider waren. Es war offensichtlich, dass auch *er* sich völlig fehl am Platze fühlte.

Wahrscheinlich kennt es fast jeder: Man sieht sich

möglichst unauffällig um, weil man sich fragt, warum sich bei einem selbst die – wohl erwartete – Begeisterung so gar nicht einstellen will!? Es kommt nicht oft vor, dass man dabei jemanden entdeckt, von dem man sofort weiß, dass sich ähnliche Gedanken in ihm abspielen, ohne, dass er sich *offensichtlich* durch seine Mimik verraten würde. Unsere Blicke trafen sich damals für einen Moment. Das war es eigentlich schon, weil wir beide bemüht waren, unsere Gefühle unter Verschluss zu halten.

XXIII.

Ich glaube, unter den meisten *tatsächlich* Erfolgreichen fungieren fast immer vier Kategorien in einer Hierarchie.

Da ist zunächst der Erfolgreiche selbst, der über allen vier Säulen steht. Dann gibt es seine verlängerten Arme. Das sind einige wenige, die ihm maßgeblich mit zum Erfolg verhelfen und ein gewisses Prestige dafür genießen. Natürlich nicht zu viel davon, damit sie einerseits nicht merken, dass sie sich krummbuckeln, ihnen aber auch nicht zu wohl wird, um einen Überflieger zu unterbinden.

Dann kommen die Handlanger, die in gewisser Weise auch den verlängerten Armen unterstellt sind, obwohl das niemand ansprechen darf. Die einen nicht, weil sie sich gefälligst bescheiden zu präsentieren haben – sonst wird's eklig für sie –, die anderen nicht, um nicht missgünstig oder gar selbstbewusst zu wirken. Die Handlanger bieten dank gezielter Auswahl meist einsetzbare Talente, kranken aber oftmals im Gesamten. Zumindest in einem Maße, das eine gewisse Abhängigkeit schafft. Sei es aus finanziellen Gründen, Gründen seelischer oder körperlicher Einschränkungen oder weil sie ihr Leben anderweitig nicht so gut auf die Kette bekommen, wie andere, die sich dies zu beurteilen herausnehmen.

Die subtile Manipulation, mit der diese Kategorie möglichst klein, steuerbar und monetär an kurzer Leine gehalten wird, erfolgt auf Basis der scheinbaren Gönnerhaftigkeit, sich trotz aller augenscheinlichen Handicaps mit diesen Mitarbeitern abzugeben. Natürlich nicht, ohne dann und wann daran zu erinnern, dass diese Mankos *existieren.*

Aber auch die verlängerten Arme haben kein leichtes Leben. Sie sind oftmals besser ausgebildet, sollten aber nicht von übermäßiger Intelligenz sein, wenn sie nicht in Ungnade fallen wollen. Die Gratwanderung besteht daraus, den ‚kumpelhafteren' Umgang mit dem Hierarchen nicht zu übertreiben, sich keine eigene Note zulegen oder gar mit Chuzpe aufzutrumpfen zu wollen. Die Unbill und sofortige Eindämmung der Ausuferung sind keine Seltenheit. Das kann unangenehm werden.

Sobald eine solche offensichtliche Entgleisung der Intelligenz aufgetreten ist, steht man wahrscheinlich unter dauerhafter Beobachtung und wird fortan argwöhnisch auf die Probe gestellt. Weil der Hierarche hier nicht in mit der Angst spielen kann, müssen härtere Bandagen angelegt werden. Schließlich kann der verlängerte Arm das auch ab, sonst wäre er im Gegensatz zu seiner ihm zugeordneten höheren Belastbarkeit schließlich *unten*.

Es gilt unter allen Umständen, die in sich geschlossene Gesamtblase – die als unbedingte Loyalität bezeichnet wird – zu schützen, um den undurchdringlichen Panzer des Überstellten zu gewährleisten, um dessen Vorankommen es einzig geht.

Weiter wären da die ‚Best Buddies', mit denen man sich viel und gerne umgibt und selbst, wenn nicht wirklich *gerne*, es trotzdem tut, weil das dazugehört. Das ist in Form von Synergien und Status wichtig, außerdem hilft es auf eine Weise, *noch* unangreifbarer zu sein. Hierfür ist es, wie bereits erwähnt, elementar, dass man sich ordentlich anstrengt, möglichst oft grandiose Veranstaltungen anzubieten, die aufgrund Kosten, die nicht gescheut werden, sowie immer *noch* außergewöhnlicherer Darbietungen oder Kulissen Anreiz zu geben, zu erscheinen. Und natürlich, um die Mühe nach außen zu kehren, die man sich für die ‚Best Buddies' *selbstverständlich* macht.

Die verlängerten Arme – und sogar die Handlanger – werden auch eingeladen. Sie dürfen dafür dankbar sein und sich glücklich schätzen, aufgrund ihrer Auswahl in den erlauchten Kreis geraten zu sein, einen Abend zu erleben, von dem sie noch ihren Enkelkindern erzählen sollen. Die vierte Kategorie sind die Gelittenen, die man sich nicht zunutze machen kann.

Die brauchen nichts von einem, tauchen aber auch

immer wieder dort auf, wo man sich selbst bewegt. Sie haben *selbst* genug oder *sind* sich genug.

Hier muss man sich maximal anstrengen, jedem alles zu gönnen und selbst nicht ‚abzudrücken', damit keiner der gemeinsamen Kontakte auch nur *ein* schlechtes Wort über den je *anderen* Gelittenen sagen kann. Da muss regelmäßig recherchiert werden, ob der erweiterte gemeinsame Bekanntenkreis tatsächlich nicht über vermeintliches Insiderwissen verfügt.

Alles in allem also eine anstrengende Sache ...

Glücklicherweise nicht (mehr) für *mich*.

Vermutlich rührt das auch daher, nicht viel im Leben zu brauchen, um gute Gefühle verspüren zu können, und nicht zum Ziel zu haben, ein möglichst weit entferntes Land anfliegen zu müssen, damit ich glaube, ich habe das Maximum aus meinem Leben herausgeholt. Schon gar nicht, während ich ein ‚super' Foto von meiner Aussicht poste, obwohl ich hinter meinem Laptop mache, was ich fast immer mache: Arbeiten!

Die eigene Sicht auf die Dinge ist wohl das Maß derer ... aller.

Vielleicht heißt das, dass ich es aller Widrigkeiten zum Trotz *doch* auf eine Weise geschafft habe, einen gewissen Frieden mit mir gefunden zu haben!?

Ironisch, dass jene Gattung der Manipulierenden, die augenscheinlich viel erreicht hat – was *ihr* eben wichtig ist –, die Toleranz nicht aufzubringen in der Lage wirkt, anderen Menschen zu überlassen, was *sie* erreichen wollen.

Zumal man das Konstrukt aus nicht *zu* frei Denkenden wahrscheinlich *braucht*, weil einem das ganze Spiel sonst um die Ohren fliegt, wie ein Brettspiel, das vom bockigen Kleinkind vom Tisch gefegt wird, weil es ein Gefühl der Ohnmacht empfindet, mit dem es nicht umzugehen imstande ist. Mit dem Unterschied, dass das *Kind* sich zärtlich umarmen lässt, um Trost zu erfahren ...

Gerade habe ich meinen zweiten Kaffee zubereitet und die Zahlungen offener Rechnungen meines Lieblingskunden erledigt, da kommt er zur Tür herein und strahlt mich erfreut an.

„Lara! Ich freue mich, dass du da bist! Wie geht es dir heute?“

Ich strahle zurück, ehe ich mich ihm ehrlich darüber öffne, was sich in letzter Zeit zugetragen hat. Ich weiß, er wird mich verstehen. An der Stelle mit der Vernissage hakt er sofort nach.

„Ansehen kannst du es dir ja mal, denke ich! Oder willst du nicht? Denke daran, wir wollen nicht vorverurteilen und in Schubladen denken!“, sagt er breit grinsend. War da etwa ein ironischer Unterton?

„Das stimmt! Wenn das Kennenlernen heute Abend nicht in einer Katastrophe endet, gehe ich hin!“, stimme ich zu.

„Prima! Schlimm finden kannst du es ja dann immer noch!“

Prustend machen wir uns beide an unsere Arbeit.

. . .

Zum Feierabend hin nehme ich mein mitgebrachtes Outfit für den Abend mit in das kleine Badezimmer und ziehe mich um. Ich lege ein wenig Puder nach, tusche mir die mageren Wimpern noch mal und verzweifle wieder über meine Haare, die sich wegen der Wärme im nicht klimatisierten Altbau zu einem Flusen-Nest gekringelt haben. Natürlich nur im Nacken und an den Spitzen. Der Rest hängt schlaff an meinem Kopf. Von Volumen keine Spur!

Jetzt sehe ich in meinem Hosenanzug aus wie ein kleiner Kasten mit Streichholzkopf. Warum habe ich mich denn auch ausgerechnet für einen Blazer entschieden, wenn ich doch bislang in keinem einzigen gut aussah, ob mit oder ohne Schulterpolster, gerade oder tailliert geschnitten!?!

Langsam habe ich den Eindruck, als schaffte es wirklich *jedes* dieser Kleidungsstücke, meinen Oberkörper um zehn Zentimeter zu kurz und fünfzehn zu breit wirken zu lassen. Mir rennt die Zeit davon! Es gibt keinen Spielraum, etwas anderes zu organisieren! Ich konzentriere mich auf meine Haare und hole meine wiederauffüllbare Dose mit dem selbst gemachten Festiger aus meiner Handtasche. Mit der matschigen Pampe an den Fingerspitzen arbeite ich selbige im mickrigen Versuch, irgendwas aus dieser Trauerweide zu machen, kopfüber in meine Längen ein und puschle das Ganze noch mal ordentlich durch. Als ich mich aufgerichtet und den Kopf zurück in den

Nacken geworfen habe, zucke ich kurz zusammen. Jetzt sehe ich aus wie eine Wilde, die man aus dem Dickicht geholt und in einen Anzug gesteckt hat. Mist! Ich muss gleich los, wenn ich pünktlich sein will, obwohl ich jetzt *gar nicht* mehr in die Öffentlichkeit möchte. Auch wenn es momentan wahrlich nicht das Schlimmste ist, will ich gerade eben kurz losheulen. Ratlos gehe ich rüber zu Keanu, meinem Kunden und Freund.

„Sieh dir das mal an! So kann ich doch nicht in ein *gehobenes* Restaurant gehen!"

Keanu schmunzelt.

„Es ist vielleicht ein *bisschen* unstimmig. Wie lange hast du dich denn nicht mehr im Business-Outfit gesehen?"

„Zuletzt bei der Vorstellung bei Herrn Klose, der mich abgesägt hat."

„Und wie fühltest du dich da?", fragt Keanu.

„Verkleidet!"

„Eben! Wie jetzt auch. Die Haare sind einfach nur wild. Ich denke, das ist in Ordnung. Meine Frau hat mich heute Morgen gebeten, ihr Kleid von der Reinigung abzuholen. Die hätte abends schon zu, bis ich nach der Arbeit angeradelt käme. Ich glaube, Babette hätte nichts dagegen, wenn ich es dir leihen würde für diesen Abend. Warte, ich hole es eben aus dem Nebenzimmer."

Gespannt warte ich auf das, was ich gleich zu sehen bekomme. Ich höre ein leises Rascheln. Vermutlich packt Keanu das Kleid erst aus einer

Schutzhülle. Dann steht er in der Tür und hält es vor sich hoch wie eine Trophäe. Ich schlucke ...

„Oh! Tja ... Ein wenig ungewöhnlich vielleicht!? Meinst du, ich falle damit nicht zu sehr auf?“, frage ich, diplomatisch um Haltung bemüht.

„Wäre das denn verkehrt? Oder wolltest du die Tür aufmachen, deine Bilder in den Raum werfen und wegrennen?“

„Chapeau! Du weißt irgendwie immer, wie du mich kriegst! Her mit dem Kleid! Und ... danke, Keanu, du bist ein Schatz!“

„Laaara! Da *sind* Sie ja endlich!“

Leicht erschrocken reiße ich die Augen auf. Cosima von Wald-Wettersbach rauscht auf mich zu wie ein Greifvogel auf eine arme Maus, dabei bin ich noch nicht mal richtig zur Türe rein. Jetzt realisiert sie, was ich anhabe, und stutzt ein wenig.

Aber sie ist Profi genug, es zu überspielen, dass ich in einem langen Kleid mit Spaghettiträgern in lustiger – für Keanus Frau typisch farbenfroher – *Batik-Optik* und derben Plateau-Stiefeletten vor ihr stehe und Haare habe wie eine Afroamerikanerin, die ich nun mal nicht bin. Was ich davon halte, dass *sie* in einem zweifelsfrei teuren und wohl *echten* Pelz steckt, spare ich mir auch mal noch aus.

„Sie haben Ihre Bilder mitgebracht! Ganz ausgezeichnete Idee! Kommen Sie doch bitte an unseren Tisch“, fordert sie mich auf.

Als ich sehe, welchen Tisch sie ansteuert, klappt mir fast die Kinnlade runter.

Der Mann, der dort sitzt und an einem Glas Rotwein nippt, hat nichts mit meiner Vorstellung eines Schlagerfuzzis gemein. Im Gegenteil! Er sieht regelrecht gut aus, ist groß und muskulös. Weder hat er die befürchteten Koteletten noch eine Plastikblume am Revers. Genau genommen *gibt* es gar kein Revers. Er trägt ein weißes Polo-Shirt. Ich bin erleichtert.

„Darf ich vorstellen? Quentin, das ist Lara. Lara, das ist Quentin."

Quentin erhebt sich mit einem netten Lächeln, das nicht verrät, was ihm beim Anblick *meiner* Erscheinung durch den Sinn geht, wischt sich die Hand an seiner dunklen Jeans ab und reicht sie mir.

Automatisch ergreife ich sie mit leichtem Druck und schüttle sie kurz. Jetzt bin ich doch perplex und befürchte, der Herr hier wurde kurzfristig hinzugebeten und ist gar nicht der Schlagerbarde. Ein vierter Stuhl allerdings steht nicht bereit. Ich setze mich lieber ihm gegenüber und parke meine Bildermappe an meinen Sitz, dann sieht man auch nicht mehr so viel von dem Kleid, das Quentin nun etwas genauer betrachtet. Cosima fuchtelt derweil überdreht in der Luft herum und strahlt wie ein Honigkuchenpferd, was wohl dem Herbeiholen einer Servicekraft dienen soll.

„Da sind wir nun also. Wer möchte denn mal den Anfang machen von euch beiden Hübschen, hm?", wendet sie sich uns zu und sieht dabei aus wie eine Nanny, die ihr Mündel bespaßen soll.

Ach, du lieber Himmel. *Ich* jedenfalls nicht. Ich komme mir vor wie beim Stuhlkreis im Kindergarten. Außerdem wäre für mich wichtig, zu wissen, ob Quentin *Egon Eggi* ist oder ob der *doch* noch als befürchteter Blumenfritze auftaucht.

Beim Gedanken daran, dass *ich* momentan die Einzige mit Blumen bin, die auch noch im Batik-Kleid hier sitzt, muss ich kurz grinsen.

„Lara, sehr gut. Dann legen Sie doch mal los!"

Ich gebe mich geschlagen und erzähle meinem Gegenüber ein wenig von mir, meinen Bildern und darüber, wie ich Cosima von Wald-Wettersbach kennengelernt habe. Wie sich herausstellt, ist Quentin tatsächlich Egon Eggi, und der Abend gestaltet sich überraschend nett.

Zwischendurch entschuldige ich mich kurz, um Raoul aus der Damentoilette telefonisch zu informieren, dass es länger dauern könnte.

Als wir uns nach einer kurzweiligen Kennenlernrunde alle wieder trennen, ist es bereits später Abend und wir sind uns einig, dass wir die Vernissage am Folgetag zusammen gestalten wollen.

Beschwingt fahre ich nach Hause und berichte meinem Sohn bei einer geteilten Pizza die Neuigkeiten.

„Aber viel gegessen hast du nicht im Restaurant, wenn du jetzt schon wieder deine Low-Carb-Ernährung boykottierst, oder? Was ist das überhaupt für ein seltsames Kleid???" Raoul mustert mich argwöhnisch.

Lachend erzähle ich ihm, wie die Portionen in teuren Restaurants aussehen und woher mein Outfit stammt, ehe wir zum Zähneputzen übergehen und anschließend in unsere Zimmer verschwinden.

XXIV.

Ich bin reichlich aufgeregt, aber Raoul hat sich meiner erbarmt und mir versichert, er begleite mich mir zuliebe.

Allerdings musste ich ihm versprechen, nicht das Batik-Kleid anzuziehen.

Bine will auch kommen und natürlich Hanna, die mich mit Cosima bekannt gemacht hat. Ein wenig überdreht eile ich nach einer ausgiebigen Dusche vom Bad ins Schlafzimmer und – unverrichteter Dinge mangels Erinnerung, was ich dort wollte – vom Schlafzimmer zurück ins Bad. Die Kater sind auch schon völlig aus dem Häuschen und düsen ähnlich sinnbefreit von Zimmer zu Zimmer. Ich habe mich für ein schlichtes nachtblaues Etui-Kleid, hautfarbene Nylons und schwarze Pumps entschieden. Die ersten Strumpfhosen haben natürlich eine Laufmasche, die ich erst sehe, nachdem ich mir den Zirkus, sie *vooor-*

sichtig an meinen Beinen hochzustreifen, bereits vollständig gegeben habe.

Also wieder runterreißen und in die Ecke damit. Die nächste Strumpfhose sieht nicht besser aus. Dass ich mir aber auch nicht angewöhnen kann, diese blöden Dinger auf Vorrat zu kaufen, so selten ich sie brauche! Wenn ich sie denn dann *doch* mal brauche, gibt es maximal ‚diese eine Intakte'. Mit Glück ... Und *die* muss auch noch aufgefunden werden, was angesichts meiner überallhin verstreuten Garderobe kein leichtes Unterfangen ist. Irgendwann habe ich sie aber und kann mich meinem Gesicht und den Haaren widmen. Als ich bereit bin und bei Raoul klopfe, um ihn zu bitten, sich fertig zu machen, staunt dieser mit großen Augen.

„Ich sag es ja nicht oft ... Aber du siehst echt stark aus!"

Gleich fange ich wieder an zu heulen, so gerührt bin ich, dieses besondere Kompliment von meinem Sohn zu hören.

„Danke, das baut mich wirklich auf!"

Eine halbe Stunde später sind wir auf dem Gelände, auf dem die Vernissage unter freiem Himmel stattfinden soll. Neben dem großzügigen Parkplatz inmitten des Industriegebiets wurde sich reichlich Mühe gegeben, eine zauberhafte Atmosphäre zu schaffen. Die ausgestellten Bilder stehen in kleinen halbkreisförmig aufgestellten Pavillons zum Schutz vor Sonne oder eventuellem Regen. Immer einige wenige zusammen, jedes auf eine Art ins Licht gerückt. Mal stehen sie auf einer kleinen Staffelei mit Klemmleuchte, die größeren hängen vor einer indirekten Beleuchtung an Schnüren vom Dach.

Am Ende des Halbkreises steht eine recht große Holzbühne, die mit weißen Stoffbahnen verkleidet ist. Dort hat Cosima – so nehme ich zumindest an – meine Blumenbilder in die Kulisse aus Oleander, unechten Kirschblütenzweigen und weißen Rosen drapiert.

Wenigstens keine Sonnenblume aus Plastik.

Nach einem großen Rosenbogen, der den offiziellen Eingang symbolisiert, stehen einige, adrett in gleiche Bleistiftröcke und helle Blusen gekleidete, junge Frauen und schenken Prosecco auf Eis ein.

Überall in den vereinzelt vorhandenen Bäumen hängen bunte Papierlampions in den zu den Blumen auf der Bühne passenden Farben.

Vom Prosecco-Stand her winkt mir eine fröhliche Bine zu. Raoul und ich gesellen uns zu ihr. Nach einer herzlichen Begrüßung zwischen uns beiden Frauen, nehmen wir uns jede ein Glas. Mein Sohn bekommt eines mit Orangensaft. So schlendern wir staunend über die hübsch anzusehende Gesamtszene, begutachten einige der Bilder und halten Ausschau nach bekannten Gesichtern – Hanna, Cosima oder gar Quentin, von dem ich allerdings vermute, dass er sich in der Maske befindet oder dergleichen.

Das jedenfalls ist eine Vernissage ganz nach meinem Geschmack. Auch das Publikum ist ein völlig anderes als auf denen, die ich früher besucht hatte.

Langsam geht mir ein Licht auf, wie Cosima das geschafft hat und dass es sich hierbei um genau das Wollen und Erreichen handelt: Sie hat das Ganze mit der Schlagerdarbietung verknüpft, *damit* die ganzen hochnäsigen Snobs nicht erscheinen. Klasse! Allmählich bin ich doch ein wenig beeindruckt.

„Mam, ist das da vorne nicht Tom?“, fragt Raoul.

Ich verschlucke mich heftig an meinem Prosecco.

„Was? Wo?“

„Klar, das ist er! *Hallo, Tom, wir sind hier!*“, ruft Raoul.

Verstört und immer noch hustend, sehe ich meinen Sohn an. Bine klopft mir auf dem Rücken herum. Zögerlich kommt Tom auf uns zu. Edward ist diesmal nicht bei ihm.

„Hallo Raoul. Lara. Und *du* musst Bine sein!?!“

„Stimmt! Freut mich!“, antwortet Bine.

„Das ist ja ein Zufall“, höre ich mich stumpfsinnig sagen.

„Das ist kein *Zufall*! Ich habe deinen Sohn gestern in der Stadt getroffen. Wir gehen zum gleichen Friseur. Er hat mir von dem Ganzen hier erzählt, und ich dachte mir, mehr als mich wegschicken, wirst du hoffentlich *nicht* tun, wenn ich nicht erwünscht sein sollte.“

Raoul räuspert sich laut und verabschiedet sich, um schnell einen weiteren Orangensaft zu besorgen, solch einen großen Durst hat er plötzlich.

Bine kichert. *Ich* sehe vermutlich immer noch aus, als habe mich ein Pferd getreten. Auf Tom war ich so gar nicht vorbereitet. Aber ich habe viel an ihn denken müssen. Er hat mir gefehlt, trotz allen Schlamassels.

Bine verspürt anscheinend ebenfalls einen spontanen Durst, jedenfalls muss sie selbst nun auch noch mal zum Stand mit den Getränken. Verlegen sehe ich Tom an, der mir ein warmes Lächeln schenkt, das mir sofort das Gefühl gibt, mich nicht erklären zu müssen.

„Du siehst rasend gut aus, Lara. Das tust du immer, aber heute ganz besonders. Deine Bilder dort oben sind wundervoll."

„Du weißt, dass sie von mir sind? Woher?", frage ich.

„Ich weiß es einfach."

„Okay."

Im gleichen Moment werden die Lichter gedämpft. Die Lampions gewinnen an Strahlkraft, ohne aufdringlich zu wirken. Und da ist endlich Cosima, die von der Bühne das weitere Programm ankündigt, nachdem sie alle Anwesenden willkommen geheißen hat. Hanna legt ihren Arm um mich und küsst mich auf die Wange, und auch Bine und Raoul kommen zurück.

So stehen wir da – vereint vor der Bühne.

Wie durch Watte nehme ich meinen Namen wahr.

Es wird applaudiert.

„Die Bilder auf der Bühne ..."

Kurz blendet mich ein Strahler, da betritt auch schon Quentin alias *Egon Eggi* die Bildfläche und heizt den mittlerweile zunehmend zahlreicheren Besuchern ein.

Ich spüre die Hand in meiner und wie glücklich ich in diesem Moment bin. Der Prosecco tut sein Übriges, obwohl es nur ein Glas war. Ich glaube, ich grinse gerade dämlich vor mich hin. Bevor Egon sich in seinen ersten Song reinsteigert – der gar nicht mal so übel anfängt –, stelle ich mich auf die Zehen und frage Tom etwas ins Ohr.

„Und, wie hast du dir das jetzt weiter mit uns gedacht? Einfach wird das nicht! Ich muss noch meinen Vater einbuddeln und mich meinen Geschwistern stellen. Und der Rest reicht eigentlich auch so schon. Ich ..."

Tom drückt meine Hand.

„Kannst du vielleicht einfach mal still sein!? Ich habe mir *gar nichts* gedacht. Aber dass ich bei dir sein will ... bei *euch,* das weiß ich!"

Ein warmes Gefühl überkommt mich, das mich gleichzeitig verunsichert.

„Wo ist eigentlich Edward?", frage ich ablenkend.

„Den habe ich zu Hause gelassen. Er *hasst* Schlager!"

Lachend empfangen wir Cosima, die mit ausgebreiteten Armen auf unsere Truppe zukommt.

Es gibt kein Schwarz und kein Weiß. Es gibt Zuckerrot und Blaubeergelb.

Von Raouls Geburt abgesehen, ist das der beste Abend meines Lebens!

ENDE

DANKSAGUNG

An dieser Stelle möchte ich mich bei allen bedanken, die mich dabei unterstützt haben, diese Geschichte zu schreiben! Besonderer Dank gilt meinem Sohn, der mich mit seinen Sprüchen inspiriert hat, meiner Mutter, die sich als eifrige Testleserin und wertvolle Kritikerin engagierte, meinen fantastischen Freundinnen, Tina und Claudi, die mich immer wieder aufgebaut haben, ‚meinen Mädels' sowie Hans, der mir mit seiner Lebensweisheit ein maßgeblicher Ansporn war! Danke euch allen!

VORSCHAU

Wenn euch meine Geschichte gefallen hat und ihr mehr von mir lesen oder über derzeitige Projekte erfahren wollt, dann freue ich mich auf euch!

www.kajalinnegart.buchcafe.club/
www.facebook.com/KajaLinnegartAutorin/
www.instagram.com/kajalinnegart/

Printed in Poland
by Amazon Fulfillment
Poland Sp. z o.o., Wrocław

54908059R00186